KB163567

황금말

라트비아 문학과 라이니스

이상금

* 이 글은 '2018/2019년 라트비아 정부 초청 장학생'
(The Latvian State Scholarship for the Studies and Research
2018/2019)으로서 연구한 주제 "라트비아 현대문학의
형성에 관한 연구"를 심화 확대한 내용이다.

* This text is an in-depth and expanded content of
"A Study on the Formation of Latvian Modern
Literature", a topic I studied as a scholarship
recipient invited by the Latvian government (State
Education Development Agency of the Republic of Latvia;
Valsts izglītības attīstības aģentūra) in the academic year
2018/2019.

황금말

라트비아 문학과 라이니스

이상금 지음

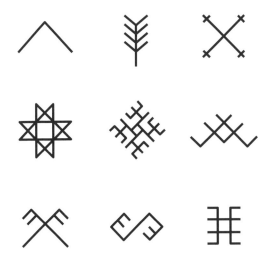

목차

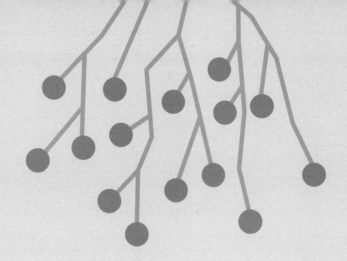

일러두기

- 마을, 도시, 강, 산, 바다 등의 명칭은, 당시 통용되던 이름을 현재 외래어 표기법대로 적는다.

- 인명, 지명, 전문용어 등은 처음 표기에서 한국어와 원어를 병기하고, 이후부터는 가능한 한국어로만 표기한다.

- 문장에서 강조어와 간접인용은 ' ', 직접인용은 " ", 말 줄임은 …, 부연 설명은 ─ ─, 논문과 단편과 시 제목은 「 」, 저서와 작품은 『 』, 잡지와 신문과 노래 제목은 〈 〉, 방송과 유튜브 등 미디어는 《 》, 영어와 한자 등 외국어 표기는 위첨자를 사용한다.

- 문맥의 실체를 위해 라트비아어, 독일어, 영어, 러시아어, 한자 등이 필요하면 해당 외국어를 병기한다.

2018년 2월 1일 초저녁, 라트비아에서의 체류 일정을 시작했다. 교수로서 정년을 한 달 앞두고, 연구차 유럽으로 향하는 비행기에 몸을 실었다. 라트비아 정부의 장학금으로 '라트비아 현대문학에 관한 연구'를 수행하기 위해서였다. 그러나 실제는 앞서 2004년 처음 발트3국을 방문하면서부터 시작한 '독일발트문학'의 구체성을 확보하고, 라트비아를 더 깊이 알기 위해서였다. 발트 지역에 첫발을 들여놓은 그때부터 14년이 걸렸지만, 몇 편의 논문과 그 논문을 바탕으로 쓴 몇 권의 저서에서도 만족할 수 없는 갈증이 컸다. 이후로 또 5년을 넘겼으니 올해 2023년을 기준하면, 이곳 발트와의 인연은 20년 앞맞이다. 이제는 하나로 매듭 짓기를 스스로 바랄 수밖에 없는 시기다.

이 책에서의 대략적인 얼개는 '작품과 작가'에 대한 내용을 미리 알려 독자들의 이해를 돕는 것으로 시작한다. 작품을 읽기에 앞서 제공하는 사전 정보이자, '알아두기'에 해당한다. 이어서 희곡 작품을 읽도록 구성했다. 그리고 역사와 정치를 포함한 시대적 상황을 구체적으로 설명하면서, 작품과 작가 그리고 라트비아를 전반적으로 알 수 있는 나름의 장치를 마련했다. 결국 작품 내용과 작품 외적인 요소를 통해 작가가 전하려는 메시지를 독자가 어떻게 읽고 수용하느냐가 중요하다. 이에 대한 어떠한 선택과 수용도 오롯이 독자의 몫이다.

나에게는 한마디로 낯선 곳에서 낯선 사람을 알기 위한 작업이 우선이었다. 연구랍시고 대여섯 페이지의 간단한 결과 보고서가 라트비아 대학을 통해 라트비아 교육과학부에 2019년에 이미 제출되었지만, 더 나은 연구에 대한 미련과 아쉬움은 5년이라는 세월을 다시 돌려세워야만 했다. 학술서나 지나친 형식주의에 빠진 논문 같은 사슬에서 벗어날 수 있다. 즉 글쓰기가 자유로워져서 홀가분한 입장이다. 그렇다고 제대로 재미있게 해낼 수 없다는 중압감은 자유가 맞닥뜨려야 할 또 다른 사슬이다. 언어와 문화, 문학을 알기 위한 전제조건을 채우기보다는 가능한 범위 안에서 하나하나씩 나름 능력껏 풀어갈 수밖에 없지 않은가! 반면 걸림돌은, 대학에 소속되어 연구해야 한다는 조건 탓에 아시아학과에서 동아시아 문화와 한국문학을 가르치는 일을 겸해야 했다는 것이다. 정년을 맞고 대학에서 강의하는 부담을 털어버렸는가 싶었는데, 도리어 라트비아대학의 요청으로 다시 강단에 서야 했다. 나름의 불편은 내가 핑계 대어야 할 사항이 아니었다. 그런 가운데 조금씩 관심의 폭을 넓히면서, 직접 부딪친 라트비아의 역사와 문화에서 '야니스 라이니스Jānis Rainis'에 대한 관심은 자연스럽게 그의 대표적인 작품『황금말Zelta zirgs』과 시詩로 옮겨졌다. 이때 발생한 걸림돌은 전혀 예상하지 못한 전 세계적 호흡기 질병인 코로나의 발생이었다. '코로나19'는 '펜데믹'으로까지 확산되면서, 이동의 자유는 물론 전문가의 접촉과 현장 확인을 위한 소통의 제한이 결국 3년을 허송했다. 그러한 상황 속에서도 일시 귀국과 온라인 수업 등으로 이곳과 한국을 오가며 많은 시간을 그냥 흘러가게끔 내버려 둘 수밖에…. 설상가상 2022년 2월 24일 러시아의 우크라이나 침공으로 일어난 전쟁으로 인한 공포와 불안은 자국과 타국을 가리지 않았다.

　푸념과도 같은 핑계는 널렸지만, 그렇다고 정작 내가 연구에 집중할 수 없었던 것을 모조리 주변 환경 탓으로 돌릴 수 있단 말인가? 어불성설이다. 그렇기에 틈틈이 써 놓은 것 가운데 이번 책과 관련해 정리하면서, 나름 얼개를 만들었다. 한 작가의 작품을 번역하는 것만으로도 의미를 찾을 수 있겠지만, "어느 누가 관심을 갖겠는가?"라는 점에서 고민은 컸다. 그것보다는 작가가 처했던 시대적 상황에 대한 접근을 포함한 내용들을 넣으면 독자들이 훨씬 쉽게 수용하고, 가늠하리라는 판단이 섰다. 무엇보다 라이니스 당시 라트비아는 1900~1920년 무렵의 일제 치하와 삼일운동 전후, 우리나라의 상황과 비슷했다. 그렇다고 서로의 고통을 비교하거나, 동일시하고 싶지는 않다. 그들과 다르지만, 대신 밋밋하게 우리를 곱씹을 수 있었다. 외국어와 외국문학을 공부하는 이유도 여기에 있지 않을까!

1차 원고를 정리하면서, 언론에서 전해지는 소식 가운데 하나가 나의 관심을 끌었다. 2022년 2월 24일 우크라이나를 전격적으로 침공한 러시아 대통령 푸틴Путин(Putin: 1952~)이 2022년 6월 9일 모스크바에서 열린 〈표트르 대제 탄생 350주년 기념행사〉[1]에 참석했다. 그때 그곳에서 그가 갖고 있었던 역사 인식의 한 부분을 처음으로 확인한 셈이다. 즉 표트르를 자신의 이미지에 연결하는, 핵심은 러시아의 영광을 재현하겠다는 푸틴의 의지와 밀접한 연관성이다.

이 책과 관련된 역사적 배경에서 간추리면, 표트르가 러시아 제국으로 등극하면서, 유럽으로 열린 창을 마련한 결정적인 계기는 다름 아닌 발트해 지역 주도권을 놓고 벌인 '제2차 북방전쟁'이었다. 1700~1721년 발트 지역에서 러시아는, 당시 북부 유럽의 강대국 스웨덴과 패권을 다루는 기나긴 전쟁에서 승리한다. 그때부터 발트 지역은 러시아의 앞마당이 된다. 자세한 내용은 본문에서 언급하겠지만, 1917년 볼셰비키Большевики(Bolsheviks) 혁명이 성공할 때까지 근 200년간 러시아 제국이 북부와 동부 유럽에서 끼친 역할과 영향력은 지대했다. 바로 이러한 시대적 역사적 배경에서 접근하면, 오늘날 발트3국을 이해하는 지름길을 발견하는 것과 같다. 물론 발트 지역이 역사상 처음 언급되는 1200년 무렵까지 거슬러 올라가는 역사적 접근으로도 라트비아를 알 수 있는 길이 있다. 따라서 이 책에서 핵심어는 1201년 '리가 Rīga'라는 항구 도시의 건설, 검우기사단, 리브란트 건국, 독일기사단, 한자상 업동맹, 몽골의 유럽 침공, 모스크바 공국의 부상, 제1차 북방전쟁에서 러시 아의 패배, 발트 지역에 대한 강대국들의 각축, 발트독일인, 제2차 북방전쟁 이후 러시아의 패권, 표트르 등장, 발트인들의 각성, 19세기 민족운동, 20세 기 초 중반에 벌어진 제1, 2차 세계대전과 정치적 혼란 등이다. 그러나 지정 학적 접근이나 정치사회적 관점은 이곳의 민족, 민중, 문화와 문학을 제대로 알기 위한 절대적인 조건은 아닐 것이다. 오히려 여태까지 이곳에서 살아남 은 자들의 지리적인 환경, 영혼과 정신, 민요와 민속으로 이어진 이곳의 문 화가 그들을 이해하기 위한 필수적인 조건이 아니겠는가?! 그러나 발트 지 역은 북부 유럽에 속하는 옛날부터 추운 땅이었다. 쉽게 말해서, 이곳에 대 해 이해하려면 먼저 눈과 얼음, 어두운 밤과 추위 그리고 짧은 여름이라는 기후 환경에 대한 이해를 선행해야 한다. 그렇지만, 이것마저도 상대적이다. 생존과 번영을 위한 싸움은 환경에 그치지 않고, 오히려 이웃 나라들끼리 싸 움으로 지배와 억압이라는 인위적 제약이 끊임없이 이어지는 데서 찾아야 할 것이다.

그러나 발트 지역에서의 이의 실천적 행위는 거창한 담론이 결코 아니 었다. 한마디로 민요와 민속에 깊이 뿌리박고 있다. 즉 다이나Daina와 지에스 마Dziesma를 통해 라트비아인들의 민족적 각성과 단결, 나아가 독립과 자주 는 이타주의와 이상주의라는 함의로 이어지고 있다. 이를 알기 위해 작품을 읽고, 비교 조사하고, 확인하는 작업은 온전히 나의 몫이었다. 먼저 전체 작 품을 열거하면,

〈라트비아어 원본〉

1) J. Raina, Selta Sirgs, Rīgas Politehnikā Institūta Student Pulciņš, Rīga,

1910.[2]

2) Rainis, Zelta Zirgs, ed. by Daina Randare, Zvaigzne ABC, Rīga, 2015.

〈독일어 번역본〉

3) J. Rainis, Das goldene Ross, A. Gulbis Verlag, Riga, 1922.

4) Das goldene Ross, übers. von Leonija Wuss-Mundeciema, Isensee Verlag Oldenburg, 2015.

〈영어 번역본〉

5) The golden Steed, ed. by A. Straumanis, trans. by A. Barbina-Stahnke, Waveland Press, Illinois, 1979.

6) The golden Horse, translated and annotated by Vilis Inde, inde/jacobs publishing, Texas, 2012.

〈러시아어 번역본〉

7) Райнис (Плешканс) Ян. Золотой конь. Перевод В. Я. Брюсова (1916 г.)[3]

8) Золотой конь, перевод с латышского В. Брюсова, рисунки Г. Вилкса, Латгосиздат, Рига 1948.[4]

이처럼 작품의 한국어 번역은 라트비아어 1910년 원작과 2015년 개정판을 중심으로, 독일어 번역본은 1922년과 탄생 150주년을 기념한 2015년에, 영어 번역본은 1979년과 2012년에, 그리고 러시아어 번역본은 1948년에 발간된 것을 참조하였다. 그러나 무엇보다도 미국 미네소타 출신 빌리스 인데(엔데)Vilis Inde(Vilis Ende; 1958~)의 해설에 근거해서 시대적 상황과 작가에 대한 정보를 원용하고, 때론 재인용했다.

그의 부모는 라트비아인으로, 그들이 해외 이민에 앞서 체험한 것과 라트비아의 전통 문화에 대한 '디아스포라Diaspora'들의 구술口述과 채록採錄을 수집한 것이 저서의 원동력이 되었다.. 더구나 몇 번에 걸쳐 라트비아를 방문했고, 몇 년간 리가에 머물면서 작가와 작품에 대한 완벽한 이해를 구했다. 관련된 사실은 물론 시대적 배경에 대한 실증적인 검증과 확인 작업을 거치는 등 열정으로 이루어진, 조국에 대한 저술이라고 본다. 이 자리를 빌려 그에게 많은 고마움을 전한다. 물론 보충이나 수정, 보완 등이 필요한 이후 과정은 전적으로 필자가 진행했다.

라트비아어가 갖는 분음과 지명, 인명, 사건, 용어 등은 라트비아 대학의 클라빈스 교수prof. Kaspars Klavins, 라트비아 대학 출판부의 클라빈스Gita Klavins, 아시아학과 전임강사 쉬체스테레Ildze Škestere, 한국어를 전공하는 학생 등 라트비아 현지인들의 확인과 검증을 거쳤음을 미리 밝힌다. 그들의 도움이 없었다면, 책의 발간은 결코 쉽지 않았을 것이다. 다른 한편으로 그들은 나에게 성원도 아끼지 않았다. 다시 그들에게 감사를 전한다.

참고로 본문에 사용한 미주는 문맥에서 보충적인 이해가 필요한 경우에 사용했으며, 참조한 문헌이나 웹사이트 등과 함께 책 뒤편에 모아 두었다. 사진과 관련 자료 등은 현장 방문과 국립도서관, 대학도서관, 라이니스 기념관, 박물관 등에서 취득한 것이다. 보다 자세한 내용은 본문에서 만날 수 있다. 재미나는 시간 여행을 통해 낯설고 생소한 문화와 역사 그리고 다양한 사람들을 만날 수 있기를 바라면서….

2023년 겨울 나라가 봄을 깨우는 어느 날
라트비아 리가에서 이상금李相金, Li Sanggum

1부

작품의 이해

1. 미리 알기

희곡 『황금말』은 동화童話로 쉽게 읽을 수 있다. 오늘날 역사적 문화적 맥락에서 보면 청소년은 물론 성인을 위한, 희곡 그 자체로서 가치가 크며, 연극으로 생생하게 생명력을 불어넣을 수 있는 작품이기도 하다. 『황금말』을 통해 야니스 라이니스와 아스파지아Aspazija는 자유와 독립의 나라, 즉 새로운 라트비아를 만드는 데 매우 중요한 역할을 했다.

라이니스의 『황금말』은 라트비아 문학에서 매우 중요한 작품 가운데 하나로, 발트 지역을 배경으로 하는 매력적인 이야기이다. 간추리면, 등장인물 세 형제 중 막내는 순진무구한 반면 용기를 갖추었다. 그는 위험하기 짝이 없는 유리산에 올라 공주를 깨우고, 비열한 왕자들을 물리치고, 마침내 왕국을 구한다.

여기서 '유리산'은 말 그대로 유리처럼 미끄럽고, 위험하며, 정상까지 누구도 감히 오를 수 없는, 목숨마저 담보해야 하는 절대적 장소를 암시한다. 〈에다Edda〉로 대표되는 북유럽 신화의 배경이거나 환상과 상상의 공간과 시간이며 '증강현실augmented reality'로 비유할 수 있다. 유리 같은 산에 도전하는 이야기는 지역과 학자들의 해설에 따라 약간의 차이가 있는데, 그중 일부는 '브룬힐트 바위산Brunhildenfelsen'의 게르만 전설에서 유리산의 연관성을 찾는다. 일반적으로 이러한 유형은 동부 유럽, 핀란드, 러시아 등에서 변형

된 것으로 나타난다. 다른 한편으로는 대부분의 사람들이 접근할 수 없는 산 꼭대기나 높은 탑에 갇혀 있는 공주로, 그곳은 접근이 차단되어 있거나 금지된 특정한 장소를 상징하기도 한다.

LATVIA
In Northern Europe,
by the Baltic Sea

유럽 속의 라트비아

이 작품도 이처럼 위험을 감수하고, 공주를 구하는 줄거리로 되어 있다. 주인공 안틴스Antiņš는 모두에게 공감하고, 타인과 공익을 위해 희생한다. 그는 자신의 행동에 대한 대가로 아무것도 기대하지 않는다. 이는 선善이 악惡을 이긴다는 라트비아 민족 공동체의 이상주의적 교훈으로 해석할 수 있다. 그러나 『황금말』은 단순한 교훈적 동화를 넘어, 그 이상의 의미를 지닌다. 이러한 작품은 20세기 전환기 라트비아의 문화적 정체성正體性; identitāte에 대한 국민의 각성覺醒; tautas atmoda과 자치自治; autonomija에 대한 열망을 독자와 관객, 즉 국민에게 불러일으키게 했다. 이 시기 동부 유럽 전역에 널리 퍼진 문화적 정체성의 인식과 깨달음은 마침내 그들의 르네상스를 일으켰다. 결코 독립하지 못할 것만 같았던 라트비아인, 리투아니아인, 에스토니아인, 벨라루스인, 우크라이나인, 핀란드인은 물론 여러 소수 민족이 수 세기에 걸친 독일, 덴마크, 스웨덴, 폴란드, 러시아 등으로 인한 예속의 그늘에서 비로소 벗어났다.

앞에서 언급한 두 가지 주요 요인, 즉 동부 유럽의 문화적 정체성 확보와 자주독립에 대한 열망의 원동력에는 19세기 초 산업혁명의 영향과 발트해 지역의 교육적 열기가 밑바탕에 자리 잡고 있다. 이는 당대에 큰 영향을 끼쳤다.

첫 번째 변화는 동부 유럽이 19세기 동안에 걸쳐 농경 사회에서 상품 제조로 경제적 바탕의 전환을 꾀한 데서 찾을 수 있다. 산업혁명의 영향으로 농촌에서 도시로 대규모 인구 이동이 이루어졌다. 이 시기 라트비아 수도인 리가의 인구는 1867년 103,000여 명에서 1897년 282,000여 명으로 증가했다. 이후 라트비아가 독립하기 불과 4년 전인 1914년까지 리가의 인구는 530,000명을 넘어설 정도로 늘어났다.

2023년 현재 70만에 달하는 리가의 인구와 비교하더라도, 번영을 구가했던 리가의 당시 상황을 짐작할 수 있다. 이때는 대도시뿐만 아니라 작은 도시들도 큰 성장을 했다. 이러한 인구 통계학적 변화로 인해 라트비아의 거의 모든 지역에서 온 사람들이 리가에서 한데 섞였다. 더 이상 멀리 떨어진 농장에서 고립되지 않은 채, 주민들은 낯선 곳에서 이내 친숙하게 새로운 아이디어와 정치적 이론을 서로 나누고 소통했다.

도시로의 인구 이동은 더 나은 삶에 대한 기회를 제공했지만, 예기치 않은 장애물도 동시에 나타났다. 산업혁명의 물결은 보호받지 못한 공장 노동자에 대한 착취로 이어졌다. 남성과 여성은 물론 어린이들까지 안전하지 않은 노동 상황에서 오랜 시간 동안 일해야만 했다. 도스토옙스키, 디킨스, 졸라, 루이스 등 당시 시대상을 반영한 문학은 전 세계에 걸친, 하층 서민의 비참한 삶을 여지없이 보여주면서 이를 고발했다. 무엇보다 주택과 음식이 부족했다. 땅을 경작하는 일은 어려웠지만, 음식과 야외에서 자유를 누릴 수 있었던 농촌과는 판이한 상황이 되어버렸다. 이러한 착취는 새로운 정치적 사상과 체제, 그리고 자본주의의 정당성에 대한 대안으로 이어졌다. 마르크스주의, 공산주의, 사회주의, 무정부주의 등 수많은 '이데올로기'

가 19~20세기 전환기를 휩쓸었다. 그런 가운데 노동자들은 세계 곳곳에서 파업을 일으켰다. 라트비아의 경우 역시 1897년과 1905년 리가에서 대규모 파업이 일어났다. 농촌의 농민들도 발트 지역의 기득권자인 발트독일인 농장주에게 대항해서 자신들의 권리를 주장했다.

이때 라이니스와 함께 '새로운 흐름Jaunā strāva'으로 알려진, 광범위한 운동 구성원들이 대안적 정치 이론을 제시했다. 라이니스는 개혁을 촉구한, 라트비아 사회주의의 아버지라 할 수 있다. '새로운 흐름' 구성원 대부분은 1897년에 제정 러시아에 대한 선동가로 체포되었으며, 라이니스는 2년 동안 감옥에서 보낸 후 다시 시베리아로 강제 추방이라는 5년 형을 선고받았다.

두 번째 변화는 교육의 광범위한 이용 가능성과 관련된다. 발트 지역 국가들은 러시아 제국 가운데서도 문자를 읽고 이해할 수 있는 가장 높은 능력을 갖추고 있었다. 확장 발전된 교육은 정치적 사상의 흐름으로 이어졌다. 라이니스는 1891년부터 1895년까지 〈데일리 페이지Dienas Lapa〉의 편집자로서, 신문이라는 매체를 통해 마르크스주의와 사회주의를 포함한 자유주의 사상을 격려했다.

그의 높은 교육적 성취는 라트비아인들이 그들의 고유한 문화에 대한 새로운 자긍심을 갖게 했다. 단순히 독일과 러시아를 따라 한다거나 외형적으로 적응하는 수준이 아니었다. 이러한 문화적 정체성과 관련해서 라트비아의 민요를 이십만 개 이상 수집하고 집대성한 사람은 바론스Krišjānis Barons(1835~1923)이다. '다이나' 또는 '지에스마'로 통칭하는 이런 노래와 민요들은 라트비아 사람과 자연 사이의 뿌리 깊은 관계를 보여준다. 바론스 덕분에 1873년 라트비아에서 최초의 노래 축제가 열렸고, 이 전통은 오늘날까지 계속되고 있다.

산업혁명과 교육은 동부 유럽인들에게 경각심과 함께 희망을 불어 넣었다. 그 연장선에서 상트페테르부르크의 평화적 시위는 1905년 러시아 혁명의 시작으로 이어졌다. 며칠 만에 리가에서도 비슷한 시위가 일어났다. 제정 러시아군은 많은 시위대를 살상했다. 이는 오히려 제정 러시아에 대한 분노를 가중했다. 혁명가들에 대한 이후의 탄압이 이루어지는 동안 많은 사람이 목숨을 잃었다. 천여 명이 죽거나 체포되었고, 천여 명은 이러한 운명을 피하기 위해 서부 유럽으로 도망쳤다. 결과적으로 혁명은 패배했다.

실제로 1905년 라트비아 혁명은, 이보다 앞서 광범위하게 펼쳐진 러시아 혁명의 영향을 크게 받았다. 그러나 러시아는 노동자와 농민의 권리를 아우르는 공동의 목표를 가진 반면, 라트비아인들은 문화적 자치를 지지했다. 이는 라트비아인이 통일된 정치적 대의를 바탕으로 단결한 첫 번째 혁명이었다. 제정 러시아의 가혹한 탄압에도 불구하고, 자치와 독립의 씨앗은 이때 이미 뿌려졌다.

이로부터 채 10년도 지나지 않아 발생한 제1차 세계대전은 약소국의 사회 정치적 변화를 위한 새로운 기회였다. 제정 러시아의 붕괴, 다양한 공산주의 파벌 간의 숱한 투쟁과 제1차 세계대전은 유럽에 엄청난 혼란을 일으켰다. 독일과 러시아의 지도자들은 자신들의 내부 상황에 집중했고, 이는 두 나라가 동부 유럽의 점령을 계속하기 위해 무한정으로 그들의 자원을 소비하지 않는다는 것을 의미했다. 제1차 세계대전이 끝나자 독일, 오스트리아-헝가리 연합, 불가리아, 오스만제국이 무너졌고, 그러한 힘의 공백 상태인 1918년 전후로 동북 유럽에서는 새로운 국가와 신생 독립국들이 생겨났다. 1917년 말 핀란드(12월 6일)를 시작으로 1918년 초에는 리투아니아(2월 16일), 에스토니아(2월 24일), 체코슬로바키아(10월 28일), 헝가리(10월 31일), 폴란드(11월 11일), 라트비아(11월 18일) 등이 뒤를 이었다. 다른 일부 국가들은 국경을 재편했으며, 두 번의 혁명을 거친 러시아는 나라 이름과 정치 질서를 모두 바꾸었다.

1918년 11월 18일 마침내 라트비아가 독자적으로 독립을 선언했다. 그러나 임시정부, 라트비아와 러시아 볼셰비키의 지원을 받는 공산정부, 발트 독일인을 상대로 벌인 독립 전쟁 등이 1920년까지 이어지면서, 독립은 결국 완성되지 않았다. 그럼에도 불구하고 독립 국가를 근원적으로 지원하는 동부 유럽의 문화적 르네상스는 이어졌다. 강력한 공산주의 러시아와 독일에 대한 영국, 프랑스, 미국 등의 회의론에, 즉 반대급부에 큰 도움을 받았다.

절박한 시대적 상황에 앞서 라이니스와 그의 작품『황금말』은 독립과 새로운 라트비아 국가의 통치로 나아가는 길을 제시했다. 20세기 초 작가는, 정치적 이념으로 대립하는 많은 정치인들이 지배권을 두고 경쟁한다는 사실을 알았다. 분열은 독립 라트비아의 탄생을 방해할 수 있었다.『황금말』에서 라이니스가 전하는, 주요 메시지 중 하나는 '통합'에 대한 간절한 요청이었다. 그는 모든 사람이 궁극적인 목표를 주시하고 자율성을 얻을 수 있도록, 기꺼운 희생을 촉구했다. 그러나 일부 사람들은 간절한 '단결'의 교훈에 무지하거나 아예 교훈을 무시했다.

자유를 갈망하던 시대의 평민들에게 희곡의 상징성은 이제 명백해졌다. 그들은 평범한 라트비아 민중을 대표하는, 주인공 안틴스가 부자富者와 권력자를 상대로 승리를 거두는 것과 궤를 같이한다. 이러한 승리는 순수한 이타적 동기를 통해서만 일어난 것이다. ─안틴스처럼, 이후 사울베디스로 불리는─ '태양처럼 순수한 자', '태양을 가져오는 자'.『황금말』과 그 역사적 중요성에 대한 작가의 교훈은 아무리 강조해도 지나치지 않다. 간추리면 '이상주의-이타주의-통일'이다.

라이니스는『황금말』을 비롯한 여러 희곡과 시집으로 큰 존경을 받았다. 1920년, 그는 라트비아 초대 대통령으로 선출될 만한, 인기 있는 사람이었다. 하지만 대중을 향한 연설 능력은 글을 쓰는 것과 달랐다. 결국 카리스마 있는 착스테Jānis Čakste가 대통령으로 선출되었고, 라이니스는 라트비아의 헌법의회Satversmes sapulce와 의회Saeima에서 세 번 연임하는 데 그쳤다.

다른 한편으로 라이니스의 삶에서 주목할 점은 아스파지아엘자 로젠베르가 Elza Rozenberga의 필명와의 결혼과 그녀의 협력이었다. 그녀가 없었다면 그는 결코 그토록 많은 것을 성취하지 못했을 것이다. 그녀는 라이니스가 유명해지기 전, 라트비아 최초의 현대 시인이자 가장 인기 있는 극작가였다. 아스파지아의 문학에는 개인이나 여성의 권리와 문화적 정체성이 포함되었다. 그녀는 자치를 요구한 최초의 라트비아 작가 중 한 명이었으니, 라이니스와 아스파지아의 결혼은 당시 가장 높이 평가 받은, 두 주인공의 만남인 셈이다.

라이니스는 그녀와 만났을 때, 〈데일리 페이지〉 신문의 편집인이었다. 정신적 지도자로서 라이니스의 잠재력을 이해한 아스파지아는 그에게 정치적 글쓰기를 포기하고 시와 드라마를 통해 더 넓은 주제에 집중할 것을 권했다. 그러나 이후 상황은 그녀의 기대와 달라졌고, 그녀가 라이니스를 돕기 위해 자신의 작가 경력을 희생했다는 것은 잘 알려진 사실이다. 라이니스의 저작에서 그녀의 역할은 매우 두드러져서 학자들은 아스파지아가 『황금말』의 2막 중 일부와 작품의 결말 부분을 썼다고 믿고 있다.

두 사람 사이의 연대기는 다음과 같이 요약할 수 있다. "아스파지아, 그리고 아스파지아와 라이니스, 그리고 라이니스와 아스파지아, 마침내 라이니스". 오늘날 리가 도심에는 바스테이칼른스Bastejkalns 공원을 가운데 두고, 라이니스 큰길Raiņa bulvāris과 아스파지아 큰길Aspazijas bulvāris이 길게 나란히 뻗어 있다. 아름답게 조화를 이루는 공간으로, 시민들에게 큰 사랑을 받고 있다.

라이니스가 주장한 이상주의와 숱한 희생은 결국 첫 독립으로 이어졌다. 그러나 라트비아와 다른 발트해 연안 국가들의 지정학적 약점으로 인해 20년가량 짧은 독립 후인 1939년 다시 한번 소비에트에 점령을 당하면서, 나라 자체가 지도상에서 사라진다. 제2차 세계대전 중 처음에는 소비에트 연방이, 다음에는 독일이, 그리고 다시 소비에트 연방이 라트비아 영토를 점령했다. 기근, 추방, 망명, 질병, 소비에트 노동, 포로수용소 생활과 죽음은 발트3국 주민들의 잠재적인 힘마저 거의 고갈시켰다. 하지만 힘이 완전히 사라진 것은 아니었다. 독소불가침 조약이 맺어진 1939년으로부터 52년 후인 1991년, 베를린 장벽이 붕괴하고 소련 연방이 해체하면서 두 번째 새로운 자유독립국 라트비아가 태어났다.

2. 번역의 문제

라이니스는 라트비아의 국가적 시인이자 오늘날 쓰이고 있는 라트비아어의 주인공이라고 말할 수 있다. 그의 정교한 라트비아어 사용은 시와 희곡에서 뚜렷했다. 작가는 『황금말』의 배경에 속하는 분위기와 장소를 정하기 위해 '억양, 반복, 운, 두운' 등 여러 가지 문학적 기법을 사용했다. 그러나 그의 작품에 대한 외국어 번역은 기본적으로 어렵다. 번역자는 원본의 문체와 실체적 내용 양자 모두를 번역으로 파악해야 하기 때문이다. 먼저 외국의 예를 들어보자. 데이비스Lydia Davis는 플로베르Gustave Flaubert(1821~1880)의 『보바리 부인Madame Bovary』(1857)에 대한 2010년 번역 서문에서 다음과 같이 썼을 정도이다.

플로베르는, 산문에서 좋은 문장은 시의 좋은 구절과 같아야 하고, 불변하고, 리듬이 있고, 울림이 있어야 한다고 말한다. 이 높은 수준에 부합하는 번역을 달성하는 것은 어렵거나 불가능할 수 있다. 물론 덜 까다로운 스타일리스트의 번역일지라도 수백 번의 작고 세부적인 결정이 필요하다. 많은 수정과 보완, 즉 한 단어나 문장일지라도 적절하게 번역될 수 있는 다른 단어에 대해 여러 번 테스트해야 한다.[1]

이것을 인정하더라도, 번역자의 선택 또한 먼저 자신의 동기에 의해 시작된다. 한국 독자에게 라트비아 문학, 라트비아 문화, 라트비아 사람은 물론 자연과 깊은 유대에서 상징적 의미가 담겨 있는 작품을 소개하고 싶었다. 이것이 본 작품과 작가에 대한 나의 관심이자, 번역하려는 동기였다. 그럼에도 불구하고, 번역에서는 원본을 다루는 경우에서부터 '같은 언어 내 번역'까지를 생각해야 하는 등 고려할 요인들이 많을 수밖에 없다. 달리 표현한다면, 언어의 변천이다. 『황금말』은 1909년에 처음 집필되었다. 모든 언어는 끊임없이 변화하고 있었지만, 문자로서 라트비아어는 20세기에 들어서야 발전했다.

1910년에 라트비아어로 쓰인 원본 텍스트의 번역은 사실상 외국인으로서는 매우 어려웠다. 또한 20세기 전환기에서도 라트비아 언어는 유동적인 상태에 있었기 때문에 이후 어떤 버전이냐, 누가 편집했느냐 하는 부분에 대해 현지 전공 학자들로부터 조언과 도움이 필요했다.

이러한 어려움을 해결하는 데 가장 큰 도움을 준 사람은 1990년 노벨문학상을 수상한 멕시코 출신의 옥타비오 파스Octavio Paz(1914~1998)로, 그의 주장은 다음과 같다. "모든 번역은 구별되므로 모든 텍스트는 원작이다. 모든 번역은 어느 정도까지는 하나의 발명품이며, 그럼으로써 하나의 독특한 텍스트를 이룬다.All texts are original because every translation is distinctive. Every translation, up to a certain point, is an invention and as such it constitutes a unique text."[2] 그는 모든 문학작품은 다른 문학적 체계로부터 전해져 왔고, 또한 그에 관련된 문학적 체계의 일부분으로서 '번역의 번역의 번역translation of translation of translation'이라고 정의했다. 마치 후설Edmund Husserl(1859~1938)의 '현상학Phänomenologie'에서 유추할 수 있는 것처럼.

이는 문학이 근원적으로 폐쇄적 공간으로 분리된 것이 아니라, 상호 연계성을 지닌 채 끊임없이 반복된다는 점을 통해 번역을 문학의 주된 개념으로 끌어올린 것이다. 그의 주장에 따르면, 모든 텍스트는 독특한 것으로, 동시에 다른 텍스트의 번역작으로 간주된다. 근원적으로 언어가 없던 시대를 번역한 것이 언어이며, 그다음으로 모든 기호와 어휘라 할지라도 다른 기호나 어휘로 번역했다는 점에서 본다면, 어떠한 텍스트도 전적으로 원작이라고 볼 수 없다는 주장이기도 하다. 따라서 그의 주장의 근저에는 번역이 갖는 문학적 기능과 더불어 서로 다른 언어의 창의성이 강조되어 있다.

이처럼 기호, 알파벳, 글자에 의존하는 번역과 마찬가지로 '말'과 '소리' 역시 파스가 주장하는 바와 크게 다르지 않다. 왜냐하면, 역설적으로 글자나 알파벳은 바로 '말'과 '소리'에 근거한 것이기 때문이다. 이런 상관 관계에서 라트비아어도 살펴보자. 라트비아 구어口語는 수 세기에 걸쳐 이 지역의 다양한 방언으로 민중들 속에서 서로 공유되고 통용되면서, 바로 그 민중들에 의해 스스로 발전했다. 그러나 문어文語는 16세기로 거슬러 올라가는 종교적 문헌과 함께 뒤늦게 시작되었다. 현재 사용되고 있는 라트비아어 알파벳은 1908년에 만들어졌지만 보편화되기까지는 시간이 걸렸다. 역설적으로 새로운 시대에 새로운 라트비아어를 만들고, 그것을 사용하는 노력 또한 빠트릴 수 없는 민중들 일상의 과제이기도 했다. 더구나 라트비아에서는 구어와 문어 모두 다른 외국어에서 채택된 어휘의 '라트비아어화'가 필요했다. 이러한 외국어의 라트비아어화에서는 음성 및 문법적 구성 요소까지 포함된다. 2004년 5월 1일부터 유럽연합EU 회원이 된 시점에서 예를 들면, '유로euro'라는 단어는 라트비아어의 문법적 구조에 맞지 않는다. 당연하게 언어학자와 정치인 사이에서 라트비아어로 'euro', 'eiro' 또는 'eira'를 사용할 것인지에 대해 논쟁이 일어났다. 'Eiro'는 라트비아어로 'Eiropa'이자, 허용되는 문법적 구조에는 알맞아서 결국 채택되었다. 이로부터 유추할 수 있듯이, 20세기에 들어서면서부터 모든 라트비아인을 위한 공통 언어를 만들기 위한 비슷한 논쟁은 끊임없이 이어졌다.

먼저 유럽 문화권에서 원본과 번역본에 따른 대표적인 예를 들어보자. 가장 먼저 주인공의 이름이다. 1910년 초판에서의 등장인물이 독일어 프락투어체 'Antinsch'로 표기되어 있지만, 이후 새로운 로마자 표기로는 'Antiņš'으로 바뀐다. 영어 번역에서는 'Antins', 독일어는 'Anting/Antin', 러시아어는 'Антынь/Антин' 등으로 나라별 언어별로 연도마다 다르다. 발음은 초판 원본이나 현대판에서나 같은 '안틴쉬'이지만, 독일어 번역서에서는 '안팅', 영어판은 '안틴스', 러시아어판에서는 '안틴'이다. 두 형의 이름 역시 '원본-현재 로마자 표기의 라트비아어/독일어/영어/러시아어' 순으로 비교해 보자.

첫째 아들의 이름은 'Beerns → Bierns/Bern/Bierns/Берн; 베어른스 → 비에른스/베른/베른스/베른' 등으로 다르게 표기되어 있지만, 둘째의 이름은 문자만으로는 크게 다르지 않다, 즉 'Lipsts → Lipsts/Lipst/Lipsts/Липст; 립스츠 → 립스츠/립스트/립스츠/립스트'

다른 예를 하나 더 들어보자. 1910년 『황금말』 초판의 3막 3장에 등장하는 등장인물인 'Ogludegis'는 어떻게 다른 언어로 대체되었을까? 먼저 영어로 『황금말The Golden Steed』을 번역한 스탄케Astrida Barbina-Stahnke의 1977년과 1979년 번역판에서 '오글루데기스Ogludegis'는 '숯 만드는 사람Charcoal Maker'으로 옮겨졌다. 그러나 이와는 달리 '더러운(또는 때 묻은) 석탄 광부Dirty Coal Miner'라고 옮기거나 '소나무 타르 만드는 자Pine Tar Maker'로 번역된 경우도 있고 독일어의 경우, 단순히 'Köhler', 즉 숯쟁이 등으로 번역되기도 했다. 그렇다고, 한국어 '송진松津 만드는 사람'으로 이름하기에는 그러한 직업이 없을뿐더러, 너무 이름이 한정적인 의미로 고정될 수 있다. 그 어느 쪽도 정확하지 않다. 중세 무역상의 한자동맹에서 리가의 중요한 지위와 관련된 직업상 이름이기는 하지만, 줄거리 전개에서는 그다지 중요하지 않기 때문이다. 문맥을 통해 쉽게 이해될 수 있기 때문이다. 게다가 번역어 모두 연극의 맥락에서는 더욱 맞지 않는다. 핵심은 오글루데기스 덕분에, 즉 손에 묻은 타르가 미끄러운 표면에 달라붙게 되어서 유리산을 성공적으로 오를 수 있다는 점이다.

　같은 유럽 문화권에서의 번역어가 갖는 문제점은 물론 나라별 문화적 차이로 인한 것 역시 충분히 이해할 수 있는 점이다. 다만, 이를 한국어로 설명하는 것과 해당 언어로 이해하는 차이는 있지만, 그마저도 필요충분조건은 아니다. 『황금말』에 등장하는 인물들 가운데 이름이 아닌, 모습이나 외형을 갖고 이름하는 인물을 어떻게 번역어로 옮기느냐가 쉬운 일이 아니다. 문화적 역사적으로 등가等價의 언어가 없으면 유사한 단어로 대체하거나, 새로운 단어로 채우거나 또는 만들어야 한다. 예를 들면, '백발의 아버지'로 직역할 수 있는 인물은 라트비아의 문화적 배경에서는 이교도異敎徒 설화에서 나오는 하얀 머리를 한 신神의 모습을 띤다. 그는 자주 모습을 변장해서 민중들의 일상 속으로 드러낼 수 있는 인물이다. 문제는 작품의 줄거리가 진행되는 동안 '거지, 라우스키스, 나비 및 종달새' 등으로 그의 모습이 자주 바뀐다는 것이다. 그렇다면, 이에 적절한 한국어는 무엇일까? '백발 아버지, 백발 도사, 백발 도인, 백발 법사' 등 많은 어휘가 있지만, 이 작품을 읽는 한국어 독자에게 쉽게 편하게 받아들여지는 단어로 '백발 아버지'를 선택했다. 그리고 '하얀' 또는 '흰'을 '백발' 대신 사용할 수 있다. 다른 한편으로 동일 인물로서 '가난한 사람' 또는 '가난뱅이'로 직역할 수 있다. 그러나 '거지'로 선택하는 어려움은 오로지 작품을 이해하고 수용하는 데 있어 최선이길 바라는 번역어의 문제, 번역자의 선택이다.

　나아가 등장인물의 모습이 아니라, 발음과 표기에도 어려움이 있다. 이미 언급했지만, 작중 주인공인 '안틴스Antiņš'의 라트비아어 원음을 살리면, '안틴쉬'가 가장 가까운 발음이자 표기이다. 다른 한편으로 주인공 이름이 '-iņš'으로 끝남으로, 그 자체가 분음으로 '귀엽거나, 어리다'는 뜻을 담고 있다. 따라서 독일어의 경우 '안팅Anting'은 애칭인 원어의 뜻을 살린 표현으로써 원어를 그대로 옮기는, 즉 '안틴쉬Antinsch' 대신 독자를 고려해서 '-ling'이라는 접미사를 사용한 것으로 판단된다. 러시아 번역어 역시 그런 점을 감안한 비슷한 정서를 갖고 있다. 어느 정도 문화적 공유가 있는 유럽이기에 가능한 일이다. 그러나 한국어로 옮길 때는 가독성을 가능한 높이기 위해 이중 모음이 아닌, 편한 단순 모음으로 줄여 '안틴스'를 사용한다. 결국 어떤 번역어도 원어를 손상하지 않는다는 점이 중요하다. 이는 일반적으로 거의 모든 작품의 번역에서 모든 번역자들이 겪어야만 하는 문제이기도 하다. 그러나 원작의 언어가 시대에 따라 변하듯이, 번역어 역시 똑같이 변한다. 태생적으로 출발어와 목적어 둘 다 완벽한 언어일 수 없다. 다만 언어는 서로 다르게 생기고, 변화하고, 발전하고, 때론 사라질 뿐이다.

설상가상으로 라이니스는 가끔 라트비아어 사전에서도 찾을 수 없는 단어를 사용하는 형식을 취한다. 예를 들어, '작은 모닥불'을 설명하기 위해 'uguntiņa' 대신 'guntiņa'라는 단어를 사용한다. 오늘날 라트비아어에서 'guntiņa'는 '불꽃총' 또는 '불꽃이 품어내는 깃 모양' 등을 의미하지만, 다른 한편으로는 영어 'brownie'의 의미로 쓰이는 '소녀단', '걸스카우트'나 6~8세 정도 귀여운 소녀에게 붙이는 이름이기도 하다. 그러나 이런 형태로 축약된 단어는 구절이나 문장의 리듬을 만드는 데 도움이 되었다. 비슷한 예는 작품 곳곳에 드러난다.

라트비아 학자들은 라이니스와 당시 다른 작가들 역시 저술이나 작품에서 많은 '새로운 라트비아어jaunvārdi'를 만들었다는 것을 인정한다. 이러한 수많은 새로운 어휘가 오늘날에도 계속 사용되고 있다.

3. 라트비아어와 애칭

　문화적 정체성에 대한 새로운 관심의 초점은 언어학자들이 공식적인 라트비아어를 개발하도록 영감을 받는 데 있었다. 라트비아어는 수 세기 동안 말하면서 사용되었지만, 다양한 방언이 있었고, 문자는 독일어 '프락투어Fraktur 알파벳'[3]과 음성 체계를 기반으로 했다. 참고로 오늘날 라트비아 알파벳은 로마자(라틴)Roman(Latin) 알파벳에서 빌려온 33개의 문자로 이루어져 있으며, 그 가운데 11개는 분음分音 부호를 사용한다. 즉 A, Ā, B, C, Č, D, E, Ē, F, G, Ģ, H, I, Ī, J, K, Ķ, L, Ļ, M, N, Ņ, O, P, R, S, Š, T, U, Ū, V, Z, Ž. 쉽게 표현하면, 알파벳 위에 고깔모자 같은, 아래에는 꼬리가 달린 것 같은, 그리고 모음이 장음일 경우 가로 막대기 같은 표시를 알파벳 위에 표기함으로써 라트비아어 고유의 소리를 최대한 살리려는 것이다.

　언어학자들은 1908년에 현대 라트비아어 문자를 개발했고, 이후 몇 번에 걸쳐 개선했다. 이제 겨우 1세기를 넘기고 있다. 그렇지만, 최근 가장 새로운 언어체계이기도 하다. 그들은 또한 통일된 언어에 대한 문법 규칙도 확립했다. 라트비아어는 1909년 라이니스가 『황금말』을 썼을 때, 큰 변화를 겪는다. 실제로 1910년에 출간된 초판은 많은 독자들이 쉽게 접근할 수 있도록 친숙한 독일어 프락투어 서체와 독일어식 발음을 사용했다. 이후 새로운 버전으로 바뀌었다. 그러나 빌려 사용하는 문자가 프락투어 서체든, 로마자(라틴) 알파벳이든 소리의 문자에는 많은 어려움이 생겨날 수밖에 없었다. 분음 표시를 통해 어느 정도 고유한 라트비아어의 음가音價를 살릴 수는 있겠지만, 대상에 대한 표현의 미세함은 다른 차원에 속한다. 가장 토속적이고 방언에 속하는, 게다가 입으로 전해지는 특성으로 인해 문자로의 완벽한 전환은 쉽지 않다. 아니 불가능하다.

다른 한편으로 표준어라는 이름으로 전통적인 소리가 방언과 토속어로 치부된다면, 문화의 일차적 요소는 그 고유성을 잃는다. 문화적 원천과 원동력은 역설적으로 문자보다 소리, 즉 민요와 노래를 통해 잘 보존되고 전승되는 것이 아닐까! 이를 포기할 수 없는 사람이 바로 소리와 문자가 공존하는 문화의 생산자들인, 작가이자 연극의 연출가이며 배우일 것이다. 나아가 더 생생한 느낌을 전해 받을 독자와 민중, 그리고 관객 또한 엄연히 함께했다. 무엇보다도 라트비아인들은 입에서 입으로 전해지는, 보이지 않으면서 면면히 흐르는 문화적 유산으로서 가치를 잃고 싶지 않았다.

이즈음에서 작품에 드러나는 인명, 지명의 올바른 이해와 문학적 서정을 위해 라트비아어가 갖는 특징을 아는 것이 필요하다. 즉 소리를 바탕으로 한 글의 표기에서 올바른 이해가 필요하다는 점이다. 그렇다면, 라트비아어는 무엇인가? 라트비아 문화와 문학에 쓰이는 라트비아어는 어떤 실체일까? 이미 2011년에 발간한 저서[4]에서 언급되어 있지만, 여기서는 약간 시각을 달리해서 문맥상 필요한 것만 간추리면, 다음과 같다.

라트비아어는 리투아니아어와 같이 발트어 계통[5]에 속하지만, 게르만어와 슬라브어, 스칸디나비아어 등의 영향으로 리투아니아어와 마찬가지로 언어적 가치는 많이 사라졌다. 현재는 리투아니아와 라트비아 사람 사이에는 통역이 없으면 ― 간단한 인사말 정도가 아닐 경우 ― 대화가 불가능할 정도로 달라졌다. 그렇지만 어휘가 리투아니아어와 다르더라도, 동사의 활용이나 분사, 명사, 형용사 변화 등에서 아직 리투아니아어와 많은 공통점을 가지고 있다. 예를 들어, 리투아니아어와 비슷한 단어를 비교해 보면, 다음과 같은 어휘를 확인할 수 있다.

kalnas(리투아니어) - kalns(라트비아어) = 산(山) / baltas(리-) - balts(라-) = 흰
upė(리-) - upe(라-) = 강 / dieną(리-) - diena(라-) = 날, 일(日)

brolis(리-) - brālis(라-) = 형제 / obuolys(리-) - ābols(라-) = 사과

또한 라트비아어는 리투아니아어보다 비교적 단순한 문법 형태이다. 남성명사의 경우 -s, -us, -is가 붙고, 여성은 -a, -e가 붙는다. 그리고 라트비아어는 5단계 격변화를 한다.

〈남성명사의 예〉(* 복수의 변화는 생략)

주격	park*s*	공원
소유격	park*a*	공원의
여격	park*am*	공원에게, 공원을 위한
목적격	park*u*	공원을
장소격	park*ā*	공원에서
(도구격)	*ar* park*u*	(* ar+목적격)

〈여성명사의 예〉

주격	universitāt*e*	대학
소유격	universitāt*es*	대학의
여격	universitāt*ei*	대학에게, 대학을 위한
목적격	universitāt*i*	대학을
장소격	universitāt*ē*	대학에서
(도구격)	*ar* universitāt*i*	(* ar+목적격)

물론 복수형이 있지만, 리투아니아어에 비해 훨씬 단순하다. 문제는 모음의 '장단長短'과 자음들의 발음이다. 'a, e, i, u' 위에 빗금이 그어져 있으면, 'garumzīmes: 긴 표시' 즉 'ā, ē, ī, ū'는 장음으로 발음한다. 쉽게 말하자면,

일반 모음보다 두 배 가까이 길게 발음한다. 그렇지 않을 경우에는 소통에서 문제가 발생한다. 현재형이 과거형으로 바뀌거나, 가끔 불필요한 장소격으로 쓰이는 상황이 발생하기 때문이다. 알파벳에 이렇게 부호를 사용하는 경우는 한글을 창제할 때도 이미 충분히 고려되었던 점이다. 흥미롭다. 즉 거성去聲, 상성上聲, 평성平聲을 세로로 쓰인 한글의 왼쪽 옆에 점 하나와 둘로 표시되거나 없는 것과 비슷하다. 라트비아어의 다른 알파벳도 더 구체적으로 살펴볼 필요가 있다.

　로마자 알파벳을 사용하는 몇몇 언어에서 특정한 문자 아래 또는 위에 붙여서, 그 발음이 기존의 문자와는 다르다는 것을 보이기 위해 쓰는 기호들이 있다. 예를 들면, 마치 고깔모자를 쓴 것 같은 'Š/š, Č/č, Ž/ž'(šņācenis; 쉬 ~ 소리 나는 치찰음)의 발음은 리투아니아어와 같으며, N/n 밑에 꼬리가 달린 'Ņ/ņ'은 약한 〔n〕으로 약하게 한국어에서의 '〔니〕'처럼 발음한다. L 밑에 꼬리가 달린 'Ļ/ļ'은 약한 '〔l〕'로 약하게 '〔리〕'로 발음한다. 이어 'Ģ/ģ'에서도 꼬리가 달린 것이 있는데, 일명 '멍청이 〔g〕'라고 불리며, 우리말 '〔ㄱ〕'과 '〔ㅈ〕' 중간에 있는 발음이다. 굳이 설명하자면, 혀를 윗니 뒤에 대고 침 뱉듯이 '〔지〕' 하고 발음한다. 꼬리가 달린 'Ķ/ķ'의 경우 일명 '미치광이 〔k〕'라고 불리는데, 우리말 '〔ㅋ〕'와 '〔ㅊ〕' 사이에 있을 법한 발음이다. '멍청이 〔g〕' 발음과 비슷하지만, '〔찌〕' 하듯이 소리 낸다. 이는 'mīkstinājuma zīme: 연한 자음표시'라고 불린다.

　모음 'O/o'은 음성학적으로 음절을 나누면, '〔우오〕'로 발음된다. 그러나 'Opera(오페라)'나 'Foto(포토)' 같은 외래어는 예외이다. 또한 유의할 자음 'V/v'는 영어의 v(〔브이〕)와 같지만, 단어 끝에 오거나, 바로 이어서 자음이 나올 경우 자음으로 발음하지 않는 대신, 독일어 v(〔파우〕)처럼 자음이 모음으로 바뀐다. 예를 들면, Briviba브리비바(자유)에서는 자음으로 소리가 나지만, tēv테우(아버지), Daugavpils다우가우필스(라트비아 제2의 도시)에서는 모음으로 소리가 바뀐다.

다르게 말하자면, 문자로 인한 발음 때문이 아니다. 발음을 문자로 옮기는 데 있어 피할 수 없는 한계이다. 유럽어 가운데 문자는 자음의 형태를 취하지만, 실제 발음에서 모음화는 언어가 시대에 따라 변천하는 가운데 나타난 현상이기도 하다. 대표적인 예의 자음으로 'J/j', 'R/r', 'W/w', 'Y/y' 등이다. 이 가운데 라트비아어에서는 'J/j'(예: Jānis〔야니스〕, Aspazija〔아스파지야〕)는 닿소리가 아니라, 홀소리로 발음된다. 오늘날 한국어의 두음법칙頭音法則, 연음連音이나 구개음화口蓋音化 등과 비교의 대상이 될 수 있다. 덧붙여 수많은 받침 표기와 다르게 소리 나는 음가音價처럼, 즉 음절音節의 받침소리는 〔ㄱ/ㄴ/ㄷ/ㄹ/ㅁ/ㅂ/ㅇ〕 등 모두 일곱 가지뿐이므로 표기와 실제 발음이 다른 경우가 많다. 이처럼 닿소리와 홀소리의 구분 역시 언어의 실제 사용에서 소리의 실체를 온전히 살릴 수 없다. 여기서 작은 결론은 말과 소리를 문자나 알파벳으로 표기할 때 어떠한 언어도 등가의 발음 부호를 만들 수 없다. 시각과 청각의 문제이자, 인지의 차이일 뿐이다. 달리 말하자면, 자연스럽게 소리의 문자화에서 단축을 통한 언어의 경제적 미학적 효과는 특히 민중적인 문화와 일상에서 많이 생겨난다.

이와 관련해서 라트비아어의 세세한 어휘 부분을 살펴보자. 라트비아어에서 '작은, 때론 아름다운 것'은 친밀함이나 애정을 나타내는 데 사용된다. 예를 들어, 영어에서는 'Margaret → Magie, doggie, kitty, Johnny' 같이 '-ie, -y' 등의 접미사를 사용해 '작고, 아름다운' 뜻을 갖게 한다. 독일어의 경우 'Brötchen, Fräulein, Schmetterling'에서처럼 먼저 모음을 변화시켜, 즉 'a → ä, o → ö, u → ü' 움라우트Umlaut를 사용하면서, '-chen, -lein, -ling' 등의 접미사가 있는 것과 같다. 한국어 역시 원래의 뜻보다 작은 개념이면서, 친애親愛의 뜻을 나타내는 어휘를 일컫는다. 예를 들면, '망아지'에서 '-아지', '꼬맹이'에서 '-맹이' 그리고 '귓대기(귀때기)'나 '꼬랑이' 등에서 '-대기, -랑이' 같은 것들이다. 이는 지소사指小辭로 불린다.

따라서 라트비아어를 한국어로 번역할 때, 가장 어려운 작업이 바로 애칭의 광범위한 사용이다. 거의 모든 명사는 '작은'이나 '총애받는' 등의 애칭을 사용할 수 있다. 더구나 『황금말』에 쓰인 애칭인, 지소사는 대부분 동물 이름으로 가득 차 있다.

이를 바탕으로 한국어 번역에서 피할 수 없는 세 가지 문제를 들 수 있다. 크게는 하나의 문제일 수 있으나, 세부적인 면에서는 다르다. 첫 번째, 현재 일반적인 한국 독자는 '총애받는'이거나, '작은 이것저것', '이쁜 이런저런' 등의 풍부한 표현에 익숙하지 않다. 또한 한국어로 옮기기에 합당한 표현어가 없거나, 문맥상 맞지 않는 경우가 많다. 즉 라트비아어에서 각각의 애칭을 문자 그대로 번역할 경우, 중언부언적 번역으로 오히려 읽고 이해하기 힘든 밋밋한 번역 텍스트가 생성될 수 있기 때문이다.

두 번째, 작가의 지소사 사용은 특정 순간에 작중 분위기를 살리기 위해서다. 주인공 안틴스가 형제를 'brāļi'라고 부르는 경우를 살펴보자. 이것은 중립적인 언급이지만, 형제들 사이에서는 시원한 친근한 느낌을 나타낼 수 있다. 오히려 지소사 'brālīši'—총애받는 사람이거나, 사랑하는 형제라는 뜻—가 따뜻한 느낌을 잘 나타낸다. 우리말의 경우, 친한 형제들 사이에서 동생이 형을 부를 때 쓰는 '형님!', '형님아!', '형!', '형아!'와 비교될 수 있을 것이다. 물론 문맥과 소통의 분위기에 따라 미세한 차이는 있겠지만, 그러나 라트비아어의 애칭을 한국어로 말하거나 쓸 때는 라트비아어에서처럼 일반적이기보다는 덧붙이는 친근한 표현 그 자체가 어느 정도 낯설다.

세 번째, 문제는 문체文體이다. 라트비아어에서는 몇 가지 접미사接尾辭가 있다. 가장 일반적으로 사용되는 것은 '-in, -tiņ, -īt' 등이다. 라이니스는 이러한 리듬을 만들기 위해 작품 전체에 걸쳐 지소사를 사용한다. 예를 들면, "Sniedziņš sniga mežiņā"에는 두운과 리듬이 실려 있다. 한국어로 직역하면, "작은 숲에 작은 눈이 오다"이다. 이런 경우, 원래 언어의 우아함을 잃게 된다. 역설적으로 말하자면, 라트비아어 독자에게 매우 중요한 원문의 리듬은, 번역어로 인해 희곡의 실체적 내용과 상징성이 도리어 강조되기 때문에 리듬은 그만큼 상실된다.

20세기 전환기 라트비아어로 된 글 대부분은 21세기 현재보다 훨씬 양식화되어 있었고, 그만큼 딱딱하다. 비록 번역에서 이해하기 쉽게 일부 현대 언어를 사용했지만, 대부분의 텍스트는 전통적인 형식을 살릴 수밖에 없다. 17세기 허균의『홍길동전』원본을 같은 언어 내 번역intra-lingual translation으로 현재 통용되는 친숙한 한국어로 많은 이들이 번역하더라도, 그리고 경판經板과 몇 번의 버전을 거치더라도 원작의 맛을 살리는 작업을 포기할 수 없었던 것과 같다. 한마디로, 번역인가 창작인가 하는 그 경계의 문제일 것이다. 따라서 한국어 번역에서 라트비아 문화에 대한 올바른 이해를 제공하는 미묘한 차이, 즉 뉘앙스를 어떻게 유지하느냐는 번역자 능력의 문제이다. 나로서는 충분하지 못하다.

4. 민속 축제와 '다이나'

한 나라의 문화를 이해하는 것, 다른 한편으로 무엇이 한 나라의 문화를 만들고 이어가는가? 그 실체의 최소 단위는 바로 소리와 몸짓, 문자라는 판단이 가능하다. 여기서 소리와 몸짓에 초점을 맞추면, 노래와 춤으로 비롯되는 축제야말로 모든 문화의 원천이자 동력이 될 것이다. 동서고금을 통해 예외가 없다. 이곳 발트 지역은 그런 점에서 나름 특이한 점이 많다. 그렇다면, 라트비아의 노래와 축제는 무엇인가? 궁금하다.

'노래와 춤의 페스티벌'로도 불리며, 발트3국이 개최하고 있는 이러한 축제는 에스토니아와 라트비아에서는 5년마다, 리투아니아에서는 4년마다 주기적으로 열린다. 이는 오랜 역사를 통해 이어져 온 발트 지역에서의 민속과 예술을 전승하고, 승화하는 문화 행사로, 전통의 값진 보고寶庫이기도 하다. 라트비아에서는 이 축제를 '라트비아 노래와 춤 축제Vispārējie latviešu dziesmu un deju svētki', 에스토니아에서는 '노래 축제Laulupidu', 그리고 리투아니아에서는 '민요 축제Dainų šventė'라고 부른다.

며칠 동안 이어지는 이 축제의 주요 참가자들은 대부분 아마추어 합창단이거나, 무용단에 소속되어 있다. 노래의 레퍼토리는 오래된 고대의 민요로부터 현대의 곡들로 채워진다. 합창과 뮤지컬 앙상블은 18세기에 들어 에스토니아에서 처음 시작되어, 차츰 제도화되었다. 즉 발트 지역에서 이러한 '노래 축제'가 발생한 때는 에스토니아 도르파트Dorpat(오늘날 타르투Tartu)는 1869년, 이어 라트비아는 1873년[6], 그리고 리투아니아는 1924년이었다.

노래 축제는 이러한 뜻을 살려 2003년 유네스코UNESCO의 '무형문화유산Intangible Cultural Heritage'에 등재되었으며, 2008년에는 '발트 지역 국가들의 노래와 춤의 축전Baltic song and dance celebrations'으로 확장되어 발트3국 공동으로 '무형문화유산'으로 새롭게 선정되었다.

라트비아의 이런 축제에서 최근의 변화 가운데 주목할 점이 있다. 1991년 재차 독립을 이루고, 유럽연합 회원국이 되기에 앞서 2003년 제23회 축제에는 전 세계 여러 곳으로 흩어져 있던 '디아스포라'까지 대거 참가했다는 점이다. 구체적으로 합창단은 해외를 포함해서 319개, 무용 및 민속 그룹 538개, 금관악단 57개, 다양한 그룹의 코클레 연주자, 교향악 오케스트라 3개, 실내악 오케스트라 1개 등이 모여 대대적인 행사를 치렀다. 그리고 5년 후 2008년의 제24회 가요제 역시 비슷한 규모로 6월 29일부터 7월 9일까지 열흘 넘게 펼쳐졌다. 1991년 재차 독립을 맞이한 다음 가장 큰 국가적 행사로서 전 국민의 단결과 정체성을 대외적으로도 기리는 의미였다고 볼 수 있다. 약 100년 전 라이니스의 모습과 정신을 계승해서, 잘 표현하는 것 같다.

이러한 정신과 문화적 전통은 개최가 거듭될수록 더욱 내용은 더욱 알차게 이루어진다. 2023년에는 특별한 행사가 진행되었다. 행사 안내 팸플릿의 시작은 현재 국민들의 목소리를 담고 있다. "… 우리 국민, 국가, 전통에 대한 자부심이다. 우리 역사의 복잡한 우여곡절을 통해 노래, 춤, 음악이 우리 국민을 하나로 묶고 결속시킨 기쁨. 노래와 춤 축제는 150년의 전통을 가진 잊을 수 없는 아마추어 예술 현상이다!"[7] 2023년 '제27회 전국 라트비아 노래 및 17회 춤 축제XXVII NATIONWIDE LATVIAN SONG AND XVII DANCE FESTIVAL'에 참가하기 위해 라트비아의 1,600개 이상의 그룹과 다른 지역의 100개 이상의 그룹이 행사에 참가할 정도로 규모가 대단히 크다.[8] 참으로 특이하고 매력적인 음악제임에는 틀림이 없다.

'제26회 라트비아 노래와 춤 축제'(2018)에서 합창하는 모습

행사의 마무리는 리가의 '숲속 공원Mežaparks'[9]에 단정하게 잘 갖추어진 야외 공연장에서 열린다. 일종의 폐막행사이기도 하다. 이때 행사의 초점은 합창단과 무용단이지만 금관악단, 민속단체, 민속음악가, 시각예술가, 아마추어 연극단 등이 참여한다. 축제의 하이라이트 중 하나는 마지막 날에 민속의상을 입은 모든 참가자들이 5시간 가까이 퍼레이드로 리가의 중심을 가로질러 걷는 것이다. 여기에는 비단 일반인들의 가요제만 있는 것은 아니다. 1960년부터는 '청소년 춤과 노래 축제Latvijas Skolu jaunatnes dziesmu un svētki'가 개최되었으며, 다양한 형태의 젊은이들을 위한 행사가 계속되고 있다. 달리 말하자면, 국민적 축제의 동력을 미리 그리고 체계적으로 마련하는 데 있어 아주 중요한 역할을 하고 있다.

'가요제'의 역사적 배경과 현상 역시 발트 지역의 세 나라 모두 대동소이大同小異하다. 피드백을 한다면, 수 세기 동안 발트해 연안의 민중들은 정치적 문화적으로 외세의 지배를 받아왔다. 그런 가운데 19세기에 민족의식이 각성되는 과정에서 자신의 문화와 언어로의 회복이 있었다. 이때 이들에게 전통적인 가치, 전설, 동화, 노래가 가장 중요한 역할을 했다. 그러나 오늘날 라트비아인들의 생각, 특히 젊은이들은 이전과 달라졌다고 할 수 있다. "우리는 열심히 일하고, 놉니다. 우리가 축하할 때, 모든 사람들이 함께합니다. 우리의 춤과 노래는 활발하면서도 단순하며, 모든 사람들이 참여할 수 있습니다." 그럼에도 불구하고, 그들의 민족적 정체성에는 변함이 없다. 어떻게 살아남은 민족이자, 나라인가!

간추리면, 노래 축제는 라트비아 사람들의 자주적 독립과 정치적 해방에 대한 열망을 반영했다. 초기 음악회에서는 러시아의 압제를 극복하는 내용의 노래들이 많았다. 그 가운데 〈조국의 노래Tēvijas dziesma〉, 〈다우가바 어부의 노래Daugavas zvejnieku dziesma〉와 〈빛의 성Gaismas pils〉 같은 노래가 포함되었다. 무엇보다도 〈주여, 라트비아를 축복하소서Dievs, svētī Latviju〉는 전혀 새로운 노래였다. 1870년 무렵 카를리스^{Baumaņu Kārlis(1835~1905)}에 의해 라트비아인의 찬송가로 작곡했던 이 노래는 1873년 6월 '제1회 노래 축제' 기간에 리가에서 처음으로 불렸다. 이후 1918년 11월 18일 라트비아 최초 공화국을 선언할 때, 라트비아의 국가^{國歌}가 되었다. 덧붙인다면, 카를리스는 러시아 제국 시절, 노래와 가사에 최초로 '라트비아^{Latvija}'라는 말을 사용한 음악가였다. 독일 민요의 화음법을 배우고, 상트페테르부르크에서는 러시아 작곡가들의 작품을 접할 기회를 가지면서, 라트비아의 민요를 편곡했다. 그러나 그의 목표는 외국의 영향이 없는 독창적인 라트비아 민속 음악이었다.[10] 그의 작품 중 세 곡이 최초의 라트비아 노래 축제에서 불렸다. 물론 러시아 통치자들의 입장에서 '라트비아'는 국가의 독립을 요구하는 것으로 받아들여질 수 있었기에 이러한 단어의 사용은 물론 노래까지 금지했다.

라트비아 국가^{國歌} <신이여, 라트비아에 축복을>의 악보와 작곡가 바우마누 카를리스^{Baumaņu Kārlis}

'민요'에 덧붙여 작품에 사용된 언어적 리듬에 또한 주목할 필요가 있다. 라이니스는 성인을 위한 10권 이상의 시집과 12편 이상의 드라마를 쓴 시인이자 극작가였다. 그의 많은 작품에는 라트비아 민요에 사용되는 친숙한 운율韻律과 라트비아 민중의 귀에 선험적으로 잘 알려진 시의 연聯이나 노래의 구절句節이 실려 있다.

민요는 라트비아 문화의 중요한 원동력이었으며, 앞으로도 계속될 것이다. 수 세기에 걸친 주요 오락 형태로, 라트비아인들은 민요를 부르면서 점점 더 많은 변형을 만들어 왔다. 한국의 '아리랑Arirang'을 떠올리면, 이해하기 쉬울 것이다. 라트비아인들의 민요는 삶과 죽음의 모든 측면을 다룬다. 따라서 민요의 리드미컬한 요소는 유아기부터 노년기에 이르기까지 삶의 일부가 되었다. 여기서 우리는 라트비아의 민요 또는 '다이나'를 다시 살펴볼 필요가 있다. 다이나는 세계에서 가장 긴 운문으로 되어 있는 민속유산 모음들 가운데 하나이다.

이를 수집하고 편집한 사람은 바론스로, 라트비아 문화가 가장 오래된 형태로서 다른 민족의 것과 동등한 가치를 지니고 있음을 알리기 위해, 민요와 민속을 1868년에 조사 연구하기 시작했다. 그가 수집한 자료를 체계적으로 정리해서 만든 자료집을 '민요 캐비닛Dainu skapis'이라고 부른다. 이는 라트비아의 민족적 정체성에 대한 인식을 위한 투쟁과 자신들만의 문화적 정통성을 기리는 중요한 방편이 되었다. 즉 시대를 거치면서 민요는 라트비아 문화의 상징이 되었으며, 세계의 문화적 유산을 기억하는 한 부분이 되었다.

모두 268,815장(120만 개의 어휘)의 얇은 종이에 수록된 '민요 캐비닛'은 각기 다른 텍스트—수수께끼나 격언을 포함해서—로 한 장 한 장씩 따로 기술되어 있다. 각각의 종이에 4~8줄 민요가 적혀 있는 것을, 그에 의해 다시 4줄로 된 운문 형식으로 편집한 것을 '라트비아 민요Latvju Dainas'(라트비아 민요 컬렉션Collection of Latvian folksongs)라고 부르며, 이를 보관하는 서랍에는 민요의 형태와 분류를 숫자로 표시해 두었다.[11]

'노래'라고 하기보다는 운문韻文 또는 시詩로 받아들이는 것이 편하다. 한마디로 라트비아인들의 지혜와 세계관을 모아 놓은 것으로 해석할 수 있다. 한 세대 차이의 라이니스는 이러한 문화적 유산의 영향을 받았다. 간단하게 민요 〈다이나〉 하나를 예로 들어보자.

천천히, 조용하게 신을   Lēni, lēni Dieviņš brauca
계곡으로 이끕니다.   No kalniņa lejiņā;
담쟁이 꽃이 흐트러지지 않게   Netraucēja ievas ziedu,
작은 망아지도 놀라지 않도록   Ne arāja kumeliņu

각각의 운문은 '운, 리듬, 시적 은유와 서사를 담고 있다. 이를 통해 인간 삶 전체에 대한 의례의 표시뿐만 아니라, 인생을 살아가는 지혜에 대한 조언과 더불어 자연의 계절적 순환을 매우 자세하게 설명하고 있다. 복잡한 신화의 세계, 일상적인 삶과 사회적 관습에 대한 상세한 설명이 마치 최고最古의 역사서에 있는 것처럼 정리되어 있으며, 모두 시로 쓰여 있다. 극도의 함축적인 그리고 애칭diminutive 형태를 사용하는 것이 핵심적인 요소이다. 따라서 이러한 '다이나'를 다른 언어로 번역하는 것은 거의 불가능하다.

쉽게 표현하면, 라트비아어 '지에스마'는 일반적으로 그냥 '노래'로 번역되며, '다이나'는 라트비아의 전통적인 '민요民謠, tautas dziesma'와 시를 총괄하는 표현이다. 이런 '다이나'는 원래 리투아니아어로 1893년 라트비아의 사업가 비센도르프스Henrijs Visendorfs(1861~1916)가 라트비아의 방대한 민요를 수집한 바론스에게 이러한 용어을 제안함으로써 처음 사용되었다. 이후 라트비아 민요를 실은 바론스의 첫 CD 표지에 판본을 지원한 비센도르프의 이름도 실려 있다.

'다이나'는 라트비아의 문화와 민족적 인식, 라트비아 신화와 발트해 신화, 그리고 라트비아 언어사에 대한 연구를 위해 중요하고 필수적이다. 반면에 리투아니아의 '다이나'는 라트비아에 비해 훨씬 더 길고 상세하지만,

더 이해하기 어려운 신화적 내용을 담는 경우가 많다.

여기서 잠시 리투아니아의 민요를 살펴보자. 동東프로이센 괴니히스베르크Königsberg 대학 교수였던 리투아니아의 레자Liudvikas Gediminas Rèza(1776~1840)는 해안지대에 살던 리투아니아인들의 민요를 수집해 민요집 『다이노스Dainos』를, 약 20년에 걸친 민요 수집과 편집을 거쳐 1825년 출판했다. 여기에서는 85편의 리투아니아 민요가 독일어 번역과 함께 수록되었다. 헤르더, 괴테 등과 같은 유럽의 문호들 역시 리투아니아 민요의 가치에 대해 극찬했던 것으로 알려져 있다.[12] 그 결과 당시 전 세계적인 반향을 불러일으키기도 했다. 이처럼 리투아니아의 구전민요는 그 자체로서 문학성과 예술성은 물론 이와 별도로 리투아니아 근대문학의 대표적인 장르인 단편소설의 장르를 형성하는 데 매우 중요한 역할을 했다.

이와 달리, 바론스의 『라트비아 다이나Latviju dainas』에는 217,996개의 민요가 포함되어 있으며, 1894년부터 1915년 사이에 6권으로 묶어 출판되었다. 리투아니아에 비해 약 70년 뒤에 이루어진 발간에서도 알 수 있듯이, 그

다양한 형태의 라트비아 전통악기 '코클레'

역시 당시 발트 지역에서 학술적으로 민요에 대한 가치를 민중에서 찾았다. 그러나 대상과 주제는 두 나라에서 차이가 있다. 즉 라트비아의 '다이나'는 기독교 이전의 주제와 전설을 특징으로 하며, 시로 낭독될 때는 라트비아의 전통악기 '코클레kokle'와 함께할 수 있다.

라트비아의 민요를 부르거나 연주할 때 빠질 수 없는 악기가 바로 현악기 '코클레'이다. 그러나 같은 문화권에 속하는 이웃 나라, 즉 리투아니아에서는 '칸클레스kanklēs'로, 에스토니아에서는 '카넬kannel'로, 핀란드에서는 '칸텔레kantele', 그리고 러시아에서는 '구슬리gusli'로 불리며, 서로 비슷한 모양과 기능을 갖는다. 그러나 중요한 것은 17세기 초부터 이러한 악기의 사용에 대한 기록이 나타나며, 악보로 처음 기록된 것은 1891년이다. 이어 1930년대 축음기 레코드와 영화에서의 녹음이 이루어진다. 이보다 중요한 점은 라트비아의 문화를 역사적으로 바탕하고 있으며, 라이니스는 이를 문학적으로도 최대한 살리고, 독자 그리고 나아가 민중들의 서정적 감응과 감동을 위해 서술적으로 장치했다는 점이다. 특히 자신의 작품들 공연에서.

라이니스는 『황금말』에서 이러한 민중적인 요소인 리듬을 즐겨 사용했고, 다른 작품들에서는 때론 많이, 때론 덜 사용했다. 무엇보다 민요의 리듬은 라트비아 청중을 친숙하고, 편안하게 해주기 때문에 의미가 매우 크다. 이런 점에서 라이니스의 창조성은 아무리 강조해도 지나치지 않다. 대표적인 그의 희곡 『나는 놀고, 나는 춤을 춘다Spēlēju, dancoju』에서 작가는 라트비아 민요의 리드미컬한 요소를 사용해 무대에서 노래하고, 라트비아 청중에게 동시에 친숙하게 편안한 느낌을 만들어 가도록 했다. 그럼에도 불구하고, 불행히도 라트비아 민요의 이 리드미컬한 요소는 번역에서 온전하게, 아니 제대로 살릴 수 없었다는 아쉬움이 남아 있다.

5. 등장인물

- 아버지, 하인의 남편(Tēvs, kalpa vīrs)
- 비에른스(Bierns)

- 립스츠(Lipsts)
- 안틴스(Antiņš)= 사울베디스(Saulvedis)

  * 'Saule'는 태양太陽이며, '사울베디스Saulvedis'는 '태양을 가져오는 사람'
- 왕(Karalis)
- 공주, 그의 딸(Pricese, viņa meita)

  * 왕의 유일한 혈육, '사울체리테 Saulcerīte'는 '태양을 바라는 사람'
- 부자 왕자(Bagātais princis)
- 대신들(Ministrs)
- 백발 아버지(Baltais tēvs)=거지(Nabags) = 라우스키스(Lauskis)
- 검은 어머니(Melnā māte)
- 바람의 어머니; 바람의 영혼을 거느린(Vēja māte ar vēja gariem)
- 눈의 어머니; 눈의 아이들을 거느린(Sniega māte ar sniega bērniem)
- 길 잃은 아이들(Noklīdušie bērni)
- 일곱 마리 까마귀(Septiņi kraukļi)
- 나팔수, 군중들, 경호원, 궁정 신하들, 전사들, 여러 지역에서 온 왕자
  들, 소나무 타르를 만드는 사람, 공주의 시종들(taurētājs, ļaudis, sargi,
  galminieki, kareivji, prinči, ogļudeģis, princeses pavadones)
- 관객의 좌우(Pa labi un kreisi no publikas)

* 추가 설명

- '백발 아버지'는 라트비아 이교도 설화에서 천 가지로 변장해서 나타
  날 수 있는 신神의 모습을 띤다. 이야기가 진행되는 동안 백발 아버지
  는 거지, 라우스키스, 나비 또는 종달새 등의 모습으로 나타난다.
- '라우스키스'는 냉기, 즉 추위의 정령精靈이다. 도끼를 든 노인이 집을
  쳐서 튼튼한지, 아닌지를 확인한다. 이는 추운 날씨 동안에 건물이 갈

라지는 소리로 설명된다.

- '검은 어머니'는 라트비아 민담에서 죽음을 의인화하고 있다. 검은색은 악을 뜻한다. 백발의 도인은 검은 어머니를 다양하게 변장시킬 수 있는 능력이 없기 때문에 단일 존재로 불린다.
- '오글루데지스'는 소나무 숯과 송진에서 타르를 증류蒸溜하는 사람이다. 발트해 연안 지역의 중요한 수출품인 소나무 타르는 목재보트와 선박의 방수 처리에 사용되었다.
- '일곱 까마귀'는 검은 어머니의 명령에 따라 잠자는 공주를 지킨다. 이는 또한 라트비아인들이 겪어야만 했던 700년 동안의 억압을 뜻한다. 동시에 공주가 잠자고 있는 7년 역시 같은 상징성을 갖는다.

2부

작가의 이해

작가 야니스 라이니스의 본명은 야니스 플리엑샨스Jānis Pliekšāns로 1865년 9월 11일에 태어났다. 그는 1929년 9월 12일에 사망했으며, 리가의 묘지에 묻혀 있다. 그는 라트비아의 시인이자 극작가, 번역가, 언론인, 사상가, 정치가였다.

라이니스의 아버지는 아들과 두 딸도 교육을 받아야 한다고 주장하면서, 이를 실천한 소작농이었다. 8~9세 무렵에 라이니스는 다우가우필스Daugavpils 근처에서 유치원 교육을 받은 다음, 그리바Grīva 독일어 학교를 다

라이니스의 유년과 노년 시절

녔다. 학교의 정규 커리큘럼 이외의 자유 시간에는 라틴어와 그리스어의 기초를 배웠다. 이후 15세 때, 리가에 있는 고전어 중심의 시립 김나지움에 입학해서 독일어와 러시아어를 공부했으며, 1884년 그는 상트페테르부르크St. Petersburg[1] 대학 법학부에 입학, 1888년 졸업했다.

그에게 법학은 직업 그 이상이었다. 그는 나중에 "우리나라 전체 재편은 개인과 집단의 권리에 대한 문제와 연관되어 있다. 변호사는 언어학자나 신학자보다 더 많은 것을 성취할 수 있다. 여기서 하나는 삶의 중심에 있다. 그것을 만들고, 바꾸고, 형성하는 것이다"라고 밝혔을 정도였다. 이처럼 라이니스는 상트페테르부르크에서 문화적 정치적 격변기를 몸소 겪는다. 자유주의적인 통치정책을 수립한 황제 알렉산드르 2세Alexander II[2]는 1881년에 암살당한다. 그러나 그의 아들 알렉산드르 3세는 이러한 정책들을 뒤집고, 엄격한 독재 통치로 후퇴했다. 나아가 그는 러시아 전역의 소수 민족을 러시아화하려는 정책을 수립했다.

이 무렵 문화적인 면에서 본다면, 1881년 도스토옙스키Fyodor Dostoevsky (1821~1881)[3]가 사망하고, 톨스토이Lew Tolstoi(1828~1910)[4]와 다른 러시아 현실주의 작가들은 여전히 활동적이었다. 당시 작가들은 마르크스Karl Marx(1818~1883)의 사상에서 발전한 개인의 심리와 권리, 자유주의적 정치 이데올로기로써 새로운 주제를 제시했다. 이런 점에서 라이니스는 문학에서 제시된 새로운 생각이 민중들에게 광범위한 영향을 미칠 수 있다고 보았다. 그와 그의 동료 라트비아인 학생들은 마르크스와 다른 자유주의 사상가들의 정치적 선언문을 읽기도 했다. 그들은 라트비아로 돌아와서 이러한 진보적인 생각을 공유하면서, '새로운 흐름'이라는 운동에서 핵심적인 인물이 되었다.

1888년 대학을 졸업한 후, 라이니스는 리투아니아 빌뉴스Vilnius에서 법률적 실무를 경험하지만, 곧 라트비아로 돌아와 옐가바Jelgava에서 스테르스테Andrejs Stērste와 동업하기도 했다. 라이니스의 여동생 남편인 스투츠카가 〈데일리 페이지〉 신문의 편집자 자리에서 물러났을 때, 출판사는 먼저 스테르스테에게 그 자리를 맡아 달라고 요청했다. 그는 거절하면서, 대신 라이니스를 추천했다. 출판사는 이에 동의했고, 1891년 라이니스는 라트비아 진보 정치의 핵심으로 기고문을 발표했다. 그는 〈데일리 페이지〉를 통해 노동자들의 권리와 라트비아 문화의 중요성을 주장하는 '새로운 흐름'의 주요 생각을 퍼뜨렸다.

이 시기 여동생 도라Dora(1870~1950)도 그녀만의 이름을 알렸다. 그녀는 당시 대학에 들어간 최초의 라트비아 여성들 중 한 명으로, 스위스 취리히에서 의학을 공부했다. 자연스럽게 도라의 관심사는 서부 유럽의 진보적인 정치도 포함되었는데, 그녀는 이러한 진보적인 운동의 지도자들에게 둘러싸여 있었다. 플리엑샨스 집안의 남매인 라이니스와 도라는 둘 다 고등교육을 받았으며, 동시대 진보적인 정치의 선두에 있었다.

도라는 오빠를 독일 '민주사회노동자당'의 창시자인 베벨Ferdinand August Bebel(1840~1913)에게 소개했다. 이때 베벨은 라트비아에서 공유할 마르크스와 다른 사상가들의 글을 라이니스에게 전했다. 그러한 글들은 당시 불법이었기 때문에 베벨은 라이니스가, 가짜 패널이 있는 여행 가방으로 그것을 운반하도록 했다. 나중에 라트비아의 사회주의 운동은 이 여행 가방에서 성장했다고 말할 만큼 은밀하게 이루어졌다.

1891년 라이니스는 〈데일리 페이지〉의 편집자가 되었다. 그의 지도로 〈데일리 페이지〉는 '새로운 흐름'이라는 운동 참가자들의 조직적 중심이 되었다. 독일 사회민주주의의 지도자인 베벨과의 친분은 그가 사회주의의 가르침에 집중하도록 했다. 베벨과의 친분을 통해 라이니스는 정의, 민주주의, 인본주의의 토대 위에서 사회 시스템을 재배치하는 오랫동안 추구해 온 수

완을 보고 배웠다. 그러나 이러한 신념과는 달리 그는 평생 투옥, 감옥, 추방과 유배, 그리고 중년의 대부분을 망명으로 보냈다고 해도 과언이 아닐 것이다. 이러한 가운데 그가 창작한 가장 대표적인 작품은 『불과 밤Uguns un nakts』(1908), 『황금말』(1910), 『인둘리스와 아리아Indulis un Ārija』(1913), 『바람아, 불어라!Pūt, vējiņi!』(1913) 등을 들 수 있다.

작품을 출판하면서부터 그는 '야니스 플리엑산스라'는 본명 대신, '라이니스'라는 가명을 사용했다. 저자를 언급하는 방법에는 약간의 혼란과 그럴만한 이유가 있었다. 몇 권의 책에서는 '야니스 라이니스'를 사용했으나, 대부분 학자들은 문헌에서 그를 '라이니스'로, 그의 아내를 '아스파지아'로 표기했다. 동부 유럽의 많은 혁명가들 역시 당시 제정 러시아가 즉각적으로 신원을 밝혀, 탄압받는 것을 피하기 위해 필명이 따로 필요했다.

다른 한편으로 라트비아 현대문학에서 아스파지아에 대한 이해는 매우 중요하다. 그녀는 라이니스와 견줄 만큼 라트비아 현대문학의 쌍벽을 이루었으며, 본명은 엘자 로젠베르가Elza Rozenberga(1865~1943)로 그녀 역시 평생 필명으로 활동했다. 더구나 그녀는 라이니스의 부인으로서 남편이 정치범으로 핍박을 받고 있을 때, 그에게 적지 않은 새로운 영향을 불어 넣었다. 라트비아 문학계에서 라이니스보다 먼저 등단한 그녀는 '봄풍경의 아름다움과 어린 시절, 젊음, 사랑' 등을 노래한 시인이었다.

시 창작 활동 이외에도 아스파지아는 리투아니아의 이교도 시절의 역사를 다룬 희곡 등을 저술하며 젊은 라트비아인들에게 많은 영향을 주기도 했다. 그녀는 라트비아 민요의 담백한 맛과 여성적인 감각을 겸비하여 희곡, 시를 비롯해 어린이를 위한 작품도 저술했다. 무엇보다 주목할 점은 당시 그녀가 라트비아 최초의 페미니스트로 인정받고 있었다는 사실이다. 그녀와 더불어 라트비아 문학계에서 두각을 보인 작가들로는 착스Aleksandrs Čaks

(1901~1950), 아담손스Eriks Ādamsons(1907~1946), 수드랍칼른스Jānis Sudrabkalns(1894~1975) 등이 있다. 이외에도 많은 작가들이 라트비아 시와 가요의 전통과 맥을 이어가며 문학활동을 펼쳤고, 지금도 펼치고 있다.

2015년 라트비아에서 발행된 라이니스와 아스파지아의 기념 우표

아스파지아는 'Aspasia'의 라트비아어 음역音譯이기도 하다. 그녀는 현대 라트비아 시와 드라마 분야의 선구자로 인정받고 있다. 그녀는 평생 '여성해방, 민족의 과거와 현대, 국가와 국가의 창조, 그리고 인간 존재의 기본조건' 등에 대한 지적 토론을 촉진하는 데 집중했다. 남편 라이니스와 창의적인 협력을 통해 이들 부부는 작가이자 동시에 공적 정치인 역할까지 맡았다. 그녀는 또한 연극, 영화, 음악과 같은 다른 형태의 예술적 창작으로 변형할 수 있는 탁월한 능력으로 이미지와 주제를 만들어 내는, 당시 라트비아에서 가장 활발하게 활동한 문화인 가운데 한 사람이었다.

아스파지아는 1865년 옐가바 근처 부유한 농민 가정에서 태어나서 자랐으며, 그곳에서 공부하고 청소년 단체에서 활동하는 등 대단히 적극적인 성격의 소유자였다. 1886년 발터Wilhelm Max Walter와 결혼했으며, 처음에는 주로 독일 작가와 그들의 문학에 관심을 가졌다. 그녀의 첫 출판물은 결혼 다음 해인 1887년 〈데일리 페이지〉라는 신문에 실렸다. 그러나 1891년 첫 남편과 이혼하고, 1893년까지 고향 옐가바 근교에서 개인 교사로 일하다가, 리가에 정착해서 저널리스트로 일하기 시작한다. 이듬해 1894년 스물아홉 살에 그녀의 첫 작품인 『처녀Vaidelote』와 『잃어버린 권리Zaudētās tiesības』가 리가에서 출판 상연될 정도로 대단히 열정적인 문학 활동가였다.

이러한 가운데 운명적인 만남이 이루어진다. 신문 편집자, 시인, 변호사이자 동시에 '새로운 흐름'이라는 운동의 지도자인 야니스 필렉샨스를 만나게 된 것이다. 그의 영향으로 아스파지아는 '새로운 흐름'에 합류했고, 이후 당국의 강화된 단속을 틈타 잠시 리투아니아 파네베지스Panevėžys로 이사한 후 마침내 1897년 결혼에 이른다. 결혼 전후의 행복도 잠시 결국 라이니스는 투옥되고, 이후 1897년부터 1903년까지 러시아로 5년간 추방되는 선고를 받는다. 이때 그녀는 남편을 따랐으며, 함께 괴테Johann Wolfgang von Goethe(1749~1832)의 몇몇 작품을 라트비아어로 번역했다. 나중에 그들은 라트비아로 돌아와서도 작품을 계속 썼고, 그러한 가운데 라이니스는 사회주의 정치에도 참여했다.

리가로 돌아온 지 2년 후, 사회주의적 혁명 운동은 1905년 1월 상트페테르부르크 시위로 시작되었다. 며칠 만에 시위는 리가로까지 확산되었고, 1905년 1월 13일에는 수많은 사람들이 사망하기에 이르렀을 정도로 희생이 컸다. 아스파지아의 연극 『처녀』는 같은 해 같은 달 1월에 상영되었으나 제정 러시아로부터 공연 금지를 당한다. 차르는 즉각 탄압을 명령했고, 많은 혁명가들이 1905~1906년에 걸쳐 체포되거나 살해되었다. 불가피하게 두 부부는 스위스로 도피해 1905년부터 1920년까지 망명 생활을 했다.

제1차 세계대전 후, 스위스에서의 망명 생활을 끝내고, 독립된 라트비아로 돌아왔을 때부터 아스파지아는 페미니스트 운동에 활발히 참여한다. 또한 그녀는 라트비아 사회민주노동당에 입당해 제헌의회Satversmes Sapulce 의원으로 선출될 정도로 현실 참여에 적극적이었다. 귀국한 지 채 10년을 넘기기도 전 1929년에 남편 라이니스가 사망하자, 그녀는 리가 근교 두불티Dubulti에 있는 여름 별장에서 홀로 살았다. 그러다가 1943년 11월 5일 그곳에서 사망했으며, 지금은 리가의 '라이니스 공동묘지'에 남편과 함께 나란히 묻혀 있다.

아스파지아의 첫 작품은 현실적이었지만, 그녀의 작품 대부분은 네오로맨틱하다. 일부는 과거에 대한 향수를 불러일으키기도 했다. 예를 들어, 1894년에 쓴 『처녀』(리투아니아 신화에 나오는 신들의 여종)는 14세기 리투아니아 대공국을 배경으로 한다. 같은 해에 『잃어버린 권리』(1894), 다음 해에는 『마녀Ragana』(1895)를 발표하는데, 이들 작품 모두 라이니스를 만나기 이전에 만들어졌고, 연극으로도 공연되었다. 그녀의 작품 가운데 『은색 액체Sidraba šķidrauts』(1903)는 최고의 작품으로 간주된다. 1923년에는 자신의 이름을 딴 『아스파지아』라는 희곡도 발표했다. 이외에도 많은 작품을 창작했다. 덧붙여, 희곡 이외 시 역시 주목할 업적으로 평가받는다. 아스파지아의 시적 예술은 낭만적이고, 철학적으로 명상적인 성격을 띠고 있다. 그녀의 시는 사회적 중요성과 밀접하게 얽혀 있으며, 그러한 내용의 핵심은 '인간의 삶, 현실과 이상, 꿈과 현실, 자유, 진실, 용기, 인간의 의미 추구, 자유 의지 및 사랑과 행복' 등 보다 구체적인 일상과 삶을 포괄한다. 그녀가 전하고자 하는 시적 함의는 현대 철학적인 시의 특징적인 동기로 평가할 수 있을 것이다. 그녀가 펴낸 시집으로는 『빨간꽃Sarkanās puķes』(1897), 『영혼의 자리Dvēseles krēsla』

(1904), 『꽃의 무릎Ziedu klēpis』(1911), 『세가지 색의 해바라기Trejkrāsaina saule』(1926), 『영혼의 여행Dvēseles ceļojums』(1933), 『과꽃의 시간Asteru laikā』(1928), 『저녁별 아래서Zem vakara zvaigznes』(1942) 등이 있다.

　　다른 한편으로 21세기 초 현재 발트3국의 관계에서 보면, 문학사 역시 세 나라 모두 상호연관성을 갖는다. 먼저 라트비아 문학사를 간략하게 정의한다면, 리브란트(리보니아)[5] 역사처럼 발트독일인의 문학과 라트비아인의 문학이라는 주류가 공존했다. 그러나 실제로 19세기까지 라트비아에서 문학계를 이끌어간 주체는 발트독일인들이었다. 그렇지만, 이는 당시 라트비아인들이나 에스토니아인들의 문학적 능력이 부족했음을 뜻하는 건 아니다. 역사적 자료를 살펴보면, 주변 국가들과 비교해 보더라도 라트비아와 에스토니아 민중들의 문자 해독력이 상당한 수준에 이르렀음을 알 수 있다. 라트비아어로 발간된 최초의 서적은 「루터교 카테키즘」으로 알려져 있는데, 1525년 발간된 이 책은 반개혁주의자들에 의해 몰수되어 독일의 뤼벡Lübeck에서 불태워져 현재 남아 있지 않다. 따라서 현존하는 책 가운데 가장 오래된 것은 1585년 리투아니아 빌뉴스에서 편찬된 「카톨릭 카테키즘Kanīzija katehisms; Catholic Catechism」[6]이다.

　　발트 민족들의 공통된 사항이지만, 라트비아 역시 민중들이 부르는 〈지에스마〉를 통해 라트비아 민족들의 사상과 아픔을 표출했다. 노동할 때 부르는 노래나 결혼식 등 예식 행사에서의 노래, 아이들이 놀면서 부르는 노래인 〈지에스마〉의 종류는 다양하다. 멜로디가 단순하고, 구성도 소박하지만, 민중들의 삶을 문화와 문학적 언어로 표현하는 라트비아 민중들에게는 여전히 많은 관심의 대상이다.

　　다른 한편으로 독일인이면서도 라트비아인들의 편에 서서 그들의 관점과 입장에서 저술 활동을 한 가장 대표적인 작가는 메르켈Garlieb Merkel(라트비아어 Garlībs Merķelis, 1769~1850)이었다. 그는 독일어로 작품 활동을 했지만, 평생 자신의 조국은 라트비아라고 말하곤 했다. 그는 작품『철학적 세기말, 리브란트의 뛰어난 라트비아인Die Letten, vorzüglich in Liefland am Ende des philosophishen Jahrhunderts』(1796, 라이프지히)을 통해 라트비아인들의 자유와 권리를 옹호하면서, 라트비아인들의 민족의식을 계몽시키는 일에 큰 역할을 했다. 동시에 그는 라트비아와 에스토니아인들의 자유를 억압하는 발트독일인들을 비판하기도 했다.

메르켈과 맞먹는 위치의 발트독일인 작가로는 스텐데르Stender 부자父子(아버지 Gotthard Friedrich Stender 1714~1796, 아들 Alexander Johann Stender 1744~1819)가 있다. 그들은 독일어와 라트비아어로 저술 활동을 했으며, 독일시를 라트비아어로 번역하거나, 라트비아의 동화 및 민요를 수집해서 편찬함으로써, 농민들에게 밝고 올바른 생각을 심어주기 위해 노력한 부자 작가이다. 특히 아버지는 라트비아의 자연과 지리에 관한 연구서를 최초로 편찬하기도 했다.

스텐데르 부자가 민중문학에서 최고의 역할을 한 사람이라면, 교회 문학에서의 선구자는 글뤼크Johann Ernst Glück(1654-1705)이다. 그는 1691년 독일어나 라틴어를 바탕으로 하지 않고, 성서 원문을 바로 라트비아어로 번역한 최초의 인물이다. 그의 번역은 라트비아 시문학과 문학 양식의 시초가 되었다. 이후 19세기에 이르러서야 라트비아 출신의 작가들이 본격적으로 나타난다. 그들은 당시 발트 지역의 유일한 에스토니아 타르투 대학에서 교육을 받았다. 자연스럽게 에스토니아의 민족운동과 맥을 같이 하면서, 라트비아 민족정신의 배양에 혼신을 다했다. 당시 대표적인 인물로서 '젊은 라트비아인'이란 단체를 결성해서 활동한 발데마르스Krišjānis Valdemārs(1825~1981)를 먼저 들 수 있다. 그는 앞서 언급한 스텐데르 부자의 영향을 받았으며, 독일어 이름은 볼데마르Christian Woldemar로 라트비아 저널리스트이자 작가 및 항해 개척자였다. 이어 바론스는 라트비아 민속학자, 작가 및 문헌학자였으며, 오늘날 여전히 '〈다이나〉의 아버지Dainu tēvs'로 추앙받고 있다. 그리고 알루난 스Ādolfs Alunāns(1848~1912)는 라트비아 배우, 감독 및 극작가였고, 라트비아 형식의 '드라마투르기'를 만들며 '라트비아 연극의 아버지'로 불리기도 했다. 나아가 〈아돌프 알루나 극장Ādolfa Alunāna teatris〉를 1896년 설립해서 자신이 몸소 실천했다. 이처럼 이들은 당시 매우 활발한 활동을 펼쳤다.

당시에는 라트비아 최초의 신문 〈마야스 비에시스Mājas Viesis〉(집 손님)가 발간되었으며, 라트비아 민속적인 것들의 정리와 그것을 바탕으로 한 창작 활동, 라트비아와 리투아니아의 과거사 연구 등으로 민족이 나갈 길을 조명하는 활동들이 이루어졌다. 특히 알루나스는 극작가로서 라트비아 연극의 역사를 시작한 인물 중 한 명으로, 이후 라이니스와 아스파지아의 작품의 공연에 중요한 기틀을 마련했다고 볼 수 있다. 그만큼 문화적 토양이 다져지는 것과 함께 대단히 생산적이었던 문화적 활동도 상당한 수준에 이르렀다.

품푸르스Andrejs Pumpurs(1841~1902)는 라트갈레와 리투아니아에 자국어 출판 금지령이 내려지고, 러시아화의 물결이 거세어지며 라트비아인들 사이에서 독립국 건설의 의지가 불타오르던 무렵에 라트비아의 역사적인 대서사시 『라츠플레시스Lāčplēsis』(곰을 찢는 사람)를 지었다.[7] 이보다 앞서 직접 쓴 최초의 시가 1896년 잡지 〈발트저널Baltijas Vēstnesis〉에 실렸으며, 2년 후인 1888년에 『라츠플레시스』는 오늘도 이어지고 있는 민속민요 축제 3주년—5년마다 열리는—을 맞아 펴낸 작품이기도 하다. 책의 제목과 동일한 이름인 라트비아의 민족적인 영웅 '라츠플레시스'의 일대기를 그린 이 책은 라트비아 민족의 기원과 고대의 역사를 남성적이고 웅장한 언어로 표현한 대작이다.

신화적인 인물로 그는 실제로 곰의 귀를 가지고 있어, 마치 삼손처럼 귀에서 어마어마한 힘이 솟았으며, 라트비아 땅을 침략한 튜턴십자군—독일 기사단—과 맞서 싸우는 전사였다고 알려져 있다. 작품 전체에 걸쳐 선과 악의 대비 등 문학적인 구성도 잘 갖추어져 있으며, 최근에는 '록오페라'로 제작되기도 하는 등 20세기 초 라트비아 문화 및 문학적 발전에 큰 영향을 미치기도 했다. 매년 11월 11일은 세계 1차 세계대전이 끝날 즈음 해방전쟁을 승리한 기념으로 '국군의 날'이자 '라츠플레시스의 날'로도 지정되었을 정도이다.

이제 라이니스와 품프르스 관계를 살펴보자. 라이니스는 라트비아 민족의 정서를 표현한 라트비아 최고의 시인으로 손꼽힌다. 그는 시인일 뿐만 아니라, 극작가로서 품푸르스의 『라츠플레시스』의 영향을 받은 것으로 알려진 희곡 작품 『불과 밤』을 쓰기도 했다. 이 작품은 라트비아의 '파우스트 Faust'에 견주어지기도 한다. 라이니스는 평생토록 괴테의 『파우스트』에 깊은 관심이 있었으며, 실제로 『파우스트』(1903)를 라트비아어로 번역해서 무대에 올리기도 했다.

그의 번역에 대한 다른 이야기도 있다. 1910년 11월 27일 라이니스가 출판사 《굴비스Gulbis》 측에 보낸 편지에서 모국어와 번역어 모두의 문제점을 인정하고 있다. 즉 초기 투옥 기간에 라이니스는 괴테의 『파우스트』를, 그리고 다른 고전 세계 문학 작품들도 라트비아어로 번역했다. 어느 문학비평가가 그의 번역이 완성도가 높지 않다고 언급한 이후, 라이니스는 출판사에 편지를 써서 더 나은 번역이 가능했겠지만, 라트비아인에게 유럽 문학에 가능한 한 빨리 접근할 기회를 제공하는 것이 우선적으로 필요했다고 밝힌 적도 있다. 이는 무엇보다 특정하게 엄중한 시대에는 대중과 독자에게 새로운 문학을 제공하는 것이 완벽한 번역보다 더 중요했다는 자신의 생각을 솔직하게 밝힌 것으로 보인다. 때론 미흡한 평가도 감내하는 문학 활동을 하면서도, 라이니스는 1904년과 1905년에 있던 혁명 활동에 참가해서 라트비아 사회민주운동을 주도했다. 그리고 제정 러시아의 핍박을 피해 스위스에서 망명 생활을 하면서, 그곳 자연에서 모티브를 받아 또 다른 작품들을 저술하기도 했다.

라이니스와 〈데일리 페이지〉는 진보적 성향을 가졌지만, 이보다 앞선 그의 취리히 여행을 통해 사회주의 정치에 더 날카로운 초점을 맞추었다. 그는 서부 유럽의 사회주의에 대한 기사를 계속 썼고, 사회주의 문학에서 발췌한 부분을 공유했다. 이러한 사상은 리가 지역의 학생들과 노동자들에게 널리 받아들여졌고, 라트비아 전역으로 퍼져 나갔다.

라이니스는 사회주의를 촉진하는 많은 회의에 참여했지만, 웅변가는 아니었다. 그의 웅변은 글만큼 대중적이거나 훌륭하지 못했다. 반면에 다른 정치인들은 대중으로부터 더 큰 호응을 얻었다. 이는 결국 대중적인 사람이 지도자 자리에 선출되었음을 의미한다. 비록 그는 종종 이 일로 인해 스스로 환멸을 느꼈지만, 이와 달리 깨어 있는 많은 사람들은 그를 라트비아 사회주의 운동의 아버지로 보는 데는 이의가 없었다.

1890년대 동안 러시아 당국은 광범위한 영토 전체에서 증가하는 불안을 인지하고 있었다. 점점 많은 단체들이 사회주의, 무정부 상태, 그리고 변형을 옹호했다. 공장 노동자들이 파업했고, 〈데일리 페이지〉와 같은 신문들은 많은 독자들을 자극했다. 따라서 당국은 혁명 활동을 제한하고, 급진 단체나 '새로운 흐름' 운동의 지도자들을 체포하기 시작했다. 이처럼 1890년대 동안, 라이니스와 '새로운 흐름' 운동의 다른 회원들도 거의 전적으로 독일과 서부 유럽의 정치적 이데올로기에 주목했다. 그러나 19세기 말에서 20세기로 접어들면서, 레닌을 비롯한 러시아 사회주의 이데올로기가 더 큰 영향력을 발휘하기 시작했다. 자연스럽게 라트비아 진보운동에서는 분열이 일어났다.

1894년 라이니스는 또 다른 중요한 전환점을 경험한다. 저명한 시인이자 극작가인 아스파지아를 만났기 때문이다. 그녀가 자신의 최신 연극『처녀』에 대한 〈데일리 페이지〉의 리뷰에 항의하기 위해 신문의 편집장을 만나자고 주장하면서, 이루어진 만남이었다. 결과는 놀라울 정도로 서로 감탄하고 존경하는 마음이 이어졌다. 천생연분의 연인처럼. 라이니스가 감동한 이유는 여성의 권리와 능력에 대한 아스파지아의 주제가 모든 개인의 권리에 대한 그의 믿음과 맞물렸기 때문이었다. 이리하여 라트비아에서 당시 가장 중요한 작가 중 한 명인 페미니스트 아스파지아와 라트비아에서 가장 뛰어난 진보 정치가 목소리의 라이니스가 운명적으로 이어지게 되었다.

첫 만남에서 아스파지아는 라이니스가 저널리즘에서 문학으로 옮겨갈 수 있도록 설득했다. 시누이 도라는 오빠를 정치에서 멀어지게 하려는 아스파지아를 원망했다. 두 여자는 라이니스가 자신의 가장 큰 잠재력을 성취할 것이라고 믿었지만, 결과는 매우 다른 방식으로 이루어졌다. 당시 라이니스가 두 가지 목표를 나름 달성할 것이라고 누구도 상상하기 어려웠다.

마침내 1897년 라이니스와 아스파지아 두 사람은 라트비아의 혁명 운동에서 가장 중요한 커플이 되었다. 운명적일지 모를 일이지만, 여동생 도라와 스투츠카의 결혼 역시 같은 해에 이루어졌다. 처음부터 라이니스는 누이의 결혼을 탐탁지 않게 여겼다. 부분적으로는 그와 스투츠카는 이미 정치적으로 헤어졌다는 이유가 설득력을 갖는다. 더구나 아스파지아와 도라는 서로를 경멸하기도 했다. 두 남매의 부부에게 정치적 우선순위는 매우 달랐다. 라이니스와 아스파지아는 라트비아의 문화를 받아들였고, 궁극적으로 독립 국가를 지지했다. 그러나 스투츠카는 레닌 내부 집단의 일원이 되었으며, 라트비아가 소비에트 연방이 되고, 그 일부로 조국과 세계가 공산주의화 될 것이라는 점을 강조했다. 정치적 신념과 견해의 차이는 결국 라이니스와 도라 사이의 갈등으로 이어졌다. 이로부터 그들은 라이니스의 마지막 19년 동안 한 번도 만난 적이 없었다.

진보 운동은 19세기 후반에 빠르게 성장했다. 처음에는 라이니스를 포함한 대부분의 사람들이 어떤 형태로든 러시아 연방 내에서 라트비아의 자결권 보장을 원했다. 실제로 라트비아는 200년 넘게 러시아 제국의 일부였고, 결코 제대로 독립한 적이 없었다. 따라서 라트비아인들은 독립 국가를 감히 상상할 수 없었다. 그러나 라이니스와 스투츠카를 포함한 러시아 진보주의자들이 세계 공산주의를 창출하면서 민족 간의 차이를 소멸시키려 한다는 것을 깨달은 후, 라트비아 문화는 독립적인 주권국가에서만 살아남을 수 있다는 점에서는 같은 생각을 공유했다. 이러한 상황은 우리 역사에서도 유추할 수 있고, 사회적으로도 시사하는 바가 있다. 일제에 합병되는 20세기 초, 조선 말기에 벌어졌던 위정자와 민중들 간의 숱한 갈등과 혼란이 이와 매우 유사하기 때문이다.

1895년 새로운 제재가 이루어지자, 스투츠카와 〈데일리 페이지〉의 발행인은 라이니스를 편집자에서 해임했다. 해임하는 편에 선 사람들은 신문이 좀 더 온건한 목소리를 낼 필요가 있다고 주장했고, 그래서 스투츠카는 다시 편집자가 되었다. 이러한 변화는 1897년에 8개월 동안 문을 닫았던 편집국을 진정시키기에는 너무 늦었다. 그만큼 스투츠카와 라이니스 사이의 긴장이 커졌다. 다른 한편으로 라이니스와 아스파지아는 이 해고를 도라가 원하지 않았던 바로 그들의 문학적 노력에 집중하는 기회로 삼았다. 이러한 전환을 위해 리가의 정치적 격변에서 벗어날 필요가 있다는 것을 둘은 깨달았다. 베를린에서 잠시 머문 후, 그들은 리투아니아의 작은 도시 파네베지스로 이사했다.[8]

1897년, 러시아는 라트비아 사회주의자들을 대거 체포했다. 라이니스는 리투아니아로 이주했지만, 현지 경찰에 체포되어 투옥되었다. 경찰은 파네베지스에 있는 라이니스의 집을 수색해서 라이니스가 취리히에서 사회주의 사상을 밀수할 때, 자주 사용했던 여행가방까지 발견했다. 라이니스는 곧 누가 자기를 배신했는지를 알게 된다. 러시아 당국이 새롭게 추가로 체포된 라트비아 수감자들을 인터뷰하면서, 〈데일리 페이지〉의 기자인 얀손스Jānis Jansons와 연결고리가 약하다는 것을 발견했다. 얀손스는 스투츠카와 친한 친구이자 리가에서 한때 룸메이트였다. 그는 러시아의 회유로 신문과 관련된 사람들과 라트비아 전역에 퍼져 있는 많은 사회주의자들의 신원을 제공했다. 얀손스는 스투츠카가 불법적인 사회주의 활동에 대해 거의 알지 못한다고 주장하면서, 그를 보호하려고 노력했다. 반면에 라이니스의 역할을 과장하면서, 스투츠카의 이익을 위해 그를 희생시켰다. 그러나 스투츠카가 얀손스의 왜곡을 지시했는지는 알려지지 않았다. 수사 기간인 2년 동안 감옥살이를 한 후, 라이니스는 시베리아에서 5년간의 유배형을 추가로 선고받았다. 스투츠카 역시 그곳에서 3년 형을, 대신 얀손스는 집행유예를 선고받았다.

라이니스는 수감 초기 2년 동안 괴테의 『파우스트』 번역에 집중했다. 이러한 방대한 작업은 세계 문학에서 보편적인 주제가 라트비아어로도 표현될 수 있다는 사명감을 강화했기 때문에 가능했으며, 이는 기념비적인 성과였다. 아스파지아는 이 기간 동안 매일 라이니스를 방문했고 그의 모든 글을 검토하고 편집하는 데 도움을 아끼지 않았다. 그러나 시베리아에서의 5년 형 선고로 인해 라이니스와 아스파지아는 헤어질 상황에 처했다. 이유는 단지 배우자만이 추방된 사람과 함께 여행할 수 있기 때문이다. 이때 라이니스는 아스파지아에게 청혼했다. 그녀는 수락했고, 그들은 1987년 12월에 교도소 목사의 주례 아래 결혼식을 올렸다. 부부로서 둘은 러시아의 프스코프Pskov와 비아트카Vjatka로 함께 움직였고, 아스파지아는 라이니스 글의 편집을 돕는 역할을 계속했다.

라이니스는 시베리아에 있는 동안 숱한 고통을 받았다. 그의 신체적 건강은 약해졌고, 우울증에 걸리기 쉬운 상태에 이르렀다. 그럼에도 불구하고,

아내의 격려와 함께 다른 번역 작업에도 힘을 썼다. 바로 이 시기 그의 첫 시집인『파란 저녁의 먼 기분Tālas noskaņas zilā vakarā』을 썼다. 이는 1903년 라트비아로 돌아온 직후 출판되었다. 아스파지아는 라이니스의 거의 모든 작품을 도왔을 뿐만 아니라, 시베리아에 있는 동안 자신의 희곡『은색 액체』(1903)을 썼다. 라이니스가 석방되어 리가로 함께 돌아온 후, 그녀의 연극은 다우가바 강가에서 노동자들이 파업한 지 채 2주도 채 되지 않은 1905년 1월에 처음으로 공연되었다. 극 중 여주인공은 왕의 성을 불태우고, 왕은 죽임을 당한다. 라트비아인들은 이것을 러시아의 차르에 대한 무장 요청으로 해석했다. 관객들은 작가에게 기립박수와 월계관을 선사했고, 연극은 전례 없는 25회의 공연으로 이어졌다. 아스파지아는 당시 가장 중요한 현대 라트비아 작가였으며,『은색 액체』는 1905년 라트비아 혁명 기간에 문화적 사건으로 규정되었다.

　라트비아로 돌아온 후, 라이니스는 자신이 경찰의 감시를 받고 있다는 것을 알고, '라트비아 사회민주노동당LSDP'의 정치에 참여했다. 그러나 그는 대부분 시간을 글쓰기에 바쳤고, 1905년 가을에 출판된 두 번째 시집『폭풍의 파종Vētras sēja』을 완성했다. 시적 함의로서 혁명의 정신을 포착했으며, 혁명가들에게 큰 영감을 주었다. 이 시집의 서문은 "주사위는 이미 던져졌다. 기쁨을 포효하고, 회오리 바람아 불어라!mesti ir kauliņi: brāžat uz priekšu, viesuļi!"로 시작한다. 라이니스는 새로운 질서가, 밝은 태양이, 어둠을 물리칠 것이라고 강조했다. 그는 라트비아인들에게 "요구하지도, 구걸하지도 말라. 스스로 그걸 가져라!Neprasīt, nedzenēt – paņem pats!"라고 촉구했다.

　1905년 라트비아 혁명 기간에, 라이니스와 아스파지아는 모두 문학적 영웅으로 인정을 받았다. 사람들이 러시아인들과 발트독일인들과 맞서 싸우도록 결정적인 시기에 엄청난 영감을 주었기 때문이다. 이에 아랑곳하지 않은 채, 러시아는 1906년 라트비아 혁명의 영향을 진압하기 위해 약

10,000명의 혁명가를 살해하고 투옥했다. 또 다른 5천여 명은 해외로 도주하거나 망명했다. 라이니스와 아스파지아는 그들이 심각한 결과에 직면했다는 것을 알고, 이번에는 자발적으로 취리히로 떠났다. 스위스는 이민자들이 자유롭게 정치적 활동을 계속할 수 있었기 때문에 많은 정치 망명자들을 끌어들였다. 그러나 두 달 후, 라이니스와 아스파지아는 루가노^{Lugano} 인근 카스타뇰라^{Castagnola}로 이주해서 안전하게 글을 쓸 수 있게 되었다. 그러나 망명 기간은 14년으로, 예상보다 훨씬 길어졌다. 그러나 두 부부의 라트비아 자치 정부에 대한 희망과 열망을 소멸하지는 않았다.

앞서 언급했듯이, 1908년 라이니스는 민족주의적 상징주의자로 간주되는 품푸르스의 『곰을 찢는 사람』(1888)을 바탕으로 희곡 『불과 밤』을 완성했다. 『곰을 찢는 사람』의 '라츠플레시스'를 자신의 작품 속 주인공으로 설정해서 압제자를 물리치고, '빛의 성$^{Gaimas\ pils}$'[9]을 일으켜 세우는 내용이었다. 주인공은 "라트비아가 운이 좋고 자유로울 때, 내 임무는 완수될 것이다"라고 말한다. 이를 이어받아 라이니스는 다시 '악, 어둠 그리고 선함과 억압의 대립, 빛, 기회'의 주제를 자신의 작품에 드러낸다. '빛의 성'은 라트비아인들의 자유를 위한 은유이다.[10] 즉 사람들은 억압적인 세력이 패배함에 따라 어둠의 깊은 곳에서 일어날 것을 뜻한다. 이 희곡은 1907년 출판되었고, 4년 뒤 1911년 최초로, 공연되었다.

간추리면, 스위스에서도 라이니스는 계속해서 민족자결권을 요구했다. 이처럼 그는 스위스 망명 기간에 1909년에 『황금말』, 그에 앞서 『불과 밤』에서처럼 새로운 사상과 정신을 불러일으킬 수 있는 창작 활동으로 문화적 자율성을 기초로 삼았지만 결과는 독자와 민중에게 훨씬 승화된 차원으로 이어질 수 있었다. 즉 목표를 넘어, 이를 성취할 수 있는 수단으로 작품이 해석되거나 수용되었다.

라이니스는 라트비아인들이 분열된 상태로 남아 있으면, 결코 자치권을 획득할 수 없다는 것을 이미 알고 있었다. 그러나 민중들은 많은 다양한 정치적 이데올로기를 채택했다. 라트비아 사회민주노동자당LSDSP[11]의 창립 멤버이자 두 번째 당수로서 라이니스는 노동자의 권리에 초점을 맞추었다. 그러나 여전히 자본주의를 믿고 있는 보수주의자는 물론 공산주의자, 무정부주의자, 마르크스주의자와 민족주의자 등이 혼재했다. 작품에서 그는 라트비아인들이 문화적 자치와 자기희생이라는 하나의 목표에 따라 서로 단결할 것을 요구했고, 이 목표를 달성하기 위해 수천 명이 희생되리라는 생각도 했었다. 이와 달리 평등과 번영을 어떻게 만들 것인가에 대한 논쟁은 자치권이 달성된 후에도 계속되어야 할 과제였다.

3부

희곡『황금말』

1막(幕)

농노農奴가 거주하는 농가의 방에 벤치 몇 개, 테이블 하나,

왼쪽에 벽 쪽으로 머리판을 둔 침대 하나가 있고,

침대와 벽 사이에 작은 공간이 있다.

노쇠한 아버지는 침대에 누워 있다.

그의 세 아들 비에른스, 립스츠, 안틴스는

겨울 집안일, 밧줄 짜기 외 잡다한 일을 한다.

창문과 주방으로 통하는 문이 있다.

때는 저녁, 난로의 불빛이 방을 비춘다.

• • • • •
1장(場)

아버지	(침대에서 신음하면서) 애비는 그걸 느껴. 오, 이미 느껴. 아직 느끼고 싶지 않은 거야. 차가운 공기가 입구에서 불어오네. 큰아들아, 문이 조금 열려 있니?
비에른스	문에 빗장이 질러 있는데요. 왜, 아무런 까닭도 없이 그런 상상을 해요?
아버지	(잠시 후) 두꺼운 이불 아래 발이 시리구나. 둘째야, 창문이 열려 있니?
립스츠	창문은 단단히 잠겨 있는데요. 왜 그런 하찮고, 어리석은 일로 우리를 귀찮게 해요? (비에른스에게) 늙은이가 까칠하네!
비에른스	더 이상 참을 수 없어. 빨리 끝났으면, 좋겠어!

아버지	(잠시 후)
	차가운 습기가 가슴에 내리는구나. 막내야, 난롯불이 타오르니?
안틴스	불이 타오르면서, 숯도 달구어지고 있어요. 아버지, 지친 몸이 차갑게 느껴지는군요. 제 코트를 아버지 몸 위에 놓을 거예요. 저는 젊고, 코트가 필요하지 않아요.
	(외투를 벗어 아버지 위에 덮는다.)
아버지	오~우! 난 그걸 느껴. 난 이미 느껴. 내가 떠나가는 날이란 걸…. 나의 마지막 날이 왔단 말인가?
	(검은 옷에 검은 숄을 두른 검은 어머니가 아버지의 침대 뒤에서 일어난다.)
안틴스	아버지, 아들들은 당신 앞에 서 있어요. 오늘이 마지막 날이 되도록 허락하지 않을 거예요.
검은 어머니	(노인에게 한숨을 불어넣는다.)
아버지	아니, 누가 내 뺨에 찬 공기를 불어 넣어?
검은 어머니	(아버지의 어깨를 흔든다.)
아버지	누가 내 어깨를 흔드느냐?
검은 어머니	(노인의 발을 잡아당긴다.)
아버지	누가 내 발을 잡아당기느냐?
안틴스	아버지, 당신의 아이들만 여기에 있어요.
아버지	그녀는 확실히 들어왔어. 초대하지도 않은, 늦은 밤 방문자야. 그녀는 집에 몰래 들어왔어…. 아마도 창문을 따라 갈라진 틈을 통해, 아마도 문 열쇠 구멍을 통해, 아마도 그녀는 자신의 방식대로 굴뚝의 치솟는 연기에 맞서 싸웠을 거야.
안틴스	아버지는 쇠약하잖아요. 힘을 아끼세요!

검은 어머니	(잠시 후, 아버지의 손을 자신의 손으로 잡는다.)
아버지	누가 이렇게 차갑게 내 손을 잡느냐?
안틴스	사랑하는 아버지, 두 손에 따뜻한 입김을 불겠어요.
	(몸을 기대고, 아버지의 손에 따뜻한 입김을 분다.)
검은 어머니	(잠시 후, 그녀는 노인의 가슴을 내리누른다.)
아버지	아이쿠! 이제 그녀는 내 가슴을 누르고, 내 숨을 빼앗아가는구나.
안틴스	사랑하는 아버지, 제 숨을 가져가세요. 저는 젊고 강합니다.
	(아버지의 입 위로 윗몸을 구부린다.)
검은 어머니	(침대 옆에 앉아서, 아버지의 무릎을 누른 다음, 다시 가슴을 누른다.)
아버지	아이쿠! 바로 여기야! 누군가 내 침대에 앉아 있어! 아이쿠! 이제는 내 무릎 위에 누워 있네! 그녀가 위로 기어 올라가네! 위로 기어가는구나!
	(잠시 후, 숨을 고른다.)
	조금 기다려! 나의 마지막 날, 잠시 미루어 주세요. 당신과 함께 갈 거예요. 벗어날 수 없다는 걸 잘 알아요. 다만, 한마디 하도록 해주세요. 내가 떠날 때 아들들 하고.
안틴스	안 돼, 가지 마! 가지 마세요. 사랑하는 아버지! 우리를 내버려 두지 마세요. 우리를 이끌어 줄 아버지 없이 우리만 남겨질 거예요.
비에른스	넌, 확실히 정신머리가 없네.
립스츠	그렇지. 모자가 바로 너의 어깨에 걸쳐 있지만, 아무런 의미가 없지.
아버지	오우, 나는 이제 간다. 사랑하는 아들들아….
안틴스	가지 마세요, 아버지! 당신의 여행에서 혼자가 될 거예요. 장

	례를 마치면, 모두 집으로 돌아갈 거예요. 그리고 아버지는 그곳에 남겨질 거예요. 누가 아버지에게 따뜻한 외투를 입힐 건가요? 누가 아버지의 베개를 들어 줄까요? 누가 아버지의 침대를 만들 건가요? 엄습한 추위가 아버지의 뼈를 부러뜨릴 때, 누가 아버지와 친절한 말을 나눌 건가요?
아버지	내 뼈는 몇 년 전에 부러졌어. 호밀 자루와 밀 자루 때문에. 쟁기가 내 몸을 부숴 버렸어. 흙이 무너지면서. 내 손님은 나를 평화로운 집으로 인도할 거야. 나는 그녀를 따라 함께 가서 쉴 거야.
비에른스	아버지, 왜 그런 헛소리를 하세요? 아들들에게 남겨줄 재산 목록을 알려주면 더 좋겠어요.
립스츠	아버지는 왜, 그런 목록 때문에 서두르겠어요? 많이 저축하지 않았겠지. 자식들을 생각하지 않았지.
아버지	사랑하는 아들아, 애비처럼 가난한 사람이 얼마를 저축할 수 있었겠냐? 너희 세 아들은 나의 값진 보물이야. 그래서 내가 너희들에게 하고 싶은 한마디. 내 모든 재산 가운데 너희가 가장 값진 보물이야.
비에른스	(립스츠에게 속삭이면서) 잘 들어, 이 말을 잘 들어봐! 어떻게 생각해?
립스츠	(속삭이면서) 우리에게 좀 더 일찍 말했더라면.
아버지	이 작은 땅덩이는 불모지였으며, 이것마저도 내 땅은 아니란다. 그러나 큰 두 아들은, 손이 강하고 머리가 많은 지식으로 가득 차 있단다.
비에른스	그래요! 좋습니다! 빨리 알려주세요! 우리에게 그 말을 해주세요. 모든 재산 중에서 가장 큰 것을.

립스츠	어디에 그걸 숨겼어요?
아버지	이제 내 말을 잘 들어라. 단결이다! 그건 너희들 마음속에 숨겨져 있어. 약하고 온유한 사람을 위해. 단결은 부를 제공하거든. 재산이 없는 모든 사람을 위해 하나가 되어라…. 그러면 강해질 거야!
비에른스	좋아요! 우리에게 그 하나를 알려줘요.
아버지	가난한 형제를 돌보거라. (안틴스를 가리키면서) 그는 어릴 때부터 허약했다. 그는 힘든 노동을 견딜 수 없었고, 너희 둘만큼 힘과 지식도 없었단다.
비에른스	알았어요, 헌데 돈은 어디에 있어요?
아버지	막내를 돌보고, 사랑해라. 안틴스는 마음이 착해서, 형들이 원하는 걸 따라 줄 거야. 자! 큰아들아, 너에게 줄….
비에른스	빨리 말해요! 나에게 무엇을 줄 거예요?
아버지	이런! 숨이 막히는구나. 둘째 아들아… 오 나의… 끝나는구나….
립스츠	말해 주세요! 아직 죽지 마세요! 잠깐만!
아버지	안녕… 내… 사랑하는 자식들.

(그는 죽는다.)

검은 어머니	(사라진다.)
립스츠	잠깐만! 말해줘요! 그가 머뭇거렸어. 이런 일은 더 빨리 끝나지 않았을까? 그런데, 우리에게 말할 때가 되었을 때, 너무 빨리 죽었어.
비에른스	살아서도 억척스러웠는데, 죽어서도 짓궂음만 남기네.

안틴스	(울부짖으면서) 아니! 아니야! 아버지! 아버지는 우리를 떠나네. 형들아, 우리는 이제 홀로 남았어.
비에른스	그는 재산을 나누어 주지도 않고, 떠나간 거야.
립스츠	(아버지의 어깨를 흔들면서) 말해줘요! 말해줘요! 내 말 들리지 않으세요?
안틴스	우리의 사랑하는 아버지가 눈을 감아요. 다시는 우리를 쳐다보지 않을 거예요.

안틴스 (아버지의 눈에 입맞춤한다.)

이 입맞춤이 눈을 꽉 닫아 주기를. 모래가 눈 안에 들어가지 않도록. 이제 주무세요, 새로운 해가 뜰 때까지.

(무릎을 꿇고, 울기 시작하면서, 두 팔로 아버지의 머리를 감싸 안는다.)

· · · · ·
2장(場)

(같은 무대
검은 어머니 없이)

비에른스	봐! 봐! 아버지가 죽었어. 그런데 나에게 무엇을 남기고 싶어 했는지, 어떻게 알 수 있을까?
립스츠	너? 너, 들려?

립스츠 (아버지에게서 등을 돌린다.)

그는 다른 모든 일에 중얼거리는 걸 멈출 수 없었지…. 그런데 이제는 나무판자처럼 조용하네.

비에른스	그래도 내게 모든 걸 맡긴다고 해서 좋았어.

립스츠	뭐라고? 모든 것을 너에게 맡긴다고? 무슨 소리야! 나를 그 바보처럼 속이기 쉽다고 생각하는 거야?
	(안틴스를 가리킨다.)
비에른스	아버지가 "큰아들아, 내가 너에게 줄게!"라고 말씀하시는 걸 넌 듣지 못했니? 난 큰아들로서 권리가 있단 말이야.
립스츠	무슨 권리? 마찬가지로 내 이름을 부르며, 숨을 쉴 수 있었다면, 모든 걸 나에게 맡겼을 거야. 모든 재산을 반으로 나누자고! 반반으로 나누자!
비에른스	아버지가 "둘째 아들아… 세상에… 끝이야."라고 말했어. 그것으로 이미 모든 걸 맏아들에게 주었기 때문에 유산 문제가 끝났다는 건 분명하지. 아버지는 셋째 아들에 대해 언급조차 하지 않았어. 왜냐하면 그는 아무런 자격이 없고, 아직 소년이기 때문이야.
립스츠	막내는 아무것도 받지 않을 거야! 아무것도! 그러나 우리는 모든 걸 반으로 나누어야 해! 모든 걸 반으로 나눠! 그러나 검은 소는 젖을 짜는 동안, 내가 뿔을 잡고 있었기 때문에 내 거야.
비에른스	무슨 소? 무슨 뿔? 내 물건을 나에게서 빼앗겠다는 거야? 옜다, 여기 뿔들이야!
	(립스츠의 옆구리를 쿡 찌른다.)
립스츠	아~야~! 아파! 이제, 너의 진짜 본성이 보여.
안틴스	(아버지의 베개에서 머리를 들어 올린다.)
	형님들! 뭣 때문에 아버지가 돌아가시자마자, 재산 싸움을 해요? 아버지께서 가장 소중한 선물이 무엇이라고 했어요? "단결하거라!"

비에른스	무슨, 바보 같은 소리야. 잠에서 깨어나서, 우리를 방해해. 입 다물고, 더 이상 단결에 대해 이야기하지 마.
립스츠	어떻게 생각해? 왜, 안틴스는 아버지의 침대 머리 주위를 맴돌고 있을까?
비에른스	우리는 아버지의 재산을 어떻게 나누면 가장 공평할까? 그걸 근사하게 다투고 있는데, 안틴스는 아버지 침대에서 돈가방을 몰래 꺼냈을 수 있단 말이야.
립스츠	가장 명예로운 사람은 언제나 아무것도 받지 않아. 정직하면, 어디까지 갈 수 있는가?
비에른스	(안틴스에게 말을 건넨다.)
	너, 아버지의 침대에서 뭘 가져 갔어?
안틴스	난, 아무것도 가져 가지 않았어요. 그저 아버지 곁에서 울고만 있었어요.
립스츠	자, 자, 얘야! 그걸 넘겨! 무엇을 가져 갔는지 알아보기 위해 뒤져보자.
안틴스	형님들! 형님들! 뭐 하는 짓이에요? 우리들의 아버지 앞에서 부끄럽지도 않아요?
비에른스	너도 알지! 아버지가 우리를 부끄럽게 만들려고 해.
립스츠	(안틴스의 목에 걸린 돈주머니를 찾아서 들며) 이게 뭔데? 여기 돈이 잔뜩! 하나, 둘, 셋… 잠깐만!
	(돈에 손을 뻗치는 비에른스에게 말을 걸면서) 10루블이나 있네!
비에른스	이게 어디서 났어? 누가 너에게 그 돈을 줬어?
안틴스	이건 아버지가 나에게 남겨 놓은 한 해의 나머지 급여라고요. 다들 이미 알고 있잖아요!
비에른스	너, 침대 머리맡에서 이 돈을 꺼냈잖아. 누가 너처럼 눈치 없

	는 놈에게 돈을 주겠니? 그걸 넘겨!
립스츠	우리 침대를 한 번 더 뒤져봐야겠어.
	(침대로 걸어간다.)
비에른스	아니야, 내가 할 테니까, 내버려 쥐! 그건 내 거야.
립스츠	반반이야! 반반으로!
	(비에른스를 옆으로 밀어낸다.)
안틴스	형님들, 아니! 뭐 하는 짓이에요?
비에른스	비켜, 이 멍청아! 왜 끼어들어?
	(립스츠에게 말을 건네면서) 그런데 너, 동생이 감히 형을 밀쳐?
안틴스	형님들, 사랑하는 아버지를 먼 여행의 첫날에 좀 쉬게 하자구요.
립스츠	(침대에서 무언가를 꺼낸다.)
	내 거야! 내 거야! 이건 내 거야!
비에른스	아무것도 하지 마! 그건 내 거야, 당연히 그래.
립스츠	(발견된 물품을 뒤적이면서) 어라, 이건 그냥 아버지의 담배쌈지인데.
비에른스	그래, 상속으로 너의 몫일 수 있어. 우리가 찾는 다른 모든 건 내 거야.
립스츠	난, 반을 가질 거야! 반을 갖겠어!
비에른스	(침대에서 다른 물건 하나를 꺼낸다.)
	어라, 이건 그냥 머리빗인데.
립스츠	빗이야, 모두 가져갈 수 있어. 그것만큼은 내 정당한 반을 포기하는 거야.
안틴스	사랑하는 형님들, 이제 아버지를 돌봐요! 따뜻한 부엌으로 데려가 씻기고, 새 셔츠와 좋은 옷으로 갈아입히자구요.

(안틴스와 비에른스는 시신을 추스른다. 립스츠는 뒤에 남는다.)

비에른스 (립스츠에게 말을 걸면서) 뒤에 머물고 있을 거야? 따라와! 그렇지 않으면, 혼자 있으면서 모든 돈을 움켜쥘 거니까.

립스츠 (형제들에게) 간다! 간다구! 모두 한 번에 들어 올리자.

안틴스 불쌍한 우리 아버지! 우리 불쌍한, 사랑하는 아버지!

(그들은 시신을 부엌으로 옮겨서 내려놓는다. 안틴스가 부엌에 있는 동안 두 형은 다시 방으로 들어간다.)

· · · · ·
3장(場)

(비에른스와 립스츠)

비에른스 (부엌 쪽으로 말하면서) 넌 그곳에 있어라! 안틴스야, 우리를 사랑한 아버지를 돌보거라. 잘 씻기고, 새 셔츠도 입히거라. 넌 젊고, 그런 집안일에는 익숙하잖아.

안틴스 (출입구로 걸어간다.)
형님들, 왜 돕지 않는 거예요? 그렇게 해야, 더 빨리할 수 있다구요.

비에른스 난 할 수 없어, 시간이 없다구. 교회의 목사를 만나야 하거든.

립스츠 그런데, 나는 이웃들에게 가서 오늘 밤으로 그들을 초대해야 해. 넌 시간이 충분하잖아.
(비에른스에게 말을 건네면서) 그런데 형⋯. 교회 목사를 만나려면, 서둘러야 하겠네. 충분히 먼 거리야. 이웃이 훨씬 더 가까

	워. 옷을 갈아입고, 내가 남아서 방을 지킬게.
비에른스	그래. 나는 널 잘 알아. 넌, 돈을 지킬 거야.
	(부엌문을 닫고, 아버지의 침대로 간다.)
	아버지의 침대에서 발견한 모든 물건은 내 거야! 내가 그걸 가질 수 있는 첫째 아들이야!
립스츠	우리 합의는 그런 게 아니었어. 모든 건 규칙에 따라 정직하게 이루어져야 해.
비에른스	내가 말하는 게 무엇이든… 그건 규칙이야. 내가 제일 강해.
립스츠	그렇지만, 난 제일 똑똑해. 그러지 말고 우리, 모든 것을 반으로 나누자!
비에른스	좋아, 우리 모두 반으로 나눌 거야. 헌데 돈은 내 거고, 지갑만 네 거야.
립스츠	글쎄, 내 지갑에 돈을 보관할 수 있다면 동의할게.
비에른스	침대에서 비켜! 내가 매트리스를 들어 올릴게.
립스츠	앞으로 가서, 들어 올려. 들어 올려!
	(베갯잇을 잡고 이음새를 풀고 무언가를 꺼내 주머니에 넣는다.)
비에른스	(매트리스를 바닥에 놓고 살피며) 너, 베개에서 뭘 찾고 있었어? 너의 주머니에 뭘 넣었어?
립스츠	아무것도 아니야, 직접 보라구.
비에른스	(립스츠의 주머니를 확인한다.)
	이건 뭔데?
립스츠	똑같은 담배쌈지인데.
비에른스	그건 나에게 넘겨!
	(두 형제는 서로 돌아선다. 립스츠는 동전이 든 가방을 꺼낸다. 비에른스는 담배쌈지를 보고, 돈을 발견한다. 둘 다 웃는다.)

립스츠	(둘은 돌아서서, 얼굴이 서로 마주친다.)
	왜 웃어? 어, 너… 넌 도둑이고, 괴물이야! 담배쌈지에 돈이 있었지? 내 몫은 돌려줘!
비에른스	하하하! 그건 네 꾀에 네가 넘어간 거야. 가장 똑똑하다는 동생아. 넌, 안틴스처럼 바보야. 내가 가장 강하고 똑똑해.
립스츠	(자신이 찾은 돈 가방을 비에른스에게 보여주며) 야! 이 도둑놈아! 이 악당! 내가 가진 걸 보라구!
비에른스	여기에 놓아! 이 사기꾼아!
립스츠	(매트리스를 찢고 무언가를 꺼내며) 잠깐만! 여기를 보자. 다른 뭔가 숨겨져 있을 수 있나?
	보라구, 뭔가 다른 게 있어.
비에른스	메모에 뭐라고 써 있어?
	(읽는다.)
	"내 막내아들을 위해."
립스츠	그건 날 위한 거야. 왜냐면 난 아무런 배려를 받지 않았어.
비에른스	아니야, 가장 빨리 가방을 움켜잡을 수 있는 사람은 막내야.

(은화는 가방에서 떨어져서 방바닥에 굴러간다. 두 형들은 그걸 줍기 시작하지만, 계속 서로를 밀쳐낸다.)

· · · · ·
4장(場)

(같은 무대

안틴스는 부엌에서 들어온다.)

안틴스	형님들, 내가 물고 싶은 게 있는데….
	(흩어져 있는 은색 조각을 본다.)
	바닥에 흩어져 있는 이 눈부신 은빛 조각은 무엇이요? 마치 밤하늘에 흩어진 별처럼 보이네요. 하나는 어떻게 생겼는지?
	(바닥에서 동전 한 개를 줍는다.)
비에른스	만지지 마! 그냥 바닥에 다시 던져! 아니, 나에게 줘!
립스츠	보라구, 우리 나약한 동생도 돈을 갖고 싶구나!
비에른스	너는 왜 방에 들어오는 거야? 뭐가 필요해? 우리가 중요한 일을 처리하고 있는 게 보이지 않니? 넌 아직 어린아이니, 이런 일과는 아무런 상관이 없어.
립스츠	너에게 할당된 일을 할 수 없니? 아버지가 눈을 감는 순간부터 벌써 게으르게 된 거니?
안틴스	난, 이미 아버지를 씻기고 여기 왔어요. 형들이 새 셔츠와 새 외투와 침대 시트를 챙기라구요. 사랑하는 아버지의 영원한 침대를 위해 옷을 입혀야 해요.
비에른스	나는 지금 셔츠와 침대 시트를 찾을 시간이 없어. 더 중요한 걸 생각해야 한다구.
립스츠	보이는 대로 하라고! 그냥 빨리 움직여. 우리 앞에서 비켜.
안틴스	사랑하는 형님들, 아버지는 어떻게…?
립스츠	넌 말이야, 늘 사랑하는 아버지에 대해 이야기하지. 진심으로 사랑한다는 걸 한번 증명해 봐. 왜 우리에게 새 셔츠와 코트를 달라고 해? 너의 것을 주면 되잖아.
안틴스	형들 옷을 내놓으라고 요구하지 않았어요. 그냥 아버지가 살아 계실 때, 입었던 옷을 찾을 뿐이라구요.
립스츠	근데, 난 이해가 안 돼? 아버지가 평생 입었던 모든 건 이제

우리 유산의 일부고 우리 것인데… 왜 형들에게 내놓으라고 요구하는 거야? 네가 그렇게 착한 아들이면, 네 유산에서 무엇이라도 내놓으렴.

안틴스 안 돼요. 나는 물려받은 유산이 없어요. 형들이 나에게 아무 것도 남기지 않았잖아요.

비에른스 누가 너에게서 무엇이라도 가져갔단 말이야? 등에 셔츠가 없나? 서랍장에 옷이 없나? 무슨 소리야!

립스츠 빨리 가서 마무리를 해라. 이 나쁜 놈아!

안틴스 형님들, 너무 가혹하게 하지 마세요. 아버지가 내 옷을 입고, 태양 너머 가고 싶은 곳으로 갔으면 좋겠어요. 그렇지만 모든 바늘땀과 헝겊 조각이 보일 텐데… 찬란한 곳에 들어갈 때 충분하지도 좋지도 않을 거라, 그게 두려워요. 아버지가 영원히 내 옷을 입고 걸으면, 기쁠 거예요. 아버지는 날 더 자주 생각할 거예요. 내가 생각하는 것처럼.

비에른스 가! 가서, 서로에 대해 생각하거라. 우린, 우리의 모든 삶과 너의 삶을 정리하는 방법에 대해 생각해야 돼. 넌 자신이나 가정에 대해 생각하지 않아도 되잖아.

(안틴스는 형들이 방바닥에서 계속 동전을 줍는 동안 부엌으로 되돌아 간다.)

· · · · ·
5장(場)

(비에른스와 립스츠)

비에른스	좋아, 좋아! 이 노인네가 우리를 위해 노력했네. 이렇게 많이 긁어모을 수 있다고 누가 생각이나 했겠어?
립스츠	그런데, 우리도 아버지를 위해 큰 노력을 기울였어. 우리도 열심히 하지 않았겠어? 심지어 때때로 배가 고프기까지 했다구.
비에른스	아버지에게 우리 수입의 일부를 주고, 우리는 각자 자신을 챙겼어.
립스츠	그런데 우리는 아버지를 명예롭게 계속 돌보고 있어. 씻기고, 새 셔츠와 코트를 입히고 있어. 그러나 이제 우리는 아버지가 실제로 어떤 사람이었는지 알 수 있어. 매트리스의 가방에 "막내아들을 위한" 쪽지와 함께 돈을 숨겼어. 우리의 재산을 빼앗으려는 것이 아니었나?
비에른스	그런데 저런 바보에게 주다니. 그건 미친 짓이야. 악의적이기도 해. 안틴스는 돈으로 무엇을 할 거니? 먼저 찾아온 거지에게 주겠지.
립스츠	자기가 신고 있는 신발을 누가 달라고 하면, 줘버릴 거야. 다행히 우리는 이 문제를 빨리 처리했어.
	(비에른스와 립스츠는 함께 웃는다.)
	우리 그 돈으로 무얼 할 건지 깊이 생각해 보자.
비에른스	난, 즉시 나의 일지Ilzi와 결혼해서, 여기로 데려와 함께할 거야. 너도 머무를 곳을 신중하게 생각해야 해.
립스츠	나도 결혼할 거야. 그러나 어리석지 않아. 가난한 여자하고 결혼하지 않을 거야. 돈 많은 트리니Trini와 결혼할 거라구.
비에른스	트리니는 돈이 많지만, 코가 길고 냄새를 잘 맡아.
립스츠	그녀의 코는 그녀 아버지 돈 가방보다 길지 않아.

비에른스	그러면, 긴 코도 가질 수 있고 장인과 함께 살 수도 있겠지.
립스츠	아니! 아무것도 하지 않을 거야. 집의 절반이 내 거거든.
비에른스	어디, 이 작은 집에서 우리 모두 함께 있을 수 있나? 난 이 방에 있는 아버지 침대를 가질 거야. 일지는 부엌에 있는 침대에서 잘 거야. 그런데 너와 트리니는 어디에 머물 거니?
립스츠	안틴스는 창고에서 잘 수 있어. 아직 결혼하지 않았으니까.
비에른스	(웃으면서) 그러나 안틴스가 결혼하고 싶을 때는 어떻게? 그때는 어떻게 할까?
립스츠	(웃으면서) 누구와 결혼할 건지… 아마도 그 가난한 집의 그리에타?
비에른스	넌, 안틴스 소리가 들려?

(비에른스가 부엌문을 연다.)

	안틴스, 넌 젊은이야. 결혼할 생각 있는 거니, 없는 거니? 립스츠는 너를 가난한 집 그리에타^{Grieta}와 결혼시키고 싶어 해.
안틴스	왜, 농담을 해요? 지금은 그렇게 희희낙락거릴 시간이 아니잖아요.
비에른스	아니야, 우리에게 말해 봐! 우린 결혼할 거야. 너는 결혼하지 않으면, 창고 다락방에서 자야 해.
안틴스	난, 절대 결혼하지 않을 거예요.
비에른스	안틴스는 흰 블라우스를 입은 자작나무 딸과 결혼할 거지.
립스츠	아니야. 검은 옷을 입고 숲에서 사는 까마귀와 결혼할 거지.
비에른스	우리, 이런 농담을 해서는 안 돼. 안틴스는 훨씬 더 큰 걸 꿈꾸고 있지. 항상 유리산 꼭대기에 있는 공주를 꿈꾼단다.
안틴스	아, 그녀는 이미 7년 동안 죽어 있어요. 유리관에 누워 햇볕을 쬐고 있다구요. 그녀를 괴롭히는 건 무엇인가요? 사랑하

는 아버지도 돌아가셨어요. 잠시만요! 아버지가 얼마나 평화롭고, 행복해 보이는지 보세요? 아버지는 더 나은 곳으로 가셔야 해요. 거기는 아버지와 공주 둘 다 갔던 곳이에요. 나의 때가 왔어요. 나 역시 모든 게 조용하고, 모두가 만족하는 그 곳으로 가겠어요.

비에른스   가라고! 가! 우리는 그런 행복을 좋지 않아. 우린 계속 여기에 머물 거야.

립스츠   응, 그래! 근데 네가 떠나면, 네가 하던 집안일은 누가 할까? 대신할 사람을 찾아! 그러면 갈 수 있어. 너의 배를 채우고, 너의 공주에 대한 꿈을 구는 동안, 넌 집안일에 대해 걱정한 적이 없었구나.

· · · · ·
6장(場)

(같은 무대
백발 노인은 거지의 옷을 입고, 부엌에 들어선다.
주방과 안방 사이의 문은 열려 있다.)

거지   안녕, 내 사랑하는 젊은이들!

비에른스   이 노인네는 누구냐?

립스츠   한 사람은 오늘 일찍 돌아가셨고, 다른 한 사람은 곧바로 우리에게 합류하네.

거지   선한 영혼은 너희들 눈물이 마르기를 바란다. 내 자식들아, 큰 슬픔을 겪고 있구나. 사랑하는 아버지가 돌아가셨기 때문이구나. 아버지는 한 해가 끝날 때 같이 떠났구나.

립스츠 우리가 당신보다 그런 건 더 잘 알아요.

거지 그에게 남은 모든 건 거기 탁자 위에 놓여 있다. 곧, 대지의 어머니가 그를 다시 그녀의 무릎으로 데려갈 거야. 그리고 이 땅을 걷도록 다른 사람을 만들 거야.

비에른스 안 좋은 시간에 왔네.

안틴스 (노인에게 인사를 건네면서) 친애하는 노인이여, 아버지를 보십시오. 아버지는 매우 쇠약해졌고, 뼈가 드러날 정도로 홀쭉해졌습니다. 가냘픈 손으로 뼛속까지 일하셨어요.

거지 살이 옆구리에서 사라졌네요.

안틴스 갈비뼈를 셀 수 있을 정도입니다.

거지 그의 뺨은 홀쭉해졌고, 속은 텅 비었지요.

립스츠 울고 있는 이 둘을 보라구.

비에른스 노인장, 뭘 원해요? 여기엔 왜 왔어요? 가세요. 묵은해가 지나는 것처럼.

거지 사랑하는 아들들아, 나는 바로 지금 떠날 거란다. 아버지가 떠나신 것처럼. 나에게 빵을 좀 다오. 한 모금의 물을. 그리고 내 여행에서 휴식할 순간도.

비에른스 여긴 가난한 사람들을 위한 쉼터가 아니요. 가서, 일해요! 그러면 먹을 게 있을 거요. 왜, 여기서 게으름을 피우며, 떠들고 있나요?

거지 이보게, 난 이제 일하기에는 너무 늙었어.

립스츠 양치기로 일하거나, 양로원에서 살 수 있지. 왜, 서서 문을 계속 여닫는 거요? 차가운 공기를 들여보내고 있다니까! 가라고요!

안틴스	(조용하게) 여기 빵이 조금 있습니다. 들어와서 앉으세요.
거지	난 갈게. 내 여행을 계속해야지, 내 아들아. 아마 왕의 잔치에서 빵 부스러기를 얻을 거야.
비에른스	무슨 잔치라고요? 무슨 부스러기?
거지	나는 간다. 그래, 갈게. 내 잡담으로 더 이상 너희를 방해하지 않을 거야.
립스츠	잠깐만요! 왜 도망치려고 해요? 그게 무슨 잔치라구요? 우리에게 아무 말도 하지 않는 건, 얼마나 악랄한 건데.
거지	그렇지. 왕은 큰 잔치를 준비했고, 원하는 모든 사람을 초대했거든. 이걸 너희들은 모르고 있었나? 거의 모든 사람들이 옷을 차려입고, 준비하고 있는데. 여기서 멀지 않아. 고양이의 열 번 비명보다 멀지 않아.
립스츠	노인장, 우리는 슬픔에 지쳐 있어요. 우린 몇 주 동안 바깥세상 소식을 듣지 못했단 말이에요. 우리의 병든 아버지는 죽고 싶어 하지 않고, 계속 버텼어요. 우리는 한 시간도 아버지 머리맡을 떠날 수 없었어요.
비에른스	우린 어떤 낯선 사람이 아버지의 소유물을 가져가지 못하도록, 죽어가는 아버지의 침대 옆에 있어야 했어요. 우린 아무것도 몰라. 우리에게 말해 줘요! 우리에게 말해요! 문지방에 앉아서.
거지	(자리에 앉는다.)
	물론, 곧 큰 잔치가 있을 거야. 왕의 딸이 죽은 지 7년이 지났고, 유리관에서 잠을 자고 있지요.
립스츠	우린, 그런 건 알고 있어요. 모두 그걸 알아요. 잔치에 대해 알려줘요.

거지	그래요. 너희들도 알고 있듯이, 그녀는 잠자고 있지. 아무도 닿을 수 없는 유리산의 꼭대기까지 들어 올려져서 유리관에 누운 채, 여태까지 잠자고 있다구. 누구도 오를 수 없고, 아무도 산을 타거나 기어오를 수 없어. 이따금 가을바람이 불면 공주는 한숨을 내쉬고, 때때로 태양이 그녀를 비추면 마냥 울지.
안틴스	(거지 옆에 앉으면서, 한숨을 쉰다.)
거지	뭐야, 내 아들아? 왜 한숨을 쉬니?
비에른스	안틴스를 귀찮게 하지 마시오. 안틴스는 단순하고 모든 사람에게 공감한다니까. 모두와 함께 울기도 해요. 닭 잡을 때도 끝없이 눈물 흘리죠. 죽은 공주에 대해 무한한 연민을 가지고, 항상 그녀에 대한 꿈을 꾸었거든요.
립스츠	무신 쓰잘데기 없는 헛소리를 해? 우리에게 잔치에 대해 알려주라고요.
거지	왕의 딸은 이미 7년 동안이나 잠을 자고 있었어⋯.
립스츠	왜, 7년에 대해 계속 말해요? 7년의 잠은 공주에게 해를 끼치지 않아요. 확실히 깨어 있는 동안에는 아무것도 하지 않지요. 그렇지만 우리는 일하고, 생활비를 벌어야 했기 때문에 7년 동안 제대로 잠을 잘 수 없었어요. 자, 이제 잔치에 대해 알려줘요.
거지	공주는 죽지 않았어. 긴 잠에서 깨어날 겁니다. 내일이면, 잠든 지 7년 7일이 됩니다. 그녀를 깨울 한 사람이 올 겁니다.
비에른스	만약 강한 남자가 바로 첫날에 와서, 옆구리를 찌르거나 어깨를 흔들었다면, 7년 동안이나 잠을 자지 않았을 텐데. 즉시 일어났을 텐데.

안틴스	(몸을 떨며, 눈물을 꾹 참는다.)
	그녀를 만질 수 없어요. 어깨를 흔들 수도 없어요. 그녀는 거미줄처럼 연약해요. 뺨은 눈처럼 희고, 머리카락은 햇살처럼 황금빛이야. 누구도 그녀에게 숨조차 쉴 수 없어요. 왜냐면 그녀는 즉시 몸을 떨고 울 것이므로.
비에른스	(립스츠와 함께 웃으면서) 알지! 우리의 조용한 작은 귀뚜라미를 보라고. 안틴스의 신부이기 때문에 누구도 공주에 대해 생각할 수조차 없어.
안틴스	그런 얘기하는 게 부끄럽지도 않아요?
형들	(다시 웃는다.)
거지	네 말이 맞아, 내 아들아. 공주는 정말 미묘하고, 매우 나약하거든. 그녀를 어디에서 봤어?
안틴스	(속삭인다.)
	꿈에서 봤어요.
립스츠	그런데 당신, 거지 할배요, 왜 미적거려요? 두 다리를 왜 뻗어요?
거지	갈게. 내 길을 가고 있어.
비에른스	그런데 노인네가 언급한 그 잔치는 뭐란 말이에요?
거지	글쎄, 너희 둘은 날 떠나보내면서도 내게 빵이나 고기를 주지 않았지.
비에른스	잠깐 기다려! 방으로 와요. 빵과 고기와 모든 것을 줄게요. 여기, 이 벤치에 앉으세요.
거지	내일, 시계가 정오를 가리키면 공주는 긴 잠에서 깨어날 거야. 그러나 누군가가 유리산 높은 언덕을 올라 그녀를 산 아래로 옮겨야만, 깨어날 수 있어. 그녀를 산꼭대기에서 끌어

내리는 사람에게 왕은 딸을 시집가게 하고, 왕국 전체를 물려줄 것이라고 하지. 그러나 아무도 산을 오를 수 없다면, 공주는 영원히 유리관에 있는 높은 산꼭대기에 남아, 다시는 깨어나지 못할 거란다.

안틴스 그건 안 돼요! 아이구! 산을 오를 수 있는 한 왕자가 나타났으면 좋겠어요.

거지 자, 그럼… 그럼 내일 보자. 왕은 공주가 긴 잠에서 깨어나고, 그녀와 결혼할 수 있도록 경쟁할 수 있도록 공휴일로 정했다지. 기꺼이 와서, 왕이 차린 식탁에서 식사하도록 모든 사람을 초대했다지.

비에른스 그래요. 그럼, 황소 한 마리쯤 먹고 맥주 한 통쯤 마시게 되겠군요.

거지 훨씬 더 많이 먹고 마실 수 있지. 그들은 이미 잔치를 위해 365마리의 황소와 700마리의 돼지를 잡고, 500통의 맥주를 양조했지. 소시지는 건초더미처럼 쌓여 있고, 빵 덩어리는 돌담처럼 쌓여 있다고 해.

비에른스 너, 이런 말이 들려? 든든한 식사가 될 거야.

립스츠 얼마나 풍부한지! 몇 마리 황소들이 옆문을 통해 몰래 빼돌려질 것이라고, 난 확신해요. 노인장, 그렇게 생각하지 않아요? 당신의 코트 아래에 닭 몇 마리 정도는 숨길 수 있지요. 그러나 그들은 우리가 잔치에 참석하는 것을 허락할 건지, 아니면 귀족만을 초대할 건지요?

거지 모든 사람이 초대되어 왕의 잔치에 참여할 수 있어. 물론 적당한 옷을 입지 않은 사람들은 농부들과 함께 울타리 밖에 있어야 해.

안틴스	(깊은 한숨을 내쉰다.)
거지	무슨 일이야, 내 아들아? 너도 잔치에 갈 수 있어. 너희들 모두 멋진 젊은이며, 공주를 부끄럽게 만들지 않을 거야. 분명히 창고에 좋은 옷이 보관되어 있겠지.
비에른스	더 가까이 와요, 친애하는 노인장, 여기 의자에 앉아요. 왜 우리에게 좋은 옷이 없겠어요?
거지	그렇다면, 나를 위해 헌 옷을 좀 남겨줘. 내 옷은 알다시피 거의 마모되어 너덜거려.
비에른스	확실히 줄 수 있지요. 우린 뭔가를 찾을 거야. 이미 많은 귀족들이 잔치에 왔나요?
거지	그래, 거의 모든 지방에서 왔어. 이웃 왕국의 사나운 왕자도 도착했지. 공주와 결혼하기 위해서는 무엇이든 할 거야.
안틴스	왕자가 진짜로 사나우면, 공주를 구하는 데 실패하기를 바라겠어요.
립스츠	이런 바보, 안틴스! 왜, 방해해? 이런 일은 너와 상관없고, 네 꿈도 관련 없어. 내 초록빛 스카프를 가져오는 것이 더 좋을 텐데…. 창고에 있거든….
거지	점점 더 많은 귀족들이 도착하고 있어. 그들은 이미 산을 오르려고 시도했으며 일부는 말을, 다른 일부는 개를 사용했어. 심지어 사슴과 코끼리로도 시도했지만, 아직 아무도 성공하지 못했어.
	(두 형제는 옷을 챙겨 입는다.)
비에른스	충분해요. 가장 강한 자가 승리할 거야.
립스츠	그런데 만약 힘이 부족하면, 지성이 극복할 거야. 우리 서둘러 옷을 입어야 해. 지금 떠날 수 있어. 시간이 늦어지고 있

어. 우리는 해야 할 일이 많아.

안틴스 좋은 옷을 입지 않은 사람들은 공주가 산에서 내려오는 것을 멀리서 지켜볼 수 있나요?

거지 누구나 울타리 뒤에서 원하는 만큼 볼 수 있어. 군중 속에서 밀려날 가능성이 높지만. 그러나 너의 형들은 동생에게 좋은 새 옷을 줄 거고, 울타리 안으로 데려가겠지. 좋은 사람들이 니까. 형들이 이 가난한 낯선 사람에게 약속했지. 내게 외투와 가져갈 수 있는 한 많은 고기와 빵을.

립스츠 왜, 동생은 새 코트가 필요할까? 그냥 그는 죽은 아버지 옆에 누워 죽고 싶을 뿐인데.

안틴스 난, 죽기 전에 공주님이 깨어나는 걸 보고 싶어요. 그녀는 봄철 들판처럼 꽃을 피울 겁니다. 흰 자작나무가 초록빛 새싹으로 가득 차듯이. 물론, 형들을 위해 코트를 남겨 줄게요.

립스츠 우리의 물건들을 되돌려 주겠다는 너의 약속을 이해해. 너의 죽음에 대한 끝없는 얘기와 같지. 누가 너에게 새 코트를 줄 것 같아? 스스로 벌어서 사!

거지 이렇게 하자고. 바로 소년에게 새 코트를 주어 경기를 지켜보고, 어쩌면 참가할 수 있도록.

립스츠 당신이 뭘 안다고? 이 노인네가 우리 물건을 기꺼이 주려고 하네. 가는 길을 가세요! 왜 잡담으로 우리를 귀찮게 해요?

거지 근데, 자네들이 약속한 코트는 어디에 있어? 빵과 고기는 어디에⋯. 너희들은 나의 등에 가져갈 수 있는 모든 걸 이미 약속했지?

립스츠 (노인을 칠 준비하면서) 잠깐만, 당신이 가져갈 수 있는 만큼 노인장의 등짝에 무엇인가 줄게요. 나가요!

(가난한 노인이 떠난다.)

• • • • •
7장(場)

립스츠	(안틴스에게 말을 건넨다.)
	그리고 너, 누가 저 거지를 돌보는 거야? 가서 동반자에게 길을 보여줄 수 있어. 넌 온갖 종류의 방랑자들이 우리 집에 들어오는 것을 허락했잖아.
안틴스	(작은 방으로 간다.)
비에른스	이 작은 방에 사람들이 너무 많아. 너는 창고의 다락방에서 잘 수 있어.
립스츠	근데, 우리 물건은 거기에 저장되어 있어. 안틴스는 도둑과 사기꾼인지도 모르고, 거기에 들어오게 해서 우리 물건을 훔칠 거야. 건초더미에서 자게 해. 젊으니까 추위를 이겨낼 수 있어.
비에른스	그가 담배를 피우고, 건초더미 전체가 타 버리면, 어떡하려고?
립스츠	그러면 잠잘 곳을 찾기 위해 더 멀리 가야 해. 들판에 자리가 많아. 그러나 안틴스, 너는 아침에 가장 먼저 일하는 게 좋아. 그러면 주최 측 사람들이 귀족들의 상에서 남은 음식을 가난한 사람들에게 줄 테니까 오후에는 왕의 뜰로 서둘러 갈 수 있어. 아침이나 저녁은 주지 않으니까, 배부르게 먹어라. 이유 없이 왜 먹여 주겠니? 우리가 겨울 휴일 동안에 도살할 돼지에게 먹이를 주는 게 더 낫지.

비에른스	내가 유리산에 올라, 왕의 사위가 된 후에는 안틴스와 같은 어리석은 사람들을 하인으로 삼을 필요도 없고, 음식을 먹일 필요도 없을 거야. 안틴스는 열심히 일하는 사람이 아니야. 그러면, 나는 전체 왕국을 갖게 될 것이고, 모든 종들은 내 명령에 따라 춤을 출 거야. 너, 안틴스! 넌, 네가 원하는 곳이면, 어디든 자유롭게 갈 수 있어.
안틴스	사랑하는 형님들, 오늘 밤 여기서 자게 해주세요. 형들이 공주님을 어떻게 깨울지 보고 싶어요. 눈과 추위 속에서 나는 어디에 머물까요? 난 그녀를 보지 않고, 죽을 거예요. 사랑하는 형님들, 공주를 부드럽게 옮겨 주세요. 아주 부드럽게! 그녀를 한번 본 다음에야 안심하고, 갈 수 있어요.
립스츠	나가! 가라고! 안심하고 가라!

(커튼)

2막(幕)

숲, 오솔길

늦가을 저녁

• • • • •

1장(場)

거지	나의 착한 아들아, 나는 이미 걷느라 지쳤어. 나의 오래된 발은 더 이상 나를 복종하지 않아. 그만하고, 좀 쉬자. 쉬면서 우리 오늘 밤 어디서 지낼지 생각해 보자.
안틴스	어르신, 이 오솔길을 더 따라가서 오른쪽에 머무세요! 숲속에 있는 하나의 집과 마주치게 될 겁니다. 그곳엔 친절한 사람들이 살고 있어요.
거지	그런데, 아들아, 넌 어디서 지낼 거니? 아버지 집으로 돌아갈 거니?
안틴스	아버지의 집은 이제 묘지입니다. 곧 거기로 가겠지만, 오늘 밤은 일찍 일어나서 서둘러 성으로 갈 수 있도록 여기에 머물 겁니다.
거지	오히려 너의 형제들과 함께 있고 싶었지만, 그들이 하는 짓이 좀 불쾌했거든.
안틴스	자, 어르신. 형들은 아버지가 돌아가신 후, 걱정이 많아요. 그들은 어르신을 신경 쓸 겨를이 없답니다.
거지	하지만, 그들은 자신의 동생을 집 밖으로 내쫓기도 했어.
안틴스	그들은 금방 화를 내지만, 우리는 형제고, 서로의 차이를 극

복할 겁니다. 그들 말이 맞아요. 그 작은 방은 우리 모두에게 충분한 크기가 아니지요. 그들은 결혼하고 싶어 하고, 나는 형들에게 방해가 될 겁니다.

거지 착한 아들아, 너도 결혼할 때가 되었구나. 너 같은 불쌍한 녀석은 누가 돌봐 주겠냐? 누구와 결혼하고 싶니? 내가 너를 부유한 집안으로 장가보낼 거야. 넌, 나에게 빵 한 덩이와 옷을 선물해야 해.

안틴스 전, 결혼하고 싶지 않아요. 어르신.

거지 젊은 사람들은 다 그렇게 말하지. 하지만 내가 너에게 뛰어난 여자를 소개하면, 넌 결혼하고 싶어 할 거야.

안틴스 전, 절대 결혼하지 않을 거예요.

거지 이대로 계속 간다면, 너는 망가져.

안틴스 내가 더 빨리 죽을수록, 나는 더 빨리 친애하는 아버지 곁에 있게 될 거예요. 지금 난, 단지 축제에 가서 왕자가 어떻게 잠든 공주를 유리산 정상에서 데려오는지 보고 싶을 뿐입니다.

거지 왜, 너의 형들은 유리산에 있는 공주에 대해 이야기하는 널 비웃느냐? 넌, 그녀를 본 적이 있지?

안틴스 묻지 마세요, 어르신. 부탁이니 제발 묻지 마세요!

거지 아들아, 왜 그녀에 대해 물으면 안 돼? 사람들이 부르는 노래가 떠오르는구나.

파란 유리, 초록빛 얼음…
그 안에는 백설 공주의 치마
파란 유리, 초록빛 얼음…
그 안에는 달처럼 하얀 뺨
파란 유리, 초록빛 얼음…

그 안에는 해처럼 황금빛 머리카락

안틴스	그녀 얘긴 하지 마세요, 어르신. 아무 말도 하지 마세요!
거지	내가 왜, 그녀에 대해 얘기하면 안 되느냐, 아들아. 그녀는 관에서 너무 예쁘게 잠을 자고 있어. 모든 사람들이 와서 쳐다보고는 그녀가 얼마나 젊고 아름다웠는지, 안타까워했지.
안틴스	오~우, 어르신! 뭐 하는 겁니까? 뭐 하는 거예요? 당신은 내 영혼을 부수고 있습니다! 어르신은 땅에서 내 마음의 뿌리를 뽑고 있어요!
거지	(반쯤 노래를 부른다.) 파란 유리, 초록빛 얼음… 그 안에는 얼어붙은 영혼이 있으니
안틴스	(소리 내어 운다.)
거지	아들아, 너는 왜, 우는 거니? 공주에게 동정심을 느끼는 거야?
안틴스	저는 공주를 동정합니다. 그녀를 위해 우는 겁니다, 어르신.
거지	너는 사람들이 동정심을 표하는 걸 본 적이 있어? 유리산에 갇혀 있는 공주를 위해서?
안틴스	오~우, 어르신, 수수께끼 같은 어르신, 제가 이걸 본 적 있냐고요? 저는 그녀를 매일 봅니다. 그녀는 내 눈 안에 살아 있습니다. 태양은 눈 덮인 담요를 비추고, 하얀 서리꽃이 빛나요. 가늘고 투명한 손가락. 부서지는 얼음처럼 깨지기 쉬운, 부드럽게 잡고 있는 얼어버린 아네모네.
거지	아들아, 넌 꿈에서 그녀를 본 거야.
안틴스	(재빠르게 말을 끊는다.) 매일 밤 그녀를 봅니다. 얼어붙은 딱딱한, 절대적으로 고요

한, 그녀의 창백한 뺨이 나를 스칩니다. 그녀의 속눈썹은 그녀의 눈 위에, 그녀의 머리는 가슴 위에서 휴식을. 그녀의 금발 머리는… 은빛 서리로 가득 차고. 그녀의 눈에는… 눈물이 가득하네요.

거지   사랑하는 아들아, 꿈에서 그녀를 보는구나. 헌데, 한 번도 그녀를 본 적이 없다고? 말해봐, 왜 우는 거니, 그녀를 위해… 네가 알지도 못하는 누군가를?

안틴스   무슨 말을 하는 겁니까. 이상한 어르신, 제가 어떻게 그녀를 모르겠어요? 모든 사람, 작은 꼬맹이도 우리가 사랑하는 공주를 알고 있어요. 모두가 그녀에게 연민을 표시하는데… 저만 그녀에게 연민이 없어야 합니까? 온 세상이 슬픔으로 가득 찼죠. 그녀를 빼앗긴 이후로… 그녀의 관이 유리 벽으로 그녀를 가두어 버린 이후로.

거지   자네가 그녀의 뺨으로 그녀를 안다고?

안틴스   제가 어떻게 그녀를 모르겠어요! 모든 사람들은 울었죠. 그녀의 자는 모습을 보러 온 사람들이라면. 사랑하는 아버지는 돌아가시기 전, 저를 성으로 데려갔어요. 저는 멀리 떨어져서 보았습니다, 왜냐면 큰 사람이 우리 앞에 있어서 게다가 가까이 가지 못하게 해서. 그렇지만 그녀를 짧은 순간 바라보았죠. 그 밝은 빛은 내 두 눈을 감게 만들었습니다. 저는 두 번째 짧은 순간에도 그녀를 보았죠. 눈물이 내 눈에 가득했습니다. 저는 세 번째 짧은 순간에도 그녀를 보았죠. 시야가 부서졌습니다. 저는 더 이상 저를 둘러싸고 있는 걸 보지 못합니다. 저는 더 이상 밝은 태양이 보이지 않습니다. 저는 그날 이후로 평화를 가진 적이 없었습니다. 그녀의 고통을 짊어지고 있기 때문입니다. 밭을 갈면서도 제 생각은 단 하나뿐이죠. 고통은 그녀의 가슴을 쟁기질합니다. 건초더미를 깎으면서도 제 생각은 단 하나뿐이죠. 고통은 그녀의 행복을 갉아먹습니다. 호밀을 수확하면서도 제 생각은 단 하나뿐이죠. 고통은 그녀의 심장을 찢습니다. 저는 저의 집안일을 완수할 수 없어요. 공주에 대한 저의 연민이 저의 형들에게 상처를 주었어요.

거지	사랑하는 아들아, 딱 한순간 그녀를 보고 어쩜 그렇게 공감하느냐?
안틴스	이러한 것들은 유일한 저의 갈망들이죠, 어린 시절에 깨달았던 이후부터. 저는 부끄럽습니다. 이런 말을 한다는 게, 평생 가슴 속 깊은 동굴 안에 여태까지 숨겨왔던 것인데. 하지만 당신은 저를 너무 잘 대해줬고, 그래서 제 마음은 제 눈물만큼이나 무겁습니다. 이렇게 말하고 나니, 어르신이 비로소 웃네요.
거지	나는 웃지 않아, 착한 애야. 공주에 대해 걱정하지 마라. 그녀의 슬픔은 내일 끝날 거야.
안틴스	(조용히 한숨을 쉰다.)
	그녀의 슬픔이 내일 끝난다고….
거지	빛나는 태양의 아들들이 내일 올 거야. 그들은 가파른 유리산을 올라갈 거야. 그들은 공주를 깨울 거야. 그들은 그녀를 황금말 위로 들어 올릴 거야. 그리고 그녀를 산 아래로 운반할 거야. 태양 아래에서 반짝이면서.
안틴스	(한숨을 쉰다.)
	그리고 그녀를 산 아래로 운반할 거야. 태양 아래에서 반짝

이면서.

거지	왜, 그렇게 한숨을 쉬니, 아들아? 공주를 위해 모든 게 잘될 거야.
안틴스	공주를 위해 모든 것이 잘될 겁니다.

(잠시 후)

어르신, 누가 산에 올라가나요?

거지	태양처럼 순수한 사람이.
안틴스	어르신, 누가 그녀를 깨우나요?
거지	태양처럼 사랑하는 사람이.
안틴스	어르신, 누가 그녀를 산 아래로 옮기나요?
거지	태양처럼 강한 사람이.
안틴스	그럼, 누가 태양과 같은 사람인가요?
거지	모든 걸 포기할 수 있는 사람이.
안틴스	그들이 저의 목숨을 가져가도 좋습니다. 왜냐면, 전 만족스럽게 죽을 테니까요. 저는 다만 그녀를 보고 싶습니다.
거지	모든 것을 포기할 수 있는 사람. 그의 삶! 그의 간절한 염원들!
안틴스	그러나 어르신, 무엇이 저의 간절한 염원일까요? 단 한 번의 시선으로! 저는 그녀를 위해 평생을 살아왔습니다. 수천 명이 이걸 보게 될 텐데, 그리고 저 혼자만 금지되는 겁니까? 수천 명의 사람들이 같은 염원을 가지고 있겠지만, 이것이 제 삶의 전부인걸요.
거지	모든 것을 포기할 수 있는 사람. 그의 삶! 그의 염원들!
안틴스	어르신, 사랑하는 노인장, 제 마음은 지칩니다. 이런 일을 성취할 사람은 아무도 없어요.

거지	있지, 아들아. 그가 그녀를 깨울 거야.
안틴스	저는 할 수 없습니다, 어르신. 저는 여전히 그녀가 보고 싶습니다. 저는 여전히 그녀를 돕고 싶습니다. 그리고 그녀의 고통을 짊어진다고 말하고 싶습니다. 아마도 이런 제 마음은 그녀의 마음을 상쾌하게 할 겁니다.
	(울기 시작한다.)
거지	걱정하지 마라. 사랑하는 아들아, 공주를 위한 모든 일은 잘될 거야. 우리 빛나는 태양의 아들들이 반드시 그녀를 도울 거야. 하지만 누가 나를 도울까, 이 늙은이를? 누가 나에게 먹을 걸 줄까, 마실 걸 줄까? 누가 나에게 입을 옷을 줄까?
안틴스	앞으로 가요. 숲속에 있는 집으로. 그들은 당신에게 먹을 것과 마실 것을 줄 겁니다.
거지	갈 길은 멀고, 바람은 거세네. 추워지고 있어, 아들아. 공주에 대한 내 이야기를 잘 들었다는 건 좋은 일이야. 내 이야기가 너의 마음을 따뜻하게 하는 동안 추위는 나에게 얼어붙은 손을 주네.
안틴스	(장갑을 벗어, 거지에게 주면서) 여기요, 어르신. 제 장갑을 가지세요. 당신의 얼어붙은 손을 따뜻하게 할 겁니다. 그들은 저를 마당 안으로 들여보낼 거예요. 제가 손에 장갑을 끼지 않았으니.
거지	추워, 아들아. 차가운 떨림이 내 목을 타고 기어 내려와. 마치 개미들이 내 어깨 위로 기어가는 것 같구나.
안틴스	(목에서 스카프를 벗어, 거지에게 건네며) 여기, 제 모직 스카프를 가지세요. 그들은 분명 스카프도 없는 저를 들어가게 해줄 겁니다. 이건 저의 사랑하는 어머니께서 주신 겁니다. 이 스

카프는 여태껏 저를 따뜻하게 지켜주었습니다. 마치 어머니의 사랑처럼.

거지   (목에 스카프를 두르며) 여전히 춥구나, 아들아. 내 오래된 피가 천천히 흘러. 내 목을, 자네가 준 목도리로 따뜻하게 하는 동안 내 등은 바람의 차가운 숨결을 느껴. 보시다시피 내 코트는 닳아서 올이 다 빠졌어. 내 오래된 육신과 함께 옷은 체처럼 가늘어져서 따뜻함은 곡물 알갱이처럼 걸러지지.

안틴스   오~우, 어르신, 수수께끼 같은 아버님, 그들은 코트 없는 나를 들어가도록 해줄까요? 친절한 사람들이 성안에 있을 겁니다. 그들은 제가 그들과 경쟁하는 걸 허락하지 않을 겁니다. 그들은 제가 유리산을 오르는 걸 허락하지 않을 겁니다.

거지   자네는 아직도 그들과 경쟁할 생각을 하고 있어? 대단한 사람만이 올라갈 수 있는 곳을. 그들은 자넬 성안에 들여보내지 않을 거야. 자넨 울타리 밖에서 바라볼 수 있어.

안틴스   그렇다면 어르신, 제 코트를 가지세요. 당신의 몸을 따뜻하게 해줄 겁니다. 저의 사랑하는 어머니가 한 올 한 올 천을 짰습니다. 어머니는 날실에 친절한 말을, 씨실에 따뜻한 소원을 담았거든요.

(코트를 건네면서, 거지에게 입힌다.)

거지   여전히 추워, 아들아. 온기가 발에 닿지 않아. 추위가 아래로 흘러, 장딴지에 얽히네. 내 발가락은 뻣뻣해서 내 늙은 발은 더 이상 나아가지 않아.

안틴스   오~우, 어르신. 수수께끼 같은 아버지. 어떻게 저는 신발 없이 성에 갈까요? 어떻게, 제가 그것을 일부만 떼어 놓으면 될까요?

거지	자넨 그곳에 도착할 거야. 내 인피 신발을 신어.
안틴스	(자신의 신발을 벗고, 거지의 인피 신발을 신는다.)
	제 신발이 오래된 당신의 발을 지탱할 겁니다. 그 신발은 사랑하는 점박이 소의 가죽으로 만들어졌어요. 아버지는 만들면서 한숨 쉬셨고, 우리가 일용할 우유는 더 없었죠.
거지	여전히 추워, 아들아. 추위가 내 움푹 팬 뺨을 꼬집어. 바람은 내 가는 머리카락을 통해 불어. 비와 눈이 게임을 해. 내 모자의 구멍을 통해 떨어져.
안틴스	오, 어르신! 오, 아버님! 그들은 내가 울타리 근처에 가게 해 줄까요?
거지	허락할 거야, 넌 머리카락이 황새 둥지처럼 굵어서 너무 따뜻해.
안틴스	자. 그럼, 내 모자를 가지세요!
	(거지에게 모자를 준다.)
	그것은 오랜 세월 동안 먹인 대가로 흰 고양이가 나에게 준 겁니다.
거지	이제, 난 구원받았어, 아들아. 이제, 난 다시 걸을 수 있어. 그래서 너는 선물의 대가로 새해에 백 배로 보상받을 거야.
안틴스	새로운 태양을 보지 않을 겁니다. 새로운 초승달도 보지 않을 겁니다. 눈의 어머니가 나를 아버지 곁으로 데려다 줄 거예요.
거지	걱정하지 마, 얘야. 너의 뜨거운 피는 추위를 이겨낼 거야.
안틴스	네, 어르신, 네. 아직은 걱정하지 않을게요. 저를 위해 작은 불을 피울게요.
거지	나는 지금 가고 있어.

(그는 떠난다.)

안틴스　좋은 여행이길!

거지　(그는 안틴스를 향해 돌아선다.)

한 가지 더 말해 줄게, 아들아. 넌, 너의 옷을 나에게 주었기에 난, 너에게 관대할 거야. 왕의 아들에게도 없는 옷이 너에게 필요할 때가 올 거야. 그냥 발뒤꿈치를 동동 구르면서, 그 말을 암송해. 히이잉거리는 말이 너에게 구리, 은, 금을 가져다줄 거야. 그 말을 암송해. 여기로, 여기로, 난 발을 쿵쿵 구른다! 사랑하는 말아, 내게로 오거라! 내 옷은 바람에 날리니, 새로운 걸 좀 가져와! 양털 대신에 구리를 가져와!

안틴스　좋아요! 좋습니다! 어르신, 갑니다. 이런 옷으로 뭘 하겠습니까?

거지　나는 지금 가고 있어.

(떠난다.)

안틴스　좋은 여행이길!

(앉아서 불을 피운다.)

· · · · ·
2장(場)

안틴스　(혼자서) 오, 가난한 어르신! 가난한 어르신! 그는 바람과 추위로부터 몸을 보호할 옷이 한 벌도 없어요. 그는 나에게 금과 은 옷을 선물로 주겠다고 약속했어요! 그가 선한 마음으로 이 일을 하고, 나의 마지막 남은 희망을 훔치고 싶어 하지 않는다는 것을 이해해요. 그 어르신은 나에게 감사해 하고, 은혜를 갚고 싶어

해요. 음, 모닥불이 추운 밤을 이겨내도록 인도하는 동안 누워서 잠시 낮잠을 자겠어요. 여전히 공주가 반짝이는 태양처럼 내일 일어나는 걸 보고 싶어요.

· · · · ·
3장(場)

(안틴스 쪽으로 길 잃은 한 무리 아이들이 온다.)

첫째 아이	와라! 불이다! 저기 모닥불이 있어!
둘째 아이	몸을 녹일 수 있는 좋은 곳이야.
첫째 아이	저 소년이 우리를 때리지 않는 한.
둘째 아이	그는 푹 자고 있어. 우리를 알아차리지도 못할 거야.
안틴스	(머리를 들며) 자, 누가 여기에 모여 있지?
아이들	(달리다가 멈춘다.)
첫째 아이	(조용하게) 도망치지 마! 그의 목소리는 조용해.
둘째 아이	(조용하게) 그는 추위 때문에 단단히 웅크리고 있어.
첫째 아이	(조용하게) 그는 모자도 신발도 없어.
안틴스	얘들아, 와라! 와서 몸 좀 녹여! 그런데 어떻게 숲에 오게 되었니?
첫째 아이	우린 어머니를 위한 땔감을 모으다가, 복잡한 길과 추위 때문에 길을 잃었어요.
안틴스	가까이 앉아서 몸을 데워!
	(아이들이 불 옆에 앉는다.)
첫째 아이	우린 몸을 데우고 있지만, 우리 어머니는 집에 있어요. 장작

도 없고, 불도 없어 추워요. 나뭇가지 하나만 주세요!

둘째 아이 내 동생은 집에 있어요. 다른 나뭇가지도 주세요!

모든 아이들 나도 하나 주세요! 하나 주세요!

(모닥불이 꺼질 때까지 아이들이 저마다 나뭇가지를 가진다.)

안틴스 (웃으면서) 너희들은 나에게서 모든 것을 빼앗아 가는구나.

첫째 아이 나뭇잎에 싸인 석탄을 주세요!

(잎사귀로 몇 개의 석탄을 움켜쥐고, 달아난다.)

모든 아이들 나도 좀 주세요! 나에게도 좀 주세요!

(첫째 아이와 똑같이 한다.)

안틴스 나에게는 불쏘시개가 없어. 석탄 한 조각만 남겨줘!

첫째 아이 (돌아서서 웃으며) 불 피운 자리에 앉으세요! 석탄이나 불쏘시개가 왜 필요해요?

모든 아이들 얘들아, 빨리! 집으로 달려가자!

(아이들이 어둠 속에서 나뭇가지와 석탄을 흔들면서 도망친다.)

· · · · ·
4장(場)

안틴스 (다시 혼자서) 이런 녀석들! 녀석들이 어떻게 달렸는지! 불꽃이 마치 별처럼 사방으로 흩날렸어. 불이 그들의 집을 따뜻하게 할 거야. 난, 더 이상 불이 필요하지 않아. 사랑하는 아버지, 저도 함께하겠어요. 사랑하는 나의 공주님 안녕히 가세요. 한 번 피운 불의 온기가 남은, 따뜻한 곳에 누워서 잘 거야. 공주님은 높은 얼음 산 위에 누워 있는데….

(잠에 든다.)

· · · · ·
5장(場)

(안틴스가 자고 있다.

바람의 어머니는 자작나무 껍질로 만든, 긴 뿔을 나르는

그녀의 아이들인 바람의 영혼들과 함께 입장한다.)

바람의 어머니   (길고 회색의 흐르는 듯한 옷을 입은, 키가 크고 마른 여자가 뿔을 앞세우며 걷고, 아이들은 그녀를 뒤따른다. 경적을 울리면, 다 함께 무대 전체를 돌아다닌다.)

내가 자작나무 껍질 경적을 불면, 바람의 어머니가 울부짖도록 숲 바닥을 가로질러 저 너머로 들려. 아~아~우! 아~아~우! 내 영혼들아, 와라! 함께 불어! 함께… 아~아~우! 아~아~우!

바람의 영혼들   (합창단처럼 소리를 낸다.)

우리도 함께 붑니다! 우리도! 우리는 길게, 거리낌 없이 붑니다! 아~아~우! 아~아~우!

바람의 어머니   길게, 거리낌 없이 불어라! 나뭇가지가 다 떨어졌네요! 푸~투~슈! 푸~투~슈!

바람의 영혼들   나뭇가지가 다 떨어졌네요! 푸~투~슈! 푸~투~슈!

바람의 어머니   황금 잎사귀가 떨어졌으니 땅의 초록빛이 죽었어. 아~아아! 아~아아! 아~아아!

바람의 영혼들   죽었어! 죽었어! 죽었어! 바~이아! 바~이아! 바~이아!

바람의 어머니	가을은 거의 지나갔어. 차가운 떨림, 흔들렸어요! 우~우~우! 우~우~우!
바람의 영혼들	떨립니다! 떨립니다! 떨립니다! 드르~드르~드르! 우~우~우!
바람의 어머니	내가 얼음 담요를 깔아, 너희들을 강 너머로 이끌게. 아… 아우! 아… 아우! 아… 아우!
바람의 영혼들	우린 얼음을 건넙니다! 아… 아우! 아… 아우! 아… 아우!
바람의 어머니	우리가 자작나무 껍질 경적을 불어서, 바람의 어머니의 울부짖음이 숲 바닥을 가로질러 들리도록! 아~아~우! 아~아~우!

(모두 떠난다.)

• • • • •
6장(場)

(안틴스는 더 단단히 웅크린 채 계속 잠을 자고 있다.
눈의 어머니는 그녀의 작은 영혼들과 함께 들어선다.
흰색 옷을 입은 육중한 체격의 그녀는
눈이 가득 찬 앞치마를 들고,
팔 아래에 눈 가방을 끼고 있다.
그녀의 아이들인 눈의 영혼들도 흰색 옷을 입고
냅킨과 빤짝거리는 금속 조각을 가지고 다닌다.)

눈의 영혼들	(장난스럽게, 그들의 어머니 주위를 뛰어다니면서, 어머니의 앞치마와

어깨 아래에 있는 가방을 들어 올린다.)

어디 보자! 느껴보자! 우리의 사랑하는 하얀 어머니를!

눈의 어머니　(자신을 방어하면서, 헐떡이며 외친다.)

너희들 장난꾸러기들! 장난꾸러기 아이들아! 내가 보여줄
게! 기다려! 기다려! 내가 그렇게 무겁지 않다면, 너희들은
결코 내 손에서 벗어나지 않을 거야.

눈의 영혼들　사랑하는 어머니, 당신의 팔은 왜 그렇게 구부러져 있나요?

눈의 어머니　어찌, 너희들이 가만히 있겠니? 우리의 소중한 땅덩이를 덮
자. 추운 겨울에 맞서서. 우리의 담요들로, 그리고 하얀 숄들
과 함께!

눈의 영혼들　사랑하는 어머니, 왜 몸이 부풀어 올랐나요?

눈의 어머니　너희들 할 일이 부족해? 새싹들은 잠들어 있는데, 아직 덮여
있지 않아. 새들의 깃 장식 벽은 여전히 단단히 고정되어 있
어. 벌거벗은 가지는 떨고 있으며, 나뭇잎은 바스락거려. 추
워! 춥지! 추워!

눈의 영혼들　(그들끼리) 빨리! 빨리! 우리 담요들을 멀리 그리고 넓게 깔
자!

눈의 어머니　덤불이 보이면, 그 위에 담요를 깔아라!

첫째 눈의 영혼　나의 사랑스러운 작은 향나무 덤불아. 자, 이 장갑을 껴! 넌
이 장갑을 꿰뚫는 날카로운 못들을 가지고 있지.

(그는 향나무에 하얀 장갑을 걸고, 날카로운 바늘 때문에 빼낸다.)

둘째 눈의 영혼　자작나무의 맨 꼭대기가 벌거벗은 채로 놓여 있어. 여기 작
은 눈덩이가 있어!

(그는 자작나무에 눈덩이를 놓는다.)

셋째 눈의 영혼　그리고 초록빛 가문비나무를 위해서 우린, 하얀 모자를 얹어

야지!

넷째 눈의 영혼 안녕하세요, 린덴 나무 어머니? 황금 숄을 어디에 두셨나요? 저 세상 상자 속에 있는 건가, 아님 가을 쓰레기통에 있나요? 어깨 위에 하얀색 숄을 걸치고 싶으세요? 당신은 떳떳하게 서서 활짝 웃고 있네요!

첫째 눈의 영혼 (땅바닥에서 자고 있는 안틴스를 알아차리며) 보라구, 봐! 저기 봐! 보라구! 이게 뭐지?

모두 (안틴스 주위에 재빠르게 모이며) 보이니? 보여? 보이니?

첫째 눈의 영혼 그것은 식물이 아니야. 덤불도 아니고 나무도 아니야.

눈의 어머니 조용히 해! 내 아이들아, 침착해라! 농담으로 말하는 게 아니야!

둘째 눈의 영혼 그게 자랄까요? 꽃이 피거나 초록빛으로 변할까요?

눈의 어머니 확실히, 봄이 그를 깨울 거야! 너희들의 따뜻한 담요를 내려 놓거라, 너희들이 식물을 덮은 것처럼!

첫째 눈의 영혼 우리의 모든 담요를 주었어요.

둘째 눈의 영혼 작은 모서리가 하나만 남아 있어요. 가장 추운 곳은 어디야? 어디에 두어야 하나?

눈의 어머니 그의 가슴 위에 바로 놓아줘. 마치 따스한 새하얀 날개처럼. 심장은 차갑게 얼어붙는 태양 아래서 가장 고통받아.

(영혼들은 안틴스를 눈 담요로 덮는다.)

모든 눈의 영혼들 어머니, 우리 집안일은 끝냈어요. 어머니가 가진 것을 느끼도록 해요! 어머니가 무얼 가졌는지 알려 주세요!

눈의 어머니 잠시만! 천천히! 기다려!

첫째 눈의 영혼 푸~! 가방이 찢어졌네요! 거기에 무엇이 있어요? 깃털처럼 부드럽고, 양털처럼 부드러워! 벚나무의 꽃처럼 하얗게 작아요.

눈의 어머니 기다려, 조금만! 그걸 흩트리지 마!

모든 눈의 영혼들 저에게 한 줌 주세요! 저에게 한 줌을!

눈의 어머니 기다려! 하늘에서 내려오는 이 보물을 지켜!

첫째 눈의 영혼 천사들이 설탕을 약간 떨어뜨렸나요?

둘째 눈의 영혼 그걸 혀에 대 봐! 맛이 어때?

다른 눈의 영혼 달지 않고, 짜지 않고, 쓰지도 않아.

첫째 눈의 영혼 혀끝이 뻣뻣해졌어.

모든 눈의 영혼들 내 것도 그래, 나도 그랬어!

(그들은 어머니의 팔 아래 가방을 움켜잡는다. 눈이 내린다.)

눈의 어머니 아니, 이런! 아니, 이런! 내가 말할 수 있게 해줘. 너희들은 앞뒤도 가리지 않는 작은 회오리들 바람들이야! 너희들은 장난꾸러기들이야!

모든 눈의 영혼들 우리 모두 원을 그리며 춤을 추자, 그리고 눈보라를 만들자! 더 빠르게! 더 빠르게, 더 빠르게!

(그들은 점프하고 춤추면서, 어머니를 잡고 끌고 간다.)

눈의 어머니 어머, 이런! 어머나, 이런!

(그들은 떠나면서 눈보라를 일으킨다.)

· · · · ·
7장(場)

(날은 어두워지고, 바람이 멀리서 울부짖는다.

검은 어머니는 1막과 같은 옷을 입고,

계속 땅바닥에서 잠자고 있는 안틴스의 옆에 서 있다.
검은 어머니는 어둠 속에서 거의 보이지 않는다.)

검은 어머니　　내 검은 발에게 지시했어, 그래서 내 놀잇감을 쫓아갔지. 넌, 유리산을 오르지 않을 거야! 넌, 내 잠자는 공주를 깨우지 않을 거야! 그 대신, 내가 너를 데려갈 거야!

거지　　(어둠에서 나오며) 검은 어머니, 무엇을 사냥하고 있습니까? 당신은 큰 상을 받았습니다. 누더기 옷을 걸친 마른 소년을!

검은 어머니　　친애하는 백발 아버지, 천 가지로 변장을 하는 사람. 너무 늦게 오셨어요! 나는 당신의 남자를 데려갈 건데 당신의 속임수는 쓸모가 없을 겁니다.

거지　　(웃으면서, 안틴스를 가리킨다.)
　　이 사람이 남자요? 그가 단지 쥐일 뿐이라고 말하고 싶습니다. 그는 더 이상 먹이를 쫓아다닐 수 없는 병든 까마귀를 위한 먹이에 지나지 않습니다. 검은 어머니가 사냥하던 먹잇감을 보십시오!

검은 어머니　　백발 아버지, 당신은 왜 모르는데도 웃습니까? 내 몫으로 받아들일 거요. 잠자는 공주를 깨우고 싶은 사람이라서.
　　(그녀가 손을 들고, 안틴스 위로 몸을 기댄다.)

거지　　하하하! 공주를 깨울 사람은 태양처럼 강해야 합니다. 이 마른 소년이 그렇게 강할까요? 당신, 검은 어머니는 강합니다. 이 젊은이를 만진다는 건 부끄러워할 일이지요.

검은 어머니　　백발 아버지, 무슨 거짓말을 하고 있습니까? 오래된 이야기 하나가 있습니다. 오늘 밤, 세 아들을 둔 아버지가 죽을 겁니다. 막내는 긴 잠을 끝낼 겁니다. 작은 것이 큰 것이며, 약한

	것이 강한 것입니다.
거지	하하하! 잃은 자가 승리자고 주는 자가 받을 것이요. 남의 것이 나의 것이며 검은 것이 흰 것이요. 당신의 것이 바로 나의 것이요.
검은 어머니	당신, 무슨 말을 하는 겁니까, 이야기꾼인가?
거지	하하하! 이야기는 여백을 남깁니다. 당신이 그걸 믿는다면, 난 이미 이긴 겁니다. 당신의 이야기를 살펴보고, 고려하시기를. (안틴스를 가리키면서) 그는 모든 것을 바쳤습니다. 보세요. 그의 코트, 신발, 모자, 스카프를 내가 가지고 있습니다. 그는 곧 얼어붙을 거요. 그가 어떻게 성공할 수 있겠습니까?
검은 어머니	왜, 웃어요? 당신은 천 가지로 변장하는 사람입니다. 말해 보십시오, 당신이 더 잘 알고 있다면.
거지	왜, 내가 당신을 계몽해야 합니까? 죽은 아버지는 사계절과 함께할, 일 년이므로 새로운 봄이 겨울잠을 정복할 겁니다. 난 당신에게 말하지 않을 겁니다. 강한 아들과 똑똑한 아들이 등산을 준비하는 동안, 당신은 자신의 마법과 주문을 만들 수 있습니다. 일찍이 왕자들이 도착하고, 우리의 빛나는 태양의 아들들이 하늘에서 내려 와서 그들이 잠자는 자를 깨울 겁니다. 난, 단지 당신을 자세히 관찰하고 싶었지요. 이제는 알아요. 내가 승리자란 걸! (웃으면서, 재빨리 자리를 떠난다.)
검은 어머니	아니요! 내가 승리할 겁니다! 내가 그녀를 데려갈 것입니다! 가짜 이야기꾼, 당신에게, 내가 오랫동안 가꾼 땅의 딸을 주지 않을 것이요!

(급히 거지를 따라간다.)

· · · · ·

8장(場)

(잿빛 아침 빛이 서서히 밝아진다.

길을 잃어버린 아이들은 일출의 영혼으로 돌아와

석탄과 나뭇가지 대신 반짝이는 별을 가지고 들어간다.

그들은 흰옷을 입고, 잠자는 안틴스 주위를 돌아다닌다.

그들은 그를 깨우기 위해 멈추고,

몇몇은 그 위에 기대어 있으며, 다른 몇몇은 반원으로 서 있다.)

첫째 영혼　　일어나요! 왜, 자고 있어요? 가요! 당신의 임무가 기다리고 있어요, 젊은이!

안틴스　　(깨어나면서) 벌써 아침인가? 아이, 추워! 아직 깨울 필요가 없어! 난 그냥 잠을 자고 싶을 뿐이야! 내 달콤한 꿈이여, 나를 지켜주세요. 내 그리움을 죽이러 오는 추운 아침에 날 포기하지 마세요.

첫째 영혼　　일어나요! 당신의 갈망을 깨워요!

안틴스　　내 꿈 속 착한 아이들이여. 오라. 날 깨우지 말고, 계속 꿈꾸게 해줘요! 꿈에서 바람의 어머니가 나에게 불어닥쳤고, 눈의 어머니가 나에게 담요를 덮었고, 백발 아버지와 검은 어머니가 내 영혼을 놓고 다투었어요. 이 긴 밤과 따뜻한 추위가 나를 삶에서 멀어지게 하기를 내 모든 생각을 차지하는 곳으로 내 아버지와 아름다운 공주에게로!

첫째 영혼　공주는 당신을 기다려요. 유리관 속에서. 저 유리산 위에서. 그녀의 눈에는 눈물이 가득해요.

둘째 영혼　그녀는 한숨을 쉬며, 나를 깨울 사람은 어디에 있어요? 나의 사울베디스는 아직도 말 타고 오지 않나요? 그렇게 말해요.

첫째 영혼　일어나요, 안틴스! 왜 잠을 자요? 유리를 깨뜨려요! 얼음을 녹여요!

안틴스　내 작은 꿈들, 사랑하는 아이들이여. 왜 저를 조롱합니까?

첫째 영혼　일어나요! 옷 입고, 안장에 타요! 왕의 성으로 말 타고 갈 시간이에요.

둘째 영혼　일어나요! 산으로 싸움터로 말 타고 가요!

첫째 영혼　일어나요! 당신의 결혼식 잔치에 말 타고 가요!

안틴스　왜, 날 조롱합니까? 거의 벌거벗고 얼어붙은 채로 당신들 앞에 서 있는데. 내 말은 어디에 있나요? 그리고 내 옷은 어디에?

첫째 영혼　노인이 당신에게 가르친 구절을 암송하세요! 히~이잉거리는 말이 당신의 옷을 갖고 달려올 거요.

안틴스　정말 꿈을 꾸지 않은 걸까?

　　　　　(아이들은 안틴스 귀를 간지럽히고, 꼬집고, 밀고, 당기고, 소리친다.)

모든 영혼　이게 간지러워요? 이게 아파요? 우리들 소리가 들려요?

안틴스　아~야! 너희 말소리를 듣고 있어. 오~오! 너희들을 느껴. 하지만 또 다른 꿈이 아니라면, 너희들은 무엇인가?

첫째 영혼　저는, 당신이 말한 친절한 말소리요.

둘째 영혼　저는, 당신이 준 선물이요.

셋째 영혼　저는, 당신이 낯선 사람에게 보여준 연민이요.

넷째 영혼　저는, 당신이 약한 사람들을 위해 내쉬었다는 한숨이요.

첫째 영혼	우리는, 당신이 추운 밤에 길 잃어버린 아이들에게 준 석탄이요.

(그들은 각자 운반하는 별들을 흔든다.)

안틴스	어떻게 이럴 수가? 이건 기적이야! 기적이라구!
첫째 영혼	앉아서 궁금해하지 마세요! 서둘러 성으로 가요!
둘째 영혼	서둘러요! 그 구절을 암송하세요!
안틴스	이건 정말 믿기지 않아. 차라리 누워서 다시 자는 게 낫겠어.

(영혼들은 그가 드러눕는 걸 막으며, 그를 밀치고 잡아당긴다.)

모든 영혼	일어나요! 일어나요! 말해요! 말해요!
첫째 영혼	너무 늦기 전에 서둘러요! 회색의 아침 하늘은 이미 어둠과 섞여 있어요. 숲은 이미 새벽의 자취에 털고 있어요. 밤의 침묵이 땅 속으로 스며들어 우리를 그녀의 깊은 무릎으로 끌어당겨요.
모든 영혼	서둘러요! 구절을 암송하세요!
첫째 영혼	내 말을 따라 해요. 여기로, 여기로, 난 발을 쿵쿵 구른다! 사랑하는 말아, 내게로 와!
안틴스	여기로, 여기로, 난 발을 쿵쿵 구른다! 사랑하는 말아, 내게로 와!

(아이들은 안틴스의 다리를 들어 올려, 한 문장이 끝날 때마다 그의 발로 세 번씩 땅을 쿵쿵 구르게 한다.)

안틴스	나를 떠나요! 난, 아직도 이게 믿기지 않아.
첫째 영혼	그냥 따라 해요! 왜, 당신이 그걸 믿어야만 하느냐구? 내 옷은 바람에 날려요. 내게 몇 개 새로운 걸 가져와!

(아이들은 계속해서 안틴스의 다리를 들어 올려, 그의 발이 땅을 쿵쿵 구르게 한다.)

안틴스	내 옷은 바람에 날려요. 내게 몇 개 새로운 걸 가져와!
첫째 영혼	양모 대신 구리를 가져와!
안틴스	양모 대신 구리를 가져와!
	(아이들은 계속 안틴스가 발을 쿵쿵 구르게 한다. 갑자기 하늘이 붉게 빛난다. 구릿빛 말 한 마리가 구리 옷을 싣고, 숲으로부터 나타난다.)
안틴스	이건 기적이야! 기적이야! 전례가 없는 얼마나 큰 아름다움인가! 구릿빛 말과 구릿빛 옷들이라니.
첫째 영혼	곧바로 유리산 위로 말을 타고 가세요!
모든 영혼	사랑하는 공주를 맞이해요!
안틴스	안녕, 내 꿈의 젊은이들. 멀리 있는 나의 사랑하는 아름다운 공주님, 저는 당신에게 새로운 태양을 가져다주러 갑니다.

(커튼)

3막(幕)

유리산 기슭. 중앙은 경사가 완만하지만,

양쪽은 가파른 경사가 있는 절벽이다.

절벽들은 얼음과 유리 색깔로 물들어 있다.

군데군데 눈이 쌓여 있어 초록빛과 파란색을 띤다.

나무들도 눈으로 덮여 있고, 산 앞은 탁 트인 공간이다.

왕의 텐트는 무대 뒤 오른쪽에 있고, 왼쪽은 밧줄로 나누어져 있다.

잘 차려입은 손님들은 안쪽에 있고,

농부들은 밧줄 바깥쪽에 있다.

잔치가 열리기 전 이른 아침,

모든 것은 옅은 햇빛으로 빛나고 있다.

$\cdots\cdots$
1장(場)

(사람들이 서서 기다린다.

그들은 조용히 이야기하고 있다.

경호원들이 사람들을 산과 울타리로부터 멀리 밀쳐낸다.)

군중1　(산을 가리키면서) 태양은 얼음처럼 밝게 비치네. 당신, 그걸 잘 볼 수도 없겠어요.

지주　더구나 매우 미끄러워. 그래서 공주를 구하려면 모두가 바로 이곳으로 올라가야 해요.

군중 2	그러나 당신은 오를 필요가 없어. 돈이 많아서 누군가에게 이 일을 하도록 돈을 줄 수 있겠네요.
지주	바보처럼 굴지 마! 내가 기어오르려고 했던 건, 왕의 사위가 되고 싶어서야!
군중 1	아내가 있죠, 그렇죠? 공주를 뒤쫓으면, 아내가 뭐라고 할까?
청년	와, 그 유리산 정말 아름다워. 그런데 그 꼭대기에 공주가 있다니.
가난뱅이	이제 공주가 빨리 내려왔으면 좋겠는데. 그녀는 지상의 행운을 상징해요. 우리는 오랫동안 그녀를 기다렸어요. 아주 오랫동안 기다려 왔어요.
군중	오랫동안, 아주 오랫동안 기다렸어요!
군중 1	오늘만큼은 꼭 누군가가 올라갈 수 있으면 좋겠어. 오르지 못한다면, 공주와 우리의 소망은 영원히 사라질 거야.
군중 2	오~ 이런! 산이 너무 높고 가팔라. 누가 산 위로 올라갈 수 있을까? 우리의 기다림은 헛수고가 될 거야. 모든 게 일상처럼 늘 변하지 않을 것 같아.
군중	그럴 겁니다! 그럴 겁니다! 똑같지는 않을 거요!
군중 1	(산봉우리를 바라보면서) 산봉우리가 가물가물 보이지 않아. 내가 궁금한 것은, 축제 전에 정상에 오를 수 있으려나.
군중 2	오르지 않는 게 좋을걸! 만약 축제 전에 되돌아올 수 없으면, 사람들이 당신 몫의 음식까지 먹을게요. 그러면 아무것도 없이 남겨질 거요.

(같은 등장인물

나팔수가 수행원들과 함께 들어선다.)

경호원	비켜! 길에서 비키시오! 산에서 물러서시오. 나팔수가 옵니다. 왕으로부터 새로운 소식을 갖고서.
나팔수	(나팔을 분다. 수행원들이 그를 따라 등장한다.)
	우리의 왕, 통치자여, 우리의 자비로운 지도자여.
군중	조용히 해요! 조용히!
군중1	무슨 새로운 소식인지 들어봅시다!
군중2	무슨 새로운 소식일까? 누구나 알고 있지. 공주와 결혼하고 싶은 사람이라면, 반드시 등산을 시도해서, 똑 부러지게 성과를 내야 한다는 점을.
군중	조용히! 조용히 해요!
나팔수	(수행원들에게 다시 나팔 불기를 지시한다.)
	우리의 주인이자 통치자께서는 참석한 모든 사람과 그의 충신은 물론 이웃 나라 사람들과 민족들에게 알립니다. 그리고 여러분 모두가 왕의 딸 결혼 잔치에 참여하기를 요청합니다. 오늘은 긴 잠에서 깨어난 공주가 유리관에서 일어나 산에서 내려올 날입니다. 우리 모두 힘을 합쳐, 공주를 구합시다! 왕자님들, 농지 남작들, 그리고 모든 힘 있는 분들이 산에 올라, 공주를 다시 데려오길 바랍니다! 왕은 이 일을 완수한 사람은 사위로 삼아, 왕국 전체를 물려받게 할 것입니다. 덧붙여 왕은 여기에 오신 모든 분들을 위해 잔치를 베풂으로써 모든

사람에 대한 연민을 보여줍니다.

(나팔수가 떠난다.)

• • • • •
3장(場)

(나팔수를 제외한 나머지 등장인물은 동일하다.
노인과 그의 아들이 등장한다.)

지주　　(옆에 있는 사람에게 말을 걸면서) 잔치는 어디서 합니까? 여기서 열립니까, 왕의 성에서 합니까?

군중1　　어디든 상관없어요. 숟가락만 있으면, 음식이 보이는 대로 바로 먹을 수 있거든.

노인　　(그의 아들에게 말을 건네면서) 그래, 여기가 바로 그 유명한 유리산이군. 이런 산을 본 적이 있소?

아들　　유리산은 하나밖에 없어요. 이것은 마치 어떤 기적처럼 보이지는 않네요.

군중1　　그게 당신에게는 대단히 충분하지 않다고? 그러면 산은 무엇으로 만들어져야 합니까? 다이아몬드? 그러면 한 조각 잘라내어 당신 주머니에 쑤셔 넣을 수 있겠네.

군중2　　다이아몬드로 만들어졌다면, 이 산은 벌써 부서졌을 것이고, 공주는 오래전에 내려왔겠지.

군중1　　노인, 저에게 말해 보세요! 노인과 아드님이 아직 이 산을 본 적이 없다고? 멀리에 사시는군요.

노인	그렇게 멀지는 않은데, 아직 못 봤소. 물론 우리는 그 소문을 들었지. 그런 소문이 우리에게 구원일 것이라고. 그러나 여기 올 시간이 없었지. 우린 축제에 참석하기 위해 나뭇가지를 모아야만 했고, 소에게 먹이를 주어야 했지. 그러나 오늘 우리가 여기에 온 건 공주님이 구해져서, 공짜로 우리가 원하는 걸 먹을 수 있기 때문이라오.
군중 1	잘했어요. 그게 현명한 겁니다.
군중 2	그건 명예로운 일이기도 해요. 모든 사람들이 한 사람과 나라를 구하도록 도와야 해요. 그리고 공짜로 음식을 즐기거든요.
소나무 타르 만드는 사람	(울타리 옆에 서서) 언제 등산을 허락할 거요?
경호원	잠깐, 기다려! 기다려! 자네보다 더 잘 어울리는 약혼자들이 있어. 그들이 먼저 할 거야.
구경꾼 1	숲에 남아서 소나무 타르를 지켜봤어야지. 혹시 석탄으로 가득 찬 구멍으로 내려가고 싶다면, 유리산을 오르는 것보다 나을지 몰라.
소나무 타르 만드는 사람	그래, 하지만 내가 산 정상에 오를, 바로 그 사람일 수도 있어. 이봐, 경호원! 내가 산 정상에 오르면, 왕이 명예롭게 그의 딸과 결혼하게 해줄까요?
경호원	목욕부터 먼저 하라고! 그러면, 알게 될 거야.
구경꾼 2	그는 적절한 예의를 갖추지도 않은 데다가 얼굴에 교활한 미소를 띠고 있어. 하지만, 그는 아내를 명예롭게 해주실 걸 요청하고 싶어요.
소나무 타르 만드는 사람	하지만, 난 정상에 오를 거야! 타르를 칠한 내 양손은 유리에 달라 붙어서, 가파른 맨 꼭대기에 올라갈 거야.

군중1	누군가가 맨 꼭대기에서 당신을 밟지 않도록 조심하는 게 좋을 거야! 왜, 사람들을 밀쳐내요? 왜, 숯가루로 남의 옷을 더럽혀요?
경호원	(울타리를 뚫는 길을 찾으려고 애쓰는 소나무 타르 만드는 사람에게) 너, 어디로 몰래 도망치고 있는 거야? 여기라고!
	(경호원이 그의 정수리를 때린다.)
군중1	지금 뭐지? 그가 이미 당신의 머리 정상에 올라탔네.
군중2	(바라보면서, 가리키면서) 봐! 빛나는 갑옷을 입은 한 무리 남자들이 접근하네. 그들은 틀림없이 산에 오를 사람들이야. 왕자들이야. 그들은 언덕의 경사진 부분에서 등반을 시작할 거야. 산 양쪽에 있는 가파른 절벽은 공중으로 솟구쳐 있어. 아무도 그쪽을 가려고 하지 않아.
군중1	그의 말을 들어야지! 누군가 그쪽에서 정상에 도달하려면, 인간의 힘으로 충분할까? 기적이 필요할 거야!
지주	하지만 어떤 아주 부유한 사람이 그의 손톱에 금강석을 붙인다면 어떨까?
군중1	금강석 부리를 안 붙이고요? 금강석 부리라도 정상에 오르는 데 실패할 거요.
노인	무슨 소리하는 게요, 젊은이? 돈만 있으면, 모든 걸 이룰 수 있어.
군중2	돈은 바보를 현명한 사람으로 변화시킬 수 없고, 늙은이를 다시 젊게 할 수도 없어.
군중1	사람이 모든 걸 해낼 수 있지, 돈은 아니야.
경호원	자리를 비켜 주세요! 양보해 주세요! 왕과 신하가 옵니다.
군중들	대왕 만세! 대왕 만세!

· · · · ·
4장(場)

(왕이 여러 대신, 수행원과 함께 도착한다.

북쪽에서 온 왕자와 다른 왕자들이 들어선다.

음악과 뿔 나팔 소리가 울린다. 사람들이 왕을 맞이한다.)

왕	(앉으면서, 손을 흔든다.)
대신	우리의 자비로운 주군이자 통치자께서 대회의 시작을 명하십니다!
	(나팔 소리가 다시 울리고, 왕자들과 경쟁자들이 왕 앞에서 절을 한다.)
왕	모든 왕자들, 귀빈들, 그리고 내 딸의 구혼자로서 영예롭게 나를 기리는 모든 분들, 가서 그녀가 유리관 속에 누워 있는 유리산을 오르도록 하시오. 여러분 모두에게 행운을 빌겠소. 산꼭대기에 올라, 그녀를 업고 내려오는 이에게는 내 딸과의 결혼을 허락하겠소.
왕자들	(다시 절을 하고 뒤로 물러선다.)
왕	(북쪽에서 온 부유한 왕자에게 말을 건넨다.)
	하지만, 내 사랑하는 아들이자, 부유한 이웃 왕국을 물려받을 친구를 위해, 나는 귀한 사람에게만 주는 특별한 축복과 은총을 왕자에게 주겠소.
왕자	(어깨를 으쓱하면서, 절을 한다.)
다른 왕자들	(서로 쑥덕거린다.)
왕	여러분, 경쟁에서는 동등한 권리를 누리시오. 나아가서 순위에 따라 각자의 행운을 시험해 보시오.

(사람들은 절을 하고, 산을 향해 움직인다. 하인들은 그들의 왕자들을 위해 계단과 사다리며 필요한 다른 물건들을 만든다. 부유한 왕자는 그의 하인들에게 명령을 내린다. 몇몇 왕자들은 오르려고 한다. 그들은 몇 계단을 올라갔다가, 다시 미끄러진다. 나팔 소리는 넘어 떨어질 때마다 울린다. 갑자기 새벽이 된 듯이 무대 전체에 붉은빛이 드리워진다. 갑옷을 입은 한 남자가 무대 왼쪽 절벽에서 말을 타고, 산 중턱을 올라가고 있다. 말과 기사는 구릿빛을 띠고 있다. 그는 산 위로 떠오르는 태양을 묘사한 큰 방패를 들고 있다. 군중은 더 크게 시끄러워진다. 뿔나팔이 울린다. 사람들이 환호한다.)

군중들 (모두가 한꺼번에 소리친다.)
보세요! 보이나요? 잘 보세요!

군중 1 가을의 태양처럼 붉게 산 위로 훌쩍 뛰어올랐어.

군중 2 구릿빛 말과 구릿빛 방패야!

군중 3 저 기사의 차분한 침착한 속도를 보라고. 말은 전혀 비틀거리지도 않고, 거의 힘을 쓰지 않아. 마치 그 사람이 말을 타고 들판을 가로지르는 것 같아.

군중 1 저 기사는 누구야? 머리는 갑옷으로 덮여 있어. 모든 게 너무 밝게 빛나서 그런지 붉은 것만 보이네.

군중 2 저 위를 보라구! 공주가 벌써 한 손을 들었어.

군중 3 무슨 소리 하는 거요? 당신은 여기서 봉우리를 볼 수 없어.

왕자 (소리를 외치면서) 그는 시간이 되기 전에 말을 타기 시작했어. 타지 못하게 해! 돌아서라고 명령해!
(그가 왕에게 간다.)

왕 왕자, 진정하시오. 그에게 말을 먼저 탈 권리가 주어지지 않앴지만 그가 절벽의 가장 가파른 부분을 어떻게 올라탔는지 보시오! 누구도 그것이 가능하다고 상상도 못 했소.

대신	(경호원들에게 말을 건네면서) 그가 말을 타면, 안 돼! 돌아와야 해! 가서, 그에게 이 말을 전해!

(경호원들은 떠난다.)

왕	(대신에게) 저 기사는 누구야?
대신	아무도 모릅니다, 그는 낯선 사람이고, 누구와도 관련이 없습니다. 대회 전 규정에 따라 전하에게 자신을 소개하지 않았습니다. 그를 잡아 당장 전하 앞에 데려오겠습니다.

(경호원들에게 말을 건네면서) 산에 올라가서, 그를 데려와!

(그들이 떠날 때, 다른 경호원들에게 말을 건넨다.)

왼쪽으로 돌아가서, 그가 도망치지 못하게 해!

(그들이 떠난다. 산을 오르라고 명령을 받은 경호원들은 왼쪽 옆으로 기어 올라가려다 쓰러진다.)

군중들	(실망해서, 소리친다.)

그가 내려오고 있어! 다시 내려가고 있어! 아니, 어떡해!

(기사가 바닥으로 미끄러져 내려오면서, 기사를 둘러싼 밝은 빛이 사라진다. 무대는 다시 겨울의 원래 우울한 빛으로 돌아간다.)

군중1	울어서 눈이 빨개진 것처럼 해가 지고 있네.
군중2	붉고, 불길처럼 밝고 밝았지만, 지금은 꺼졌어요. 그건 우리의 행운이었는데.
군중3	태양을 나르던 갑옷 입은 사람은 그걸 맨 꼭대기까지 옮기는 데 실패했어요.
군중1	하지만, 그는 다시 시도할지도 몰라.
대신	(큰 목소리로 외친다.)

경호원을 불러! 내 명령이 완수되었습니다. 여러분들 힘을 아껴요! 규칙을 어긴, 아무런 연고도 없는 그 사람은 이미 뒤로 물러납니다.

(왕에게 말을 건네면서) 전하, 아시다시피 빠르고 영리한 명령은 항상 좋은 결과를 가져옵니다. 그러한 기초에 의존하는 건 항상 도움이 됩니다. 비록 미약하지만, 전하를 위해 힘을 사용할 수 있어서 다행입니다.

왕	좋아요. 좋소.
군중들	그는 돌아오지 않습니다. 그는 다시 타지 않습니다.
군중1	왜, 태양의 기사는 모습을 드러내지 않는가? 그는 어디로 사라졌지? 이는 마치 태양이 바다 위로 떠올랐다가, 수면 아래로 가라앉는 것과 같아.
왕	(대신에게 말을 건넨다.) 모두를 위해 잔치를 시작하도록! (왕은 성으로 가기 위해 자리를 떠난다. 대신은 경호원, 수행원들에게 여러 가지를 명령한다)
대신	손님들 먹게 하시오. 하지만, 손님들이 적절하게 옷을 입었는지 확인하시오. 그렇지 않은 사람들은 들이지 마시오.
경호원들	명령대로 하겠습니다.

• • • • •
5장(場)

(많은 사람들이 모여 있다.

하인들은 들판에 담요를 깔고, 음식과 음료를 나른다.

나팔을 불어 사람들을 잔치에 초대한다.

경호원들은 질서를 유지하고, 울타리 밖으로는 음식을 허용하지 않는다.

사람들은 울타리를 비집고 들어가려고 한다.

경호원들은 뇌물을 받으면, 일부 사람들을 들여보낸다.)

군중1 이미 등산을 시도한 사람들은 다과를 드실 자격이 있지만, 나머지 사람들은 약간의 힘을 챙길 시간이군요.

군중2 (울타리 바깥쪽에서) 이 사람은 참가하지 않았어요! 그는 오로지 음식에 더 가까이 가기 위해 싸운 것뿐이요.

군중1 왜, 나를 비방합니까? 모두가 내가 가장 깊은 관심을 보인다는 걸 알고 있는데, 당신 혼자 허튼소리 하느냐고?

군중3 (군중 1에게 말을 건넨다.)

 왜, 굳이 울타리 밖에 있는 사람한테 말을 거는 이유가 뭐죠? 그가 뭘 이해할 수 있을까요? 잔치에 들여보내지 않는 이유가 있겠지요. 뭘 좀 먹자고요!

노인 (아들에게) 아들아, 배부르게 먹어서, 산에 오를 힘을 얻어야지. 네가 신부를 집으로 데려오면, 사는 게 훨씬 나아질 거야.

군중1 노인장, 공주님이 소젖을 짜줄 거라고 생각하세요?

노인 아뇨, 전혀요…. 하지만 공주는 그녀의 수행원들이 돕도록 허락할 겁니다.

· · · · ·
6장(場)

(같은 등장인물들

안티스와 거지는 왼쪽에서 들어와 울타리 밖에 있다.)

안티스   (2막과 같은 옷차림이지만, 이번에는 외투와 모자를 쓰지 않았다. 그는
        초조하고 재빠르게, 그러나 조용하게 거지를 끌어당긴다.)

        친애하는 어르신, 더 가까이 갑시다. 간단히 한번 살펴보겠
        습니다! 저 멀리 산 정상이 보입니다. 제가 말을 타고 오르는
        데, 가파른 절벽이 시야를 가로막았습니다.

        (그들은 울타리로 걸어가서, 통과하고 싶어 한다. 그러나 경호원들이
        그들을 막아선다.)

경호원   영감님! 그런 누더기 옷을 입고 어딜 갑니까? 아들과 함께 울
        타리에서 물러나세요! 여긴 구걸하는 곳이 아닙니다.

거지   우린 구걸하러 온 게 아니야. 우리는 공주님의 잔치를 보러
        왔어요.

경호원   들어갈 수 없어요. 울타리 바깥에서 볼 수 있어요.

안티스   (경호원에게 말을 건넨다.)

        잠깐만이라도 산꼭대기를 볼 수 있게 해주시면, 좋겠습니다.
        경호원, 당신은 그곳에서 볼 수 있지만, 여기서는 그곳을 볼
        수 없습니다.

        (들판을 가리킨다.)

경호원   볼 게 뭐가 있나요? 저 봉우리는 다른 봉우리들과 같아요. 그
        냥 여기 있으란 말이요.

거지   (경호원에게 말을 건넨다.)

        사랑하는 아들아, 왕이 공주님 결혼식 잔치에 모든 사람을
        초대했지. 부자든 가난한 사람이든 가리지 않고. 모든 사람
        들이 그의 식탁에서 먹을 수 있다고 말했거든요. 헌데 내 아

들 같은 이가, 왜 우릴 들여보내지 않는가. 그냥 구경만 하고
있으라고.

경호원 난, 당신 아들이 아니오. 나를 너희 부랑자들과 비교하지 마
시오. 한 번 보면, 알 수 있지. 내가 만약 들여보내 준다면, 가
장 가까운 음식 접시에 몸을 던질 게야.

거지 왕은 모든 사람들을 잔치에 참가시켜, 서로 경쟁하도록 초대
했어요. 난 빵 한 조각만 먹어도 괜찮지만, 아들이 시합에 참
가하고 싶어 하지.

경호원 식탁에 앉아 있는 손님들과 함께 경쟁자들을 살펴보세요. 고
결한 사람만이 출입이 허락되었습니다. 헌데 당신들은 누더
기 옷을 입고 오셨군요. 이 중요한 날에 제대로 옷을 입지도
않았잖아요. 당신의 아들은 외투도 없이 셔츠만 입었군요.
모자도 없이.

거지 우리는 더 좋은 옷이 없는데, 어떻게 얻을 수 있소?

경호원 내가 당신들에게 옷을 줄까요? 좀 빌리시지 그래요!

울타리 밖 구경꾼 1 이 젊은이는 분명 어떤 시합에 참가해서, 외투와 모자를 잃
어버렸을 테지.

울타리 밖 구경꾼 2 아마도 술집에서 싸웠을 거야, 그래서 숙취 해소를 위해 잔
치에 온 게야.

거지 이 보시게들, 자네들도 가난하고 울타리 밖에 서 있는데, 어
찌하여 우릴 비웃는가?

울타리 밖 구경꾼 1 왜냐구요. 우린, 들어가려고 하지 않았어요. 그들이 들여보내
주지 않으면, 이렇게 있어야죠. 하지만 이것 좀 보세요. 그는
경쟁하기를 원해요. 고결한 사람만 할 수 있는데도.

울타리 안에서 식사하는 사람 저기 모여든 각양각색의 사람 좀 보시라고. 저마

다 자비로운 왕의 딸의 신랑이 되기를 원하네. 비록 그들은 내 부츠를 닦을 자격도 없는데, 왕의 사위는 될 자격이 있다고 생각하는 것 같아요.

거지   (울타리 밖에서 안틴스를 가리키며) 하지만 그는 산 정상에 오를 바로 그 사람이 될 수 있어요.

군중들   (그들은 웃는다.)

울타리 밖 구경꾼 1   그는 이미 자신의 외투와 모자를 깎아서, 왕관과 당당한 망토가 어깨 위에 놓일 수 있는 공간을 만들어야만 했어요.

경호원   (거지에게 조용히) 동전 좀 있으세요? 당신은 들여보내 드릴 수 있지. 헌데, (안틴스를 가리키면서) 이 사람은 안 돼요.

거지   나는 동전 한 푼 없지만, 있더라도 자네에게는 주지 않을 거야. 명예로운 행사에 참가하기 위해 비용은 지불하지 않는 거야.

안틴스   (거지를 옆으로 데려가서, 조용히 말한다.)
어르신, 갑시다. 떠납시다. 여기서 정상을 비록 보지는 못했지만.

거지   (속삭이며) 그래 가자. 두 번째로 올라가야만 해. 은빛 말을 불러라.

안틴스   아니요. 두 번 다시 타지 않겠습니다. 어르신은 저에게 헛된 희망을 주었습니다. 모두가 어떻게 날 조롱하는지 보십시오.

거지   그런 허튼 소리를 듣는 사람은 실패할 수밖에 없어. 목표를 외면하는 사람은 항상 실패하기 마련이야. 말해봐, 내 아들아. 처음에 실패했다고, 포기하는 거니?

안틴스   내 마음은 바람과 같았고, 나를 위로 들어 올렸습니다. 물결치듯 날 데려갔습니다. 산을 타는 동안 오직 한 가지만 생각했어요. 아름다운 미소만 생각했습니다.

거지 친절한 미소는 자넬 위한 게 아니야. 보상은 자넬 목표에서 벗어나게 하지. 오직 가장 높은 이상만 생각하라고. 가서, 네 은빛 말에 안장을 얹어라. 기회는 두 번밖에 없다. 마음을 잡아 올려라! 높이 올려! 네 마음만이 널 높이 데려갈 거야.

안틴스 (크게 한숨을 쉬면서) 어르신, 저는 할 수 없습니다. 자비를 베푸세요.

한 불쌍한 구경꾼 (거지에게 다가간다.)

아드님이 시합을 정말 보고 싶어 하는 걸 저는 알아요. 그렇지만, 경호원들이 돈을 받지 않고서는 아무도 들여보내지 않을 겁니다. 조금 전에 불같은 사람이 언덕 위로 반쯤 올라간 걸 보셨습니까?

울타리 밖 다른 구경꾼 뭐라구? 그걸 못 봤다구요? 너무 아름다웠죠. 하늘은 붉게 물들어 있었고, 즐거운 군중들은 모두 희망에 가득 찼습니다.

울타리 밖 구경꾼 2 빛나는 태양의 아들이 타고 있었습니다. 그는 우리 모두에게 행운을 가져다 주고 싶었습니다. 그러나 희망의 해가 다시 졌습니다.

울타리 밖 구경꾼 3 걱정하지 마세요. 내 친구들이여! 확신해. 태양 같은 사람은 다시 올 겁니다! 우리를 영원한 어둠 속에 내버려 두지 않을 겁니다. 그는 공주를 아래로 데려와서, 모두에게 행운을 가져다줄 겁니다.

안틴스 (거지에게 속삭이며) 가서 한 번 더 해보겠습니다.

거지 (안틴스에게 조용히) 사랑하는 아들아, 사람들의 말은 바람 따라 변한단다. 바람이 아니라, 빛을 믿어라.

(둘은 군중을 헤치고, 출구로 천천히 나간다.)

• • • • •
7장(場)

(안틴스의 형제들 비에른스, 립스츠와 함께 같은 사람들
두 형들은 허리둘레에 알록달록한 스카프를 두르고,
모자에는 깃털 뭉치를 달고 있는, 매우 단정한 모습이다.)

비에른스   (한 경호원에게 말하면서) 잔치에 참여합시다! 우린 제시간에
맞추어 도착했어요.

울타리 밖 구경꾼 1 식사 시간에 딱 맞춰서 오셨네요, 헌데, 경쟁 상대는 아닌 것
같은데. 그냥 울타리 그냥 밖에 있는 게 어때요?

경호원   당신 둘, 어디로 몰래 가는 겁니까? 당신들을 위한 식탁은 마
련되어 있지 않습니다. 누구시죠?

비에른스   우린, 존경하는 아버지의 아들들입니다. 우리는….

경호원   난, 당신들이 불명예스러운 사람의 아들들이라고 말할 것이
라고, 생각하지 않았습니다. 아버지는 어디 계시죠?

비에른스   그의 관 속에. 우린 조금 전에 그를 관에 눕혔습니다.

경호원   그런데 당신들 스스로 명예로운 아들이라고 했습니다. 당신
들은 관에 아버지를 눕히자마자 즉시 잔치를 시작하는군요.

안틴스   (그와 거지는 출구로 더 가까이 이동한다. 조용하게) 어르신, 저들
은 제 형들입니다! 바라건대, 형들이 저를 꾸짖지 않았으면
좋겠습니다.

거지   가자, 우리가 나갈 수 있도록.

(그들의 노력에도 불구하고, 군중을 헤쳐 나갈 수 없다.)

울타리 밖 구경꾼 1 그들이 어떻게 치장을 했는지 보세요! 수탉처럼 붉은 볏을.

울타리 밖 구경꾼 2 온전한 한 마리 양이 그들의 머리 위에 앉아 있네.

울타리 밖 구경꾼 3 그들의 배는 공짜 음식을 채울 수 있도록 나무통처럼 묶여 있어.

비에른스 모두, 다 먹고 있어요. 왜, 즐기지 말아야 할까요?

립스츠 빨리 들여보내 주세요. 우린 소작농 사이에 서 있고 싶지 않아요.

경호원 당신들, 명예로운 사람임을 증명하시오. 상속의 수혜자로서 돈이 있습니까?

비에른스 여기 있어요.

(그는 천천히 지갑을 꺼낸다.)

경호원 이건 진짜가 아니오.

(그는 그것을 그의 가방에 넣는다.)

비에른스 뭐~뭐~뭐어~야?

경호원 다른 돈을 좀 보여주면, 좋겠어요. 그렇지 않으면, 즉시 체포할 거요.

비에른스 여기, 좀 더 있어요.

경호원 계속하시오. 당신은 명예로운 사람입니다. 하지만, 어쩌려고요?

(울타리 친 곳으로 잠입한 립스츠에게 말한다.)

잠깐, 이봐요!

립스츠 그건 우리 둘을 위한 거였어요.

비에른스 아님, 방금 준 것의 절반을 돌려주든지.

립스츠 (형을 밀어내며) 상상이나 할 수 있었겠냐구?

(서로 밀친다.)

경호원	뭐하는 거요? 당신 둘이 왕의 식탁에서 난동을 피우고 있군요. 즉시 벌금을 내야 해요.
두 형제	오~ 안 돼! 이런. 명예롭고 자비로운 사람이니 우릴 들여보내 주세요. 이건 우리가 가장 친할 때 말하는 방식이에요.
안틴스	(더 이상 가만히 있을 수 없어서) 그들을 들여보내 주십시오, 경호원! 그들을 놔주십시오. 그들은 돈과 헤어지는 걸 좋아하지 않습니다.
경호원	왜, 이런 일에 개입하는 거요. 거지 같은 사람들 보게.
비에른스	듣고 있어? 누구 소리인지 들려? 그 녀석이 우리 안틴스야!
립스츠	아무짝에도 쓸모없는 녀석. 너도 여기로 달려온 거야?
비에른스	하느님 맙소사! 그는 모자가 없고, 셔츠만 입고 있어.
립스츠	저 거지! 저것 보라구! 그가 우리 아버지의 외투를 입고 있어. 그를 잡아! 봐~ 봐!
비에른스	(경호원에게 말한다.) 존경하는 경호원님! 저 거지가 우리 아버지의 외투를 입고 있어요. 그를 붙잡으세요!
립스츠	그리고 저 녀석은 집안일 하기 싫어 도망쳤어요. 그를 집으로 데려가라고요!
비에른스	(안틴스에게 말한다.) 넌, 아무짝에도 쓸모가 없어! 주변에 있는 모든 사람들이 아니라면, 네 정체를 말할 거야.
안틴스	(거지에게 말한다.) 탈출합시다, 빨리!
립스츠	잡아! 그들을 잡아!

(군중들은 그들을 통과시키지 않는다.)

8장(場)

울타리 밖 구경꾼 1 이 형제들 좀 보세요. 두 사람은 허리둘레에 다섯 개의 스카프를 두른, 좋은 외투를 입고 있네요. 헌데 막내는 이 추운 날씨에 셔츠만 입고 맨발 차림이에요.

비에른스 여러분, 무슨 말을 하는 겁니까? 이 소년이 바로 악마의 아들이라고요. 우리 집에 있는 모든 걸 훔쳐서 이 늙은 거지에게 주었어요!

울타리 안 구경꾼 2 거지가 그의 아버지 아닌가요?

립스츠 그가 무슨 아버지야? 그는 단지 거지이자, 사기꾼일 뿐이요. 젊은이를 속여서 공주와 결혼할 수 있다면서, 그를 이번 시합에 참가하도록 사기 쳤어요.

비에른스 그런 사람이 공주하고 결혼한다고? 여러분은 그가 어떤 사람인지 직접 볼 수 있습니다.

울타리 안 구경꾼 2 그렇게 말하는 두 분 역시 경쟁하러 왔네요. 그렇게 잘 차려 입은 걸 보니.

비에른스 그렇고 말고요! 우린 재산이 많죠!

울타리 밖 구경꾼 3 그건 알 수 있어요. 지금 당신들은 전 재산을 걸치고 있군요.

비에른스 지금 당장 공주를 구하고 싶어.

립스츠 해보세요! 먼저 밥부터 먹고, 힘을 좀 내고 싶어요. 봉우리로 가는 길은 멀거든.

(비에른스가 등반을 준비하는 것을 보고, 립스츠는 시샘한다.)

뭐? 공주를 혼자서 구할 계획이요? 우린 모든 걸 반으로 나눕니다!

비에른스 무슨 말이야? 무슨 반? 자, 가자고!

울타리 밖 구경꾼 1 만약 지금 싸운다면, 둘이 어떻게 한 명의 아내와 결혼해서 살 건가요?

비에른스 그냥 농담이요.

립스츠 맞아. 우린 돈만 반으로 나누었지.

경호원 꺼져! 지금은 출전할 수 없어! 나팔이 울릴 때까지 기다려.

립스츠 내가 먼저 한 입 베어먹는 게 낫다고 하지 않았어?

· · · · ·
9장(場)

(울타리 밖에서 큰 소리가 들린다.

은색 갑옷을 입은 남자가 산을 오른다.

무대는 밝은 은빛으로 밝아진다.)

울타리 밖 구경꾼들 아니, 이런, 저것 봐, 보라고!

다른 사람들 사울베디스! 사울베디스야!

울타리 밖 구경꾼 1 내가 걱정하지 말랬지. 기사가 다시 돌아올 거라고.

울타리 안 구경꾼 1 그들이 무엇 때문에 소리 지르는 거죠? 소작농들이야! 그들이 우리를 속이려고 하는 거야. 우리가 남겨 놓은 음식을 먹으려고.

울타리 밖 구경꾼 2 경적이 아직 울리지 않았어.

울타리 밖 구경꾼 3 보이시나요? 다시 같은 그 기사네!

울타리 밖 구경꾼 1   정말 아름답군요. 절대적으로 아름다워! 그는 달보다도 희어요.

울타리 밖 구경꾼 2   은빛 노을이 하얀 겨울의 태양처럼 밝아요.

울타리 밖 구경꾼 3   이 사람은 다른 기사야. 그는 더 웅장하고, 그의 말도 더 큽니다. 성공해서 정상에 오를 겁니다.

울타리 안 구경꾼 1   솔직하게 말해서, 누가 생각이나 했을까요? 그런데 대회 시작을 알리는 나팔이 아직 울리지 않았어요.

울타리 밖 구경꾼 2   (들판으로 달려가는 경호원들에게 소리를 지르면서) 빨리요! 나팔을 불어요! 다들 자고 있었나?

나팔수   이건 당신이 관여할 일이 아니지. 우린 나팔 불라는 지시를 받지 않았어요. 우리가 무얼 알겠어요.

울타리 밖 구경꾼 3   안 보이나요? 기사가 벌써 많이 전진했어요.

나팔수   당신, 너무 바빠서 더 빨리 아무 말도 할 수 없었나요?

· · · · · ·
10장(場)

(왕과 그의 시종들이 서로 걸려 넘어지면서, 들판으로 달려간다.)

모든 관중들   보라고, 저길 보라고, 봐!

대신   왜, 나팔을 제때 불지 않았지?

왕   왕자, 저게 보이시오? 무엇을 하는 게요?

왕자   나는 그가 정상에 도달하지 못하고, 곧 떨어질 것이라고 봅니다.

(큰 소리가 난다.)

울타리 밖 구경꾼들   이런, 맙소사.

울타리 밖 구경꾼 1 이 은빛 기사도 정상에 도달하지 못했네요.

울타리 밖 구경꾼 2 무슨 일이 일어날까? 이제 우리에게는 무슨 일이 일어날까요?

(나팔이 울린다.)

울타리 밖 구경꾼 3 은빛 해가 지고 있는데, 왜 지금 와서 나팔을 불어요?

구경꾼들 아니, 이런! 맙소사!

왕 시합을 바로 시작합시다. 우리는 이내 잔치로 돌아가요. 이제는 모두가 등반할 수 있도록 허락하겠소.

(그는 왕자와 함께 옆으로 걸어가서, 속삭인다.)

우리는 왕자가 사용할 수 있도록 산 옆에 가장 높은 플랫폼을 배치할 거요. 다른 모든 사람에 비해 왕자의 지위에 맞는, 더 높은 자리라오.

왕자 하지만, 그것만으로 충분하지 않다면?

왕 아무것도 잃을 게 없소. 누구도 정상에 오르지 못할 거요. 유일한 다른 가능성은 이 알려지지 않은 기사요. 하지만, 그는 모든 요구 사항을 완료하지 못했다오.

왕자 그게 무슨 도움이 되죠?

왕 만약 그가 공주를 데리고 내려오면, 나머지는 나중에 내가 알아보겠소.

(왕, 왕자, 수행원들이 떠난다.)

나팔수	시합은 계속됩니다! 모든 사람이 경쟁하도록 초대되었습니다. 키가 크든 작든 가난하든 부자든 누구나 경쟁할 수 있습니다. 울타리를 허물고, 모두 들여보냅시다.
울타리 밖 구경꾼 1	은빛 기사도 정상에 오르지 못했는데, 어떻게 우리의 빈약한 힘으로 굳이 시도할 필요가 있겠어?
울타리 밖 구경꾼 2	아무도 성공할 수 없어.
비에른스	친애하는 친구들, 걱정하지 말게. 우리 형제가 한번 해볼게.
립스츠	약간의 힘을 더할 수 있게 몇 개의 빵을 가져가자고.
	(둘 다 떠난다. 울타리가 제거된다.)
구경꾼들	(군중들은 산과 등반을 준비하는 사람들을 더 잘 보기 위해 가까이 이동한다. 하인들은 담요와 베개를 들고 가서, 산기슭에 내려놓는다. 다른 사람들은 사다리를 만들고, 벤치를 가져온다. 또 다른 사람들은 높은 사다리를 가져와서, 안정적인 등반을 연습한다. 그들은 경쟁자들을 관찰하며, 수군거린다. 군중들은 개인적인 대화를 나누다가도 중요한 이벤트 행사 중에는 조용해진다.)

····· 12장(場)

(같은 군중.

안틴스와 거지가 왼쪽에서 입장한다.)

거지	(안틴스를 제지하면서) 오지 마! 앞으로 나가라고! 내가 말하고

있지!

안틴스 보고 싶다! 보고 싶어요! 울타리가 제거되었어요! 여기서는 절벽이 너무 가팔라서, 산봉우리가 안 보입니다. 한 번 보면, 내 마음이 다시 불타오를 거예요.

(안틴스가 거지에게서 떨어져서, 무대 한가운데로 달려간다. 위를 올려 다본다.)

아니, 이런! 산꼭대기가 믿을 수 없을 만큼이나 높아요. 올려 다보는 것만으로도 현기증이 나네요. 하지만 실패하면, 내 가슴은 불타버릴 거예요.

(안틴스는 현기증으로 땅에 쓰러진다.)

거지 오지 마! 앞으로 나가! 내가 말했어!

(사람들이 걱정하며, 안틴스와 거지를 에워싼다.)

울타리 밖 구경꾼 1 세상에, 소년에게 무슨 문제가 있습니까?

거지 빛나는 산봉우리를 보고는 현기증을 느낀 것 같아요.

울타리 밖 구경꾼 2 자, 어서, 그를 도와주자!

(그들이 안틴스를 일으켜 세운다.)

울타리 밖 구경꾼 3 그에게 와인을 조금 주세요.

거지 감사합니다. 도와줘서 고맙지만, 그는 와인을 마실 수 없어요. 이봐, 그는 다시 정신을 차렸어요.

(거지와 안틴스는 옆으로 걸어가서, 조용히 말한다.)

안틴스 친애하는 어르신, 저는 기운이 없습니다. 사흘 동안이나 굶었어요.

거지 여기! 새 먹이 위해 눈 위에 뿌리는 씨앗 하나를 가져가. 이 한 알을 갖고, 기운을 되찾아.

안틴스 어르신, 빵을 주십시오! 내 몸은 지쳤습니다.

거지	이 씨앗 하나만 가져가! 더 이상은 없어! 씨앗 하나면, 자네 힘을 회복하는 데 충분해. 빵은 자네를 짓누르고, 땅으로 끌어 내릴 거야. 결코 정상에 도달하지 못할 거야.
	(그는 안틴스 입에 씨앗 하나를 넣는다.)
안틴스	정상에 오르지 못하면, 내 가슴은 불타버릴 거야.
거지	말해 봐. 말을 타다가 집중력이 흐트러졌어, 그래서 목표 달성에 방해가 되었나?
안틴스	내 심장은 마치 불이 붙은 것처럼 나를 더 높이 들어 올렸습니다. 그것이 나를 위로 데려갔습니다. 가는 길에 단 한 가지만 생각했습니다. 아네모네만 생각했습니다.
거지	허나, 아네모네는 널 위한 것이 아니야. 아름다움은 널 목표에서 멀어지게 해. 가장 높은 목표에만 집중해야 해.
안틴스	하지만 텅 빈 곳을 바라보는 내 눈은 피곤합니다. 사랑하는 어르신, 제게 확실한 목표를 주십시오. 공주는 유리관에 누워있고, 그녀의 두 눈에는 눈물이 가득합니다. 그건 그녀의 마음과 함께 모든 아름다움입니다.
거지	서둘러! 황금말에 올라타!

(둘은 빠르게 퇴장한다.)

• • • • • •
13장(場)

(안틴스와 거지 없이 같은 군중들)

구경꾼들	봐! 저길 보세요! 덩치가 크고, 묵중한 신사가 다가오네.

(그는 좋은 옷을 차려 입고, 동반자들과 함께 산기슭에 도착한다.)

신사	바로 여기에 담요를 깔아요.

(동반자들이 그렇게 하고, 여분의 담요를 추가한다.)

저기에 베개를 좀 놓으세요. 이제 나를 들어 올려요. 날 꼭 잡아. 이제 가자. 나 혼자 등산할 거야.

(그는 곧바로 땅바닥으로 미끄러져 내려간다.)

빨리! 뒤로! 이불과 베개를 모으세요.

(그의 동행인들과 함께 떠난다. 군중들은 웃으며, '만세'를 부른다.)

구경꾼 중 한 명 웨딩 침대 전체를 다 챙겨서 왔다가 빈손으로 집에 갑니다.

울타리 밖 구경꾼 2 봐! 소나무 타르 만드는 사람이 왔어. 타르로 얼룩진 손이 그의 유리에 달라붙어 있어. 그가 오르고 있네.

소나무 타르 만드는 사람　　　(그가 산을 오르지만, 몇몇 구경꾼들이 그를 끌어내린다.)

바로 이거구나. 내 사람들이 날 끌어내리네요.

(군중들이 웃고, 다시 '만세'라고 외친다.)

취객 (유리산 언덕에 다가가서, 자세히 살펴본다.)

잠깐! 이제 어떻게 완료되었는지 알게 될 거야. 난 조금 더 힘을 내야 해.

(그는 병째로 술을 마신다.)

자, 이제 그럼! 그리고 내가…. 길을 비켜!

(그는 달리고 싶어 팔을 공중으로 들어 올리지만, 비틀거린다.)

울타리 밖 구경꾼 1 (취객에게 말을 건넨다.)

다리에는 힘이 없고, 비틀거리네. 더 많은 힘을 위해 한 잔 더 마셔요.

취객 말이야 맞지. 난 더 많은 힘을 가질 필요가 있어.

(그는 한 잔 더 마신다.)

만세!

(그는 다시 비틀거리기 시작한다. 군중들 가운데 몇몇은 그가 넘어지지 않도록 붙잡는다.)

아, 이번 일은 내일까지 놔두자. 공주님을 하루 더 자게 하자.

(그가 떠날 때, 구경꾼들이 웃는다.)

울타리 밖 구경꾼 1 집에 가서 좀 쉬세요.

젊은이들과 소년들 (그들은 산언덕에 다가가면서 웃는다. 몇몇은 썰매를 가져온다.)

얘들아, 올라가자! 꽉 잡고 있어! 아~싸! 썰매를 타고 내려가자!

(그들은 올라가고, 몇몇은 다시 미끄러지고, 다른 이들은 썰매를 타고 다시 내려온다.)

미끄러진 사람 우리, 다시 올라가자! 아~싸!

(그들은 다시 오르고 그리고 내려간다. 구경꾼들은 계속해서 고함을 지르고, 즐거워한다.)

울타리 밖 구경꾼 1 제들은 걱정이 없어요. 그들은 떨어지면, 다시 올라가요. 이 모두가 기쁨과 웃음으로 이루어져요. 성인이 되면, 상황은 바뀌겠죠.

· · · · · ·
14장(場)

(같은 군중들

비에른스와 립스츠가 입장한다.)

울타리 밖 구경꾼 2 저기, 좀 보세요! 추잡한 두 형제를!

(그들은 말다툼하면서, 산에 접근한다.)

비에른스 (가방을 등에 메고서) 나를 먼저 가게 해, 맏형이니까.

립스츠 그래요. 형은 저 위로 오르고, 난 여기로 오를 테니까.

(둘 다 오르기 시작한다.)

비에른스 (괜찮은 출발 후) 립스츠, 가방이 나를 짓누르고 있어. 현금이 무거워.

립스츠 가방을 던져버려!

비에른스 너, 미쳤어? 다른 사람들이 우리 동전을 가져가게 하려고? 자, 이거 가지고 가! 허나, 마지막에는 돌려줘야 해.

(군중들은 웃으며, 소리친다. "던져! 던지라고!")

울타리 밖 구경꾼 1 던져! 동전을 아래로 던져! 하하하!

(군중 속 다른 사람에게 말한다.)

그는 배낭을 절대 떨어뜨리지 않을 겁니다. 그러나 정상에 오르고자 한다면, 지상의 모든 소유물을 포기해야만 합니다.

비에른스 빨리! 빨리, 립스츠! 가져! 나, 떨어지려고 해. 오~오오오오!

(비에른스가 땅바닥으로 미끄러져 내려간다. 군중들은 웃으며, '만세' 라고 환호한다.)

립스츠 (간신히 언덕에 매달려) 이제야, 알겠어? 왜 배낭을 떨어뜨리지 않았어? 그게 형을 바닥으로 끌어 내렸어.

비에른스 이 악당! 왜, 내한테서 가져가지 않았어? 보라구. 그는 속이고, 계속 버티고 있어. 그는 자신의 살과 피를 나눈 형에게 자신의 계획을 공유하지 않았어. 잠시 기다려! 내가 너를 잡을 거야!

립스츠 하하하! 형, 알아? 내가 제일 똑똑해! 여우의 앞발을 자르고, 날카로운 발톱을 사용하고 있지.

비에른스	빌어먹을 사기꾼아! 넌, 내 바로 밑 동생이야. 장남으로서 난 공주에 대한 권리가 있어.
립스츠	하하하! 난, 산 높은 곳에서 형과 형의 권리를 비웃지.
비에른스	간계와 책략이 가득한 네 머리 위에 천둥과 번개가 내리칠 거야! 밝게 빛나는 산에 눈이 멀 거라고! 네가 높은 곳에서 떨어져, 수천 조각으로 부서지길 바라!

(구경꾼들은 형제들을 비웃는다.)

울타리 밖 구경꾼 1 형제애가 산산조각이 났습니다.

립스츠 하하하! 형의 질투는 형을 산언덕 아래서 폭발하게 만들 거야. 형은 단지 파편일 뿐이야. 하하하!

(갑자기 검은 어머니가 립스츠 앞에 나타나서, 그의 손을 밟는 그는 두려움에 큰 소리를 지르며, 아래로 떨어진다. 군중들이 그를 둘러싸고 중얼거리고, 팔을 흔든다. 동시에 비에른스는 군중 한가운데서 비명을 지른다. "오~! 오오우우!")

울타리 밖 구경꾼 1 (립스츠를 둘러싸고 있는 군중들에게 달려가서, 무대 앞쪽에 있는 사람들에게 말을 건넨다.)

둘 다 죽었어! 하나는 다른 하나 위에 바로 떨어졌어요. 형을 죽이고, 스스로 죽었어요.

울타리 밖 구경꾼 2 오, 이런! 그들은 서로 죽기를 바랐고, 두 가지 소원이 동시에 이루어졌어.

울타리 밖 구경꾼 1 이런 비극이 일어난 후, 어느 누가 감히 산을 오르려고 할까?

울타리 밖 구경꾼 2 (군중이 더 크게 떠드는 쪽을 가리킨다.)

저곳에서는 무슨 일이죠? 왜 군중들이 그렇게 몰려드는 거냐구요? 와! 누군가가 부자 왕자를 위해 매우 높은 사다리를 들어 올렸어요. 누구에게도 그런 이점은 허용되지 않았지요.

왕자는 사다리가 있든 없든 위험해서 산을 오르려고 시도할 정도로 용감해요.

울타리 밖 구경꾼 1 그는 신랑으로 선택되었지요. 왕은 그의 딸을 다른 누구와도 결혼시키지 않을 거요. 비록 태양의 아들이 성공할지라도, 왕은 할 수 없어요. 왕은 그의 군대가 자신의 왕국을 파괴할 수 있어서 왕자를 두려워해요.

울타리 밖 구경꾼 2 그러면 왕자가 우리 공주를 데려오면, 어둠이 왕국을 덮을 겁니다. 이웃 왕국의 사람들은 그 왕자가 심술궂다고 말합니다. 무슨 일이 일어날까? 미래는 무엇을 가져다줄까?

· · · · · ·
15장(場)

(같은 군중들.

왕자가 수행원들과 함께 들어간다.

왕자는 사다리로 걸어간다.

군중들이 소리친다. "봐! 저쪽을 봐!"

황금 갑옷을 입은 남자가 황금말을 타고,

황금 방패를 들고, 가파른 절벽을 올라간다.)

구경꾼들 저기 봐! 당신 보이세요? 봤어요?

울타리 밖 구경꾼 1 빛아, 빛나는 태양의 아들이 정오의 빛처럼 밝게 나타났구나! 황금 갑옷! 황금 말! 그리고 황금 방패!

왕자 (화가 내며 소리 지르기 시작하지만, 군중들의 환호 소리에 묻힌다.)
멈춰! 기사! 제자리 서! 공주는 내 거야.

울타리 밖 구경꾼 1 사울베디스가 공주를 구할 거야. 사울베디스! 우리의 고민거리를 끝낼 거야. 기뻐하라! 기뻐하라! 기뻐하라! 사울베디스가 공주를 깨울 거야.

군중들 (큰 환호와 함께) 그가 사울베디스야! 사울베디스야! 그는 마침내 정상에 올랐어! 그가 해냈어! 공주는 깨어날 거예요!

(커튼)

4막(幕)

산의 유리 봉우리에는 눈, 서리로 뒤덮인 나무들.

초록빛과 파란색의 얼음 절벽.

공주가 누워 있는 유리관은 무대 중앙에 있다.

까마귀 일곱 마리가 관을 에워싸고 있다.

그들은 머리를 낮게 늘어뜨리고, 날개를 몸에 꽉 감은 채 잠을 잔다.

산 정상에 파란불이 켜진다.

눈의 어머니와 눈의 아이들, 바람의 영혼들과 바람의 어머니는

자작나무 껍질 뿔을 불면서, 무대를 가로질러 걷는다.

그들과 함께 있는 백발 아버지, 라우스키스로 변장한

몸집이 작은 노인은 하얀 담요를 덮어쓰고,

은도끼를 들고, 달팽이 모자를 쓰고 있다.

시계가 11시를 알린다.

노인은 마치 시계가 12시를 알리는 것처럼

즉시 그의 발뒤꿈치로 나무며 절벽을 차버린다.

그는 조용히 낄낄 웃는다.

다른 이들도 조용히 웃으면서, 경적 소리와 함께 지나간다.

잠들어 있던 일곱 까마귀는 시계 소리에 따라 고개를 들기 시작한다.

그들은 긴 잠에서 깨어나는 것처럼 천천히 날개를 들어 올리고, 기지개를 켠다.

그들은 이야기를 시작한다.

1장(場)

(일곱 형제 ⋯ 까마귀)

첫째	과거에도 그랬고, 앞으로도 그럴 거야. 까~옥!
둘째	그녀는 잠들었고, 영원히 잘 거요. 까~옥!
셋째	날마다, 해마다. 까~옥!
넷째	올해로 7년째야. 그녀를 깨울 남자는 어디에 있지? 까~옥!
다섯째	7년이 지났어. 70년을 더 누워 있을 거야. 까~옥!
여섯째	희망을 가졌던 사람들은 아무것도 바라지 않았어. 까~옥!
일곱째	겨울이야! 춥다! 어둡다! 끝났어! 까~옥! 까~옥! 까~옥!
모든 까마귀	(낄낄거리는 방식으로 조용히 웃는다.)
첫째	까~옥! 형제여! 시계가 운명의 시간인 12시를 쳤어. 까~옥! 내 혀는 깨어나고 싶지만, 7년간 침묵 끝에 힘줄이 함께 자라났어. 까~옥! 말하거나 발음하기가 어려워. 까~옥!
둘째	까~옥! 사랑하는 형제여! 우리는 여태 무슨 얘기를 했을까? 까~옥! 말로 표현할 수 있는 모든 걸 알고 있어. 까~옥! 칠백 살이나 된 형은 말로 표현할 수 없는 모든 걸 알고 있지. 까~옥! 우리 일곱 형제는 일곱 가지 진리를 모두 알아. 우리는 서로에게 무슨 말을 했을까? 까~옥!
셋째	까~옥! 형제여! 우리는 7년 동안 조용했어. 까~옥! 그리고 우리는 앞으로 77년 동안 조용히 있을 것이야. 까~옥! 그래서 우리는 무엇이 있었던 것과 결코 될 수 없는 걸 숙고할 수 있을 거야. 까~옥! 우리가 잠을 자면서, 남들보다 더 똑똑해지는 거야. 까~옥!

넷째	까~옥! 형제들! 우리는 검은 어머니가 붙잡은 공주를 지켜야만 했어. 까~옥! 우리는 실수로 그녀의 이름을 말하지 않기 위해 조용히 있어야만 했어. 까~옥! 그 이름은 얼음관의 잠금을 해제할 거야. 까~옥!
다섯째	까~옥! 형제들이여! 우린 이제 자유롭게 말할 수 있어. 우리가 온 사방을 뒤져봤지만, 그녀의 이름을 들을 수 있는 살아있는 영혼은 없었어. 까~옥!
여섯째	까~옥! 형제들! 그녀의 관도 검색했나? 까~옥!
모든 까마귀	그럼! 까~옥! 우리는 그녀의 관을 수색했지. 까~옥!
일곱째	까~옥! 형님들! 그녀의 입술을 조사해 봤어? 까~옥!
모든 까마귀	그럼. 까~옥! 우리는 그녀의 입술을 조사했지. 까~옥!
다섯째	까~옥! 그녀의 입술은 창백하고, 생기가 없으며, 굳게 잠겨 있었어. 까~옥!
둘째	까~옥! 그녀의 눈을 조사했나요? 까~옥!
모든 까마귀	까~옥! 우리는 조사했지. 까~옥!
다섯째	까~옥! 그녀 눈은 윤기가 나지만, 흐릿해. 두 눈은 그녀의 눈물로 단단히 닫혀 있어. 까~옥!
첫째	까~옥! 형제여! 그녀의 심장도 조사했나? 까~옥!
모든 까마귀	그럼요! 까~옥! 우리는 검색했어. 까~옥!
다섯째	까~옥! 그녀의 심장은 중얼거림 없이 우리가 잠든 것처럼 조용해. 깊숙이 묻힌 곳에는 얼어붙은 아네모네가 놓여 있어. 까~옥!
일곱째	까~옥! 영혼의 나비 날개의 먼지 밑에 삶의 작은 반영이 남아있나? 까~옥!
모든 까마귀	(동요하면서) 까~옥! 까~옥! 까~옥!

다섯째	까~옥! 검은 어머니는 공주를 돌보면서, 조사했어. 까~옥!
첫째	까~옥! 오, 너, 백 살의 막냇동생, 너는 검은 어머니보다 더 똑똑해? 까~옥!
일곱째	난, 더 이상 아무 말도 안 할 거야. 까~옥! 큰형이 원하는 대로! 까~옥!
첫째	까~옥! 악을 눈치챈 사람 있나? 까~옥!
둘째	공주는 따뜻한 붉은 입술에 대한 꿈을 꾸고 싶어 하는 것처럼 보였어. 까~옥!
모든 까마귀	(웃는다.) 하하하! 까~옥! 까~옥!
셋째	붉은빛이 아래에서 위로 올라왔다가, 다시 떨어지는 것 같았어. 까~옥!
모든 까마귀	(웃는다.) 하하하! 까~옥! 까~옥! 까~옥!
다섯째	구리로 만든 말굽 소리에 유리산이 떨리는 것 같더니만, 그러고 나서 다시 조용해졌네. 까~옥!
모든 까마귀	(웃는다.) 하하하! 까~옥! 까~옥! 까~옥!
여섯째	공주님의 구혼자들이 아래로 떨어져 내려가는 것 같았어. 까~옥! 하하하!
모든 까마귀	(더 크게 웃는다.) 하하하! 까~옥! 그들은 올라오고 있었어요! 등산을! 그들은 오르고 있었어요! 하하하!
종달새의 소리	(조용히 쨔~쭐거리며, 사라진다.)
다섯째	까~옥! 까~옥! 형제들! 종달새가 어딘 가에서 지저귀는 것

같아. 까~옥!

모든 까마귀 (동요하면서) 까~옥! 까~옥! 까~옥!

(모든 까마귀들이 주변을 날아다니다가, 제자리에 다시 내려앉는다.)

여섯째 까~옥! 한 번 꺄~뚤거리는 소리가 났었고, 그 후엔 조용했
어. 아주 멀리서 들려오는 소리 같았어. 그것은 단지 7년이라
는 긴 세월에서 생겨난 기억의 메아리였을 뿐이야. 까~옥!

일곱째 유리산이 은색 말굽의 쿵쾅거리는 소리에 떨리는 것 같았어.
까~옥! 그리고는 관의 얼음 덮개가 깨졌어. 까~옥!

다섯째 깨진 틈을 찾아보자. 까~옥!

모든 까마귀 (그들은 관 주위를 날아다니며, 면밀하게 조사한다.)

다섯째 바로, 여기에 균열이 있네. 까~옥!

여섯째 바로, 여기에 미세한 균열이 있어. 까~옥!

셋째 은발처럼 가늘게. 까~옥!

첫째 까~옥! 비록 은발처럼 작은 틈이라도, 영혼은 비집고 들어갈
수 있어. 까~옥! 보라구! 그녀의 입술은 꼭 다물어져 있니?
내 오른쪽 눈이 갑자기 어두워졌어. 안 보여. 까~옥!

다섯째 그녀의 입술은 계속 닫혀 있고, 창백해. 입술은 핏기가 없고,
꼭 다물고 있어. 까~옥!

여섯째 아니야, 한 귀퉁이가 열렸어. 여길 보라고. 가장 날카로운 바
늘 끝 지름이야. 까~옥!

첫째 까~옥! 아무리 뾰족한 부분이라도 영혼은 비집고 들어갈 수
있어. 까~옥! 모든 얼음의 미세한 균열이라도 불어서 닫자.
까~옥!

모든 까마귀 까~옥! 까~옥!

(까마귀들이 얼음을 부는 관의 머리 부분에 모여 있다.)

첫째	까~옥! 누가 얼음관 뚜껑을 깨뜨릴까? 까~옥!
여섯째	황금 말굽이 산을 뒤흔들었어. 까~옥!
다섯째	라우스키스였어. 산이 여전히 튼튼한지 확인하기 위해 그가 도끼를 너무 세게 휘둘렀을 때야. 까~옥!
일곱째	하지만, 공주의 영혼이 관에서 탈출할 수 있었을까? 까~옥!
셋째	종달새 노래 안에 영혼이 있을 수 있을까? 까~옥!
첫째	까~옥! 아니야! 종달새의 노래는 나비의 영혼에게는 너무 거칠어. 까~옥! 나비가 지저귄다. 팔~랑… 팔~랑… 팔~랑. 영혼은 나비 노래처럼 들려. 메뚜기의 노래보다 더 고상하지. 까~옥!
다섯째	까~옥! 나비가 기어나와, 관을 빠져나왔는지 알아보자. 까~옥!
모든 까마귀	까~옥! 까~옥! 찾아보자! 살펴보자! 까~옥!
일곱째	큰형의 오른쪽 속눈썹에 뭔가 앉아 있는 것 같은데. 그게 영혼의 나비일까? 까~옥! 왜, 형의 눈이 어두워졌나? 까~옥!
첫째	까~옥! 까~옥! 내 오른쪽 눈을 쪼고 싶어? 까~옥! 네 녀석의 검은 혀에 무언가가 앉아 있는지 확인하는 게 좋을 거야. 까~옥!
일곱째	더 이상 말하지 않겠어. 알아서 하시오! 까~옥!
첫째	까~옥! 우리가 자고 있었던 거야. 까~옥! 시계가 그 운명의 시간을 쳤던 것 같아. 사울베디스가 왔어야 할 마법적이고 신비로운 시간은 지났어. 까~옥!
둘째	내 역시 시계가 12시를 쳤다고 생각해. 까~옥! 공주는 절대 깨어나지 않아. 까~옥! 그녀는 영원히 잘들 것이고, 우린 더 이상 그녀를 지켜줄 필요가 없을 거야. 까~옥!

모든 까마귀	까~옥! 시계가 열두 번 쳤다. 까~옥! 까~옥! 까~옥!
일곱째	나는 종소리를 열한 번 세었어. 열두 번째는 라우스키스가 만든 것 같아. 까~옥!
나머지 까마귀들	열두 번! 열두 번! 까~옥! 까~옥! 운명의 시간이 지났어. 까~옥! 까~옥! 승리! 승리! 까~옥! 까~옥!
일곱째	더 이상 말하지 않겠어. 모두 알아서 해. 까~옥!
셋째	이제, 친애하는 공주님. 사울체리테. 자거라! 사울베디스는 더 이상 널 찾으러 오지 않을 거야. 까~옥!
일곱째	까~옥! 넌 뭘 했는데? 왜 공주 이름을 언급했어?
나머지 까마귀들	까~옥! 아무도 오지 않을 거야. 까~옥! 승리! 까~옥!
둘째	(긴 하품을 한다.)
	아~~~ 까~옥! 이제, 난 푹 잘 수 있겠어. 까~옥!
종달새 소리	(지저귀는 소리가 이전보다 두 배나 커진다.)
	비비배배
모든 까마귀	오, 이런! 오, 마이 갓! 까~옥! 까~옥! 까~옥!
여섯째	까~옥! 그러나 시계는 12시를 쳤어. 커다란 올빼미는 종달새 노래를 부르는 척하며 우리를 속이려고 하는 게 틀림없어. 그도 승리를 기뻐하고 있다니까. 까~옥!
일곱째	까~옥! 만약 백발 아버지가 종달새 목소리 속에 숨어서 공주를 깨울 수 있는 공주의 비밀 이름을 엿들었다면? 까~옥!
여섯째	라우스키스는 진짜였어. 아니었나? 까~옥! 만약에 백발 아버지가 라우스키스로 변장했다면? 까~옥!
둘째	까~옥! 목이 거칠게 느껴져. 만약 백발 아버지가 종달새로 변장하고, 내 목에 숨어서 종달새 목소리로 지저귀면 어떻게 될까? 까~옥!

일곱째	넌, 잘 때 부리가 열려 있었어. 까~옥! 기어들어 왔을지도 몰라. 까~옥! 둘째 형의 입을 들여다보자. 까~옥!
첫째	까~옥! 넌 이미 내 눈을 쪼고 싶어 했어, 네 큰형의 눈을. 이제는 둘째 형의 목을 움켜쥐고 싶어? 까~옥!
일곱째	더 이상 말하지 않겠소. 형이 원하는 대로 해요! 까~옥! 하지만, 둘째 형, 형의 부리를 꽉 잡아서 종달새가 도망가지 못하게 해야지. 그러면, 종달새는 우리 발톱 안에 남을 거야. 까~옥!
첫째	까~옥! 한 시간만 더 조용히 하자. 마지막 한 시간. 까~옥! 그럼 열세 시가 될 거야. 그건 우리의 새로운 삶에서 첫 시간이 될 거야. 까~옥!
둘째	검은 어머니가 와서, 우리의 임무를 덜어주실 거야. 까~옥! 얼음에서 나오는 파란빛은 사라지고, 모든 것은 검게 변할 거야.

(그들은 모두 고개를 숙이고, 잠든다. 조용하다.)

· · · · ·
2장(場)

(정오.

시계가 열한 번을 치자, 갑자기 어두워지고 까마귀들이 기뻐한다.

까~옥! 까~옥! 까~옥!

그러나 시계가 열두 번을 치자, 한 줄기 빛이 어두운 무대를 비춘다.)

첫째	까~옥! 까~옥! 누가 들어왔어? 까~옥! 우리의 날개로 그를 덮자. 까~옥! 까~옥!
모든 까마귀	까~옥! 까~옥! 까~옥!
	(까마귀들은 빛나는 빛을 향해 날개를 퍼덕인다. 바람이 불기 시작한다. 가파른 산 절벽에서 말굽 소리가 들리고, 얼음이 깨지는 소리가 들린다. 안틴스는 그의 황금 갑옷에 햇빛이 밝게 비친 채 나타난다. 까마귀들은 가장 어두운 구석으로 물러난다. 작은 영혼의 나비들은 어둠 속에서 반짝이며, 안틴스를 향해 날아간다.)
첫째	까~옥! 내 오른쪽 눈에서 뭔가 떨어져 나갔어. 까~옥! 모든 게 다시 밝아 보여. 까~옥!
둘째	까~옥! 그건 영혼의 나비였어. 까~옥! 기적이야! 믿기지 않는 기적!
모든 까마귀	나비를 잡아! 까~옥! 나비를 잡아! 까~옥!
	(그들은 나비를 잡으려고 했지만, 안틴스의 빛나는 갑옷에 눈이 멀어 다시 멀어진다.)
첫째	(날개로 안틴스를 가리키며) 그는 어떻게 이렇게 밝을 수 있지? 까~옥!
둘째	형은 그를 바로 볼 수 없어. 까~옥!
셋째	눈을 피할 곳이 없어. 까~옥!
나비의 영혼	(나비는 안틴스의 오른쪽 어깨에 내려앉는다.)
안틴스	(나비에게 말을 건넨다.)
	나의 아름다운 날개 달린 생물, 태양의 작은 벌! 넌 누구니? 이 겨울 얼음집에서 바로 나에게 달려온 넌?
나비의 영혼	팔랑! 팔랑! 팔랑! 나는 나비야, 나는 영혼이지. 당신의 사랑하는 공주님, 당신의 소중한 사울체리테. 나를 들어서 당신

의 귀로! 당신의 마음속에 날 숨겨주세요! 당신의 영혼이 듣기를 바라요. 공주가 말하는 것을 팔랑! 팔랑! 팔랑!

둘째   (어둠 속에서) 기적이야! 기적! 방금 내 입에서 뭔가 튀어나왔어. 까~옥!

일곱째   까~옥! 네 부리가 활짝 열렸을 때, 왜 그렇게 놀랐어? 종달새는 네 입에서 탈출했어. 까~옥! 까~옥!

둘째   그녀를 잡아! 까~옥! 그녀를 붙잡아! 까~옥!

모든 까마귀   까~옥! 까~옥! 까~옥!

(그들은 모두 종달새를 잡으려고 노력한다.)

일곱째   그래요! 까~옥! 이 남자가 우리 앞에 그렇게 밝게 서 있는데, 어떻게 그녀를 잡을 수 있지? 까~옥!

종달새   (그녀는 어둠으로부터 빛 속으로 날아가, 안틴스의 왼쪽 어깨에 착지한다.)

비비배배! 비비배배! 잘 들어, 사울베디스! 귀담아들어요! 공주 이름은 사울체리테야. 이 이름으로 그녀의 관을 여는 겁니다. 이 이름은 그녀의 마음을 열 것입니다. 비비배배! 비비배배!

첫째   까~옥! 우리는 속았어. 까~옥! 우리는 도둑의 희생자야. 까~옥! 우리가 털렸어. 까~옥!

모든 까마귀   속았다! 까~옥! 도둑질이야! 까~옥! 털렸다! 까~옥!

첫째   종달새가 공주의 비밀 이름을 훔쳤어. 까~옥! 백발 아버지가 우리를 속였다. 까~옥! 왜 그를 들여보냈어? 까~옥!

둘째   까~옥! 백발 아버지는 내가 하품하고 있을 때, 종달새로 변해서 내 입 속으로 기어 들어왔어. 까~옥! 이런 나쁜 짓은 속임수로 이루어졌어. 까~옥! 까~옥!

종달새	(안틴스의 어깨에 앉아서, 웃고 비비배배! 지저귄다.)
	비비배배! 비비배배! 공주님 경호원들은 왜 입을 벌리고 잠을 자나요? 꺄~뚤! 사랑하는 둘째 까마귀야, 너의 형제들이 날 아주 잘 숨겨주었어. 비비배배! 그리고 내가 나가야 할 때, 넌 내가 탈출할 수 있도록 부리를 열어주었지. 비비배배!
모든 까마귀	(한꺼번에 모두 말하길) 거짓말쟁이! 까~옥! 도둑놈! 까~옥! 사기꾼! 까~옥!
	(그들은 화가 나서 펄쩍펄쩍 뛰며, 날개를 퍼덕인다.)
종달새	하하하! 비비배배! 로우스키스로 몰래 들어갔지. 비비배배! 시계가 열한 시를 쳤을 때, 나는 도끼로 열두 번째 타격을 했어. 비비배배 그래서 너희들은 운명의 시간이 지나갔다고 생각하고, 어리석게도 너희들은 기쁨과 환희 가운데 공주의 이름을 공개한 것이야. 비비배배!
모든 까마귀	(그들은 속아서, 화가 나서, 계속 뛰고 울부짖으면서, 자신들의 깃털을 뽑기 시작한다.)
종달새	비비배배! 계속 분노해서 뛰어내리세요, 자신의 깃털을 뽑으세요! 비비배배! 까~옥, 내 형제들! 비비배배! 잠꾸러기들! 어리석은 머리들! 비비배배!
모든 까마귀	사기꾼! 까~옥! 거짓말쟁이! 까~옥! 넌, 하얀 도둑이야. 까~옥! 너는 늙은 사기꾼이야. 까~옥! 불쌍한 작은 까마귀들을 속였어.
나비의 영혼	팔랑! 팔랑! 팔랑! 종달새보다 내가 먼저였어. 처음의 처음부터 내 이름을 부르는 걸 귀 기울였어. 팔랑! 팔랑! 팔랑! 내 내면에 느낌이 있었어. 그리고 사울베디스가 오길 바랬어. 그게 내 영혼에게 내가 한 말이야. 팔랑! 팔랑! 팔랑!

안틴스	내 마음은 언제나 느꼈어. 멀리서 사랑스럽게 부르는 그 목소리. 멀리 있는 별이 밝게 빛났어.
첫째	까~옥! 우리 모두 잘못이야. 까~옥!
둘째	까~옥! 온 세상은 속임수로 가득 차 있어. 까~옥!
셋째	당신은 누구에게 의지할 수 있는가? 누구를 믿을 수 있는가? 까~옥! 까~옥!
넷째	온 세상이 밝아진다. 까~옥!
	(무대가 서서히 밝아진다.)
다섯째	안틴스에게 몸을 던지고, 우리의 날개를 펼치자! 까~옥!
여섯째	그는 태양 아래서 눈처럼 밝게 빛나네. 까~옥!
일곱째	그의 눈은 마치 두 개의 번개처럼 우릴 바라보네. 까~옥!
첫째	그의 갑옷은 불타는 용광로와 같아. 까~옥!
둘째	우리의 날개는 마치 유리 벽에 부딪히는 것처럼, 그의 광선에 의해 날개가 휘어져. 까~옥!
셋째	내 눈은 마치 불이 붙은 것처럼 타오르네. 까~옥!
넷째	내 눈은 얼음 바늘에 찔린 듯 따가워. 까~옥!
다섯째	내 머리는 눈보라에 짓눌리는 느낌이야. 까~옥!
안틴스	까마귀들은 왜 계속 지껄이는 겁니까? 왜 계속 날개를 퍼덕여요? 평안히 가십시오. 7년 동안 보초를 섰으니 피곤하시겠군요.
첫째	까~옥! 그는 왜 그렇게 친절한 태도로 말을 하나요? 까~옥!
둘째	까~옥! 그는 칼도 창도 없이 우리를 이겼어요. 까~옥!
일곱째	까~옥! 그는 우리를 조롱한 거예요. 까~옥!
안틴스	친애하는 까마귀들이여, 난 당신들을 조롱하는 게 아닙니다. 당신들은 긴 겨울 동안 그녀에게 피해가 가지 않고, 그녀의

	휴식이 방해받지 않도록 공주를 잘 지켰습니다. 감사합니다. 착한 까마귀들.
일곱째	까~옥! 그는 심지어 우리에게 고맙다고 말하네. 비록 우리가 이미 패배했지만, 그는 친절함으로 우리를 속이고 싶어 한다. 까~옥!
안틴스	왜 내가 당신들을 속여야 하지, 까마귀들아? 난 당신들로부터 더 이상 아무것도 필요하지 않습니다. 난 다만 공주님을 깨워야만 했어요. 여러분도 마찬가지로 이 유리산에서 포로였습니다. 이제 원하는 곳으로 어디든 자유롭게 갈 수 있습니다.
첫째	까~옥! 우린 아무 데도 도망가지 않을 거고, 당신에게 공주도 주지 않을 거야! 까~옥! 우린, 네가 검은 어머니로부터 그녀를 데려가 백발 아버지에게 돌려주도록 놔두지 않을 거야. 까~옥! 관 위로 날개를 펼쳐라! 까~옥! 우리 몸으로 단단히 덮어라! 까~옥!
안틴스	사랑하는 까마귀들아! 평화롭게 가십시오. 이제 떠날 시간입니다.
모든 까마귀	까~옥! 까~옥! 까~옥!
	(까마귀들은 날개를 활짝 펴고, 관 위에 눕는다.)
안틴스	(크게 소리친다.)
	사울체리테!
	(큰 소리 폭발로 관에서 까마귀가 떨어진다. 관이 활짝 열린다.)
종달새	비비배배! 열셋째 종소리가 울린다. 친애하는 까마귀들아, 지금이 운명의 시간이야. 비비배배! 모두를 위한 새로운 시대가 시작된다. 비비배배!

모든 까마귀	까~옥! 까~옥! 까~옥! 오, 이런! 이런! 어떡해!
첫째	무슨 일이 일어날까? 어떻게 끝나게 될까? 까~옥!
일곱째	겨울, 추위와 어둠은 끝나야 돼. 까~옥! 까~옥! 까~옥!
종달새	도망가! 까마귀들이여, 떠나가라! 너희들은 더 이상 여기 있을 곳이 없어. 비비배배!
안틴스	(까마귀들이 뒤로 물러나서, 마침내 왼쪽으로 사라지자, 안틴스는 조용히 관으로 다가간다. 그는 관 앞에 서서 조용히 외친다.)

안틴스 사울체리테!

(그는 무릎을 꿇고, 관 위에 몸을 구부리고 운다.)

종달새 난 더 이상 여기에 필요하지 않습니다. 따뜻한 눈물이 얼음을 깨뜨릴 겁니다. 앞으로 나가서, 알리겠습니다. 비비배배! 태양이 우리 모두를 위해 돌아왔다는 걸. 비비배배!

(종달새는 안틴스가 들어온 곳으로 날아간다.)

· · · · ·
3장(場)

(안틴스와 영혼은 관 옆에 있다.
검은 어머니가 까마귀들이 떠났던 왼쪽에서 등장한다.)

검은 어머니 (부르면서) 백발 아버지, 당신은 천 가지 변장하는 사람입니다! 종달새, 너의 진짜 모습을 보여라!

백발 아버지 (그는 오른쪽으로부터, 사울베디스의 옆에서 라우스키스로 등장한다.)
검은 어머니, 나 여기 있습니다!

검은 어머니	백발 아버지, 당신은 속임수 짜는 사람입니다. 당신은 나를 속였고, 난 내 의무를 잃었습니다. 하지만, 그녀는 여전히 나의 힘 안에 있습니다. 나는 여전히 승리를 이룰 것입니다. 관을 비워 둘 수 없습니다. 당신의 젊은이를 데려가겠습니다.
백발 아버지	검은 어머니, 우리 서로 동의합시다. 당신이 할 수 있다면, 그 젊은이를 데려가십시오. 하지만 이미 내 것을 찾으려 오지 마십시오.
검은 어머니	그 소년에게 당신의 지지를 빌려주지 마세요. 그러면, 난 당신의 것을 찾지 않을 것입니다.
백발 아버지	나는 더 이상 그를 지배할 권한이 없습니다.
검은 어머니	당신의 말은 매듭지어진 그물처럼 더 단단하게 당신을 붙들어 매야 합니다.

(두 사람은 각자의 곁을 떠나면서, 사라진다. 안틴스는 혼자 남는다.)

· · · · ·
4장(場)

(안틴스, 그의 어깨 위에는 나비의 영혼이 앉아 있다.)

안틴스	(그는 일어서서, 관 앞에 서서 조용히 말한다.) 사울체리테, 사울체리테. 이제 당신은 죽음으로부터 구원받았습니다. 이제 나의 눈은 그녀를 봅니다. 당신은 내 꿈에서 이전에 보았던 분입니다. (알아보고, 기억하면서) 파란 유리, 초록빛 얼음…. 그 안에는 백

설 공주의 치마, 뺨이 달처럼 희고, 머리카락은 태양처럼 금빛이고, 얼어붙은 영혼이 그 안에 있습니다.

영혼 사울체리테는 저 안에서 기다렸습니다.

안틴스 눈, 눈물이 흘러내리도록 놔주십시오. 눈물이 얼음을 녹일 것이기 때문입니다. 이제 내 마음은, 열려 있어요. 당신이 당신의 오랜 희망을 내려 놓기 전에. 7년 동안 수감되었지만, 내 마음 속에는 영원히 간직되어 있습니다.

영혼 울음을 멈추세요, 사랑하는 젊은이. 자네의 눈물이 얼음을 깨뜨렸습니다. 이제 빨리 가서 님의 눈물을 닦아주십시오. 사울체리테는 7년을 기다렸고, 태양을 가져다줄 누군가를 기다렸습니다.

안틴스 오, 내 눈물이, 왜 흐르는 거야? 스스로 자책하지 말자.

(안틴스는 무릎을 꿇고, 관 위로 몸을 기울인다.)

이제 난 확실히 알 수 있습니다. 그녀의 눈에는 눈물이 가득합니다. 나를 여기까지 데리러 온 사람들, 그들이 항상 나에게 방향을 알려줬습니다.

영혼 눈물이 그녀의 눈꺼풀을 닫고 있습니다. 그녀의 눈물을 마십시오. 그러면, 당신은 그녀의 감긴 눈을 열 겁니다.

안틴스 나는 눈물을 마십니다.

(그는 양쪽 눈에 키스한다.)

그리고 내 마음속에 눈물을 위한 장소를 찾아주세요. 이제, 사랑하는 눈을 뜨세요!

영혼 아, 그래, 그래! 눈물이 멈추어지고, 그녀가 눈을 뜨기 시작했습니다.

안틴스 (그는 방금 눈을 뜬 사울체리테를 바라본다.)

흐르는 눈물이 눈물은 얼음을 깨뜨리고, 파란색을 반사합니다. 사울체리테는 이제 깨어날 겁니다

(잠시 후)

그녀의 눈은 밝지만, 입술은 조용합니다.

영혼   그녀의 입술을 여십시오!

안틴스   어떻게 닫힌 입술을 열 수 있어요?

영혼   당신의 입술로 그녀의 입술을 여십시오.

안틴스   그 노인은 그녀의 입술이 나를 위한 것이 아니라고 했습니다.

영혼   입술은 입술을 열 수 있는 사람을 위한 것입니다. 만약 당신이 입술을 열지 못한다면 그녀는 침묵을 지킬 겁니다. 당신의 입김으로 그녀를 따뜻하게 하지 못한다면 그녀의 가슴은 영원히 차갑게 남아 있을 겁니다. 그렇다면, 나와 그녀의 영혼은 어디로 갑니까? 나는 그곳으로 돌아갈 수 없었습니다. 얼음이 돌아와, 그녀의 차가운 마음을 가둘 것이기 때문입니다. 난 여기저기 어슬렁어슬렁 돌아다닐 겁니다.

안틴스   당신은 그녀의 마음속에 살았습니까? 까마귀들로부터 어떻게 숨었습니까?

영혼   그녀의 한숨 아래 깊은 곳에서 그녀의 입김으로 나를 가렸습니다. 빨리요! 그녀의 입술의 문을 열고, 당신의 따뜻한 숨결이 그녀의 가슴에 들어가게 하십시오.

안틴스   (그는 사울체리테의 입을 맞추며, 큰 소리로 외친다.)

작은 영혼, 아름다운 나비여! 핏기가 그녀의 입술로 돌아옵니다. 그녀의 뺨이 빛나기 시작합니다. 나는 더워졌다가 추워졌습니다. 어디로 숨을까요? 어디로 갈 수 있나요?

(사울체리테가 잠에서 깨어나면서, 움직이기 시작한다.)

영혼	그녀의 뻣뻣하고 반투명한 것 좀 보세요. 얼어붙은 손가락이 천천히 구부러지기 시작합니다. 보십시오! 그녀의 손―자고 있는―이 어떻게 깨어나고, 위쪽으로 뻗는지를. 얼어붙은 아네모네가 하얀 꽃을 피웁니다.
안틴스	오, 기적입니다. 파란 하늘이 돌아옵니다. 관절이 서서히 풀립니다. 그녀의 작은 손은 마치 기도하듯 모읍니다. 그녀의 입술은 말할 준비를 합니다. 사울체리테! 사울체리테! 보이십니까? 해가 떴습니다.
영혼	사울체리테에게 손을 내미시오. 그리고 그녀가 일어나도록 도와주십시오! (잠시 후) 난 이제 돌아갑니다. 그녀의 녹은 가슴으로. 당신은 날 다시 볼 수 없습니다. 우린 밤에 조용히 이야기합시다. 난, 우리가 하나로 뭉칠 때까지 당신의 영혼과 함께합니다. 영원히. (나비는 하늘로 올라갔다가, 관 속으로 날아간다. 안틴스가 이를 지켜본다.)

· · · · ·
5장(場)

(안틴스와 사울체리테
그녀는 관으로부터 자신의 머리를 들었다.)

안틴스	당신의 영혼이 돌아옵니다. 가슴 속 집으로. 일어나세요, 사울체리테! 일어나십시오!

(그는 손을 뻗는다. 그녀는 관에 앉는다.)

사울체리테 (천천히 그리고 아주 조용히) 사울·베디스, 오셨습니까?

안틴스 저는 새로운 태양과 함께 왔습니다.

사울체리테 사울·베디스, 제가 오래 잤습니까?

안틴스 얼음관 속에서 7년 동안이나.

사울체리테 사울·베디스, 나를 깨워주십시오.

안틴스 내 양팔에 기대세요.

(그는 그녀를 관에서 들어 올린다.)

사울체리테 사울·베디스, 당신 양손을….

안틴스 그것들은 태양의 뜨거운 피로 가득 차 있습니다.

사울체리테 사울·베디스, 내 두 눈은 여전히 잠으로 가득 차 있어요.

안틴스 당신은 아버지 집에서 필요한 만큼 잠을 잘 수 있을 겁니다.

사울체리테 사울·베디스, 언제 돌아옵니까?

안틴스 당신의 결혼식 날 돌아오겠습니다.

사울체리테 사울·베디스, 여기, 내 반지를 가지세요. 이 반지를 가진 사람, 나는 그의 사람이 될 것입니다. 이 반지를 어느 누구에게도 주지 마세요.

안틴스 전, 아무에게도 이걸 주지 않을 겁니다.

(사울체리테는 그녀의 손가락에서 반지를 빼서, 안틴스의 손가락에 끼운다.)

사울체리테 사울·베디스, 이걸 당신의 손가락에 끼고 있어요! 난, 이 반지 없이는 완전히 깨어날 수 없습니다.

안틴스 이건 내 손가락에 영원히 남을 것입니다.

사울체리테 사울·베디스, 내 눈에서 얼음이 녹고 있어요. 그런데 난 안개를 통해서만 당신을 봅니다. 난, 당신을 알아보지 못할 겁니다. 당신이 이것을 지니고 있지 않다면.

안틴스 반지는 저의 손가락에 영원히 남아 있을 겁니다.

사울체리테 사울베디스, 당신 눈은 어떻습니까?

안틴스 저의 눈은 아네모네꽃처럼 푸릅니다.

사울체리테 사울베디스, 그럼 머리 모양은 어떻습니까?

안틴스 햇빛 아래 하얀 린넨이죠.

(잠시 후)

사울체리테 사울베디스, 날 집으로 데려다줘요.

안틴스 사울체리테! 사울체리테! 나는 사람들에게 큰 행운을 가져
다줍니다.

(그는 사울체리테를 들어 올려서, 집으로 데려간다.)

(커튼)

5막(幕)

왕의 성에 있는 큰 홀은 축제를 위해 장식되어 있다.

왼쪽의 문들은 공주의 방과 왕의 별관으로 연결된다.

방의 정문은 오른쪽에 있다.

무대 왼편 플랫폼에는 왕, 공주, 왕자를 위한 세 개의 의자가 놓여 있다.

·····
1장(場)

(왕과 왕자)

왕   안심하시오, 사랑하는 왕자여, 결혼할 때 당신이 내 딸의 손을 잡는 날을 간절히 바랐소. 공주는 그녀의 관에서 우리에게 돌아왔습니다. 이제, 몇 년 동안의 두려움과 슬픔 끝에 나는 어깨에서 무거운 짐을 들 수 있을 거요.

왕자   하지만, 당신은 어깨에서 짊어진 무게를 서둘러 내리지 않았습니다. 왕께서는 결혼 날을 계속 미루고 있습니다. 공주가 그녀의 백성들 사이에 되돌아온 지도 벌써 3개월이나 지났습니다.

왕   우린, 유리산에서 내 딸을 데리고 내려온 이름 모를 왕자가 돌아올까 걱정했다는 걸 알잖소. 그는 한마디도 하지 않고, 사라졌소.

왕자   알려지지 않은 왕자는 사기꾼이나 마법사에 불과합니다. 그

	렇지 않으면, 그는 비밀리에 사라지지 않았을 겁니다.
왕	그렇지만, 그는 공주를 죽음의 손아귀로부터 구했기 때문에 공주와 결혼할 권리가 있었소.
왕자	그는 대회 전 당신 앞에 나타나지 않았고, 당신의 명령을 무시했기 때문에 권리를 잃었습니다. 그리고 그가 즉시 사라지는 방식은 공주님과 당신에게 큰 무례함을 보여준 것입니다. 공주에 대한 나의 권리는 훨씬 더 큽니다. 나는 당신을 지원하는 데 실패한 적이 없었습니다.
왕	나는 그걸 인정하고, 감사하오. 사랑하는 왕자여. 그러나 그가 돌아오지 않고, 그를 찾기 위해 파견된 나의 경호원들이 그를 찾지 못한 것은 좋은 일이오. 왕국의 사람들은 모든 게 공정한 방식으로 진행되었음을 확신해야 하오.
왕자	당신은 다른 모든 경쟁자들의 권리를 비난하고, 내 앞을 가로막는 다른 모든 장애물을 제거함으로써 당신의 감사를 더 명확하게 보여줄 수 있습니다.
왕	나는 필요한 모든 일을 하고 있소.
왕자	공주가 나에게 너무 차갑게 대하지 않도록 해야 합니다.
왕	공주의 사랑을 직접 얻어야 하오. 내 힘은 거기까지 미치지 못하오.
왕자	삶의 열정은 죽음의 차가움에 맞서 꺼지며, 아마도 당신은 계속해서 차가움을 식힐 겁니다.
왕	왕자는 이것이 내 자신의 이익에 반하는 것임을 알고 있지만, 꼭 그렇지는 않소.

2장(場)

(왕과 왕자. 공주는 시종들과 함께 도착한다.

고개를 숙이고, 잠든 듯 천천히 움직인다.

왕과 왕자를 지나 복도를 걷는다.)

왕   (왕자에게 속삭인다.)

공주가 시종들과 함께 결혼식을 준비하러 가오. 보시오! 그녀는 마치 잠들어 있거나, 아직 얼어붙은 것처럼 늘 이렇소. 속이 꽁꽁 얼어붙은 듯 조용히 몸을 떨고 있구려. 이거 어떡하시겠소? 딸의 아버지로서 내 마음은 연민으로 가득 차 있소. 딸은 죽음에서 우리에게 돌아왔지만, 죽음 같은 게 그녀를 계속 붙잡고 있다오. 딸은 깨어나기를 기다리는 것처럼 잠들어 있소. 사랑하는 왕자여, 나는 당신의 사랑이 그녀를 따뜻하게 해줄 것이고, 그대의 달콤한 말들이 그녀를 깨울 것이라는 희망을 가지고 있소.

왕자   공주는 귀머거리이고, 나에게는 벙어리입니다. 나는 그녀에게서 죽음이 나오기 때문에 그녀의 손을 만지기조차 두렵습니다. 공주가 나에게 친절하도록 설득하십시오. 그렇지 않으면, 난 달콤한 사랑 없이 떠날 겁니다. 그리고 내가 내 사랑없이 떠난다면, 나는 친구로만 떠나지 않을 겁니다. 나는 마음이 부드럽지 않습니다.

왕   내 아들아, 걱정하지 말라.

왕자   나는 매우 침착합니다.

(공주는 고개를 들지 않고, 지나간다.)

왕	(조용하게) 오, 내 사랑하는 어린 아가야.
왕자	그녀는 나를 쳐다보지도 않았습니다.
왕	오, 세상에! 딸은 아버지를 향해 눈을 들어올리기 시작했지만, 반쯤 뜨기도 전에 눈꺼풀이 다시 감기는구나.

· · · · ·
3장(場)

(왕, 왕자, 경호원이 들어온다.)

경호원	(왕에게 말을 건넨다.)
	전하! 왕께서는 공주를 업고 산 아래로 데려가, 그녀의 반지를 가져간 남자를 찾으라고 명령했습니다. 우리는 그를 찾아 여기로 데려왔습니다.
왕	좋아! 기사를 들여보내도록 하시오!
	(경호원이 출발한다.)
왕자	감히, 나에게 불명예를 안기고, 공주의 반지를 자기 것인 양 빼앗은 자에게서 만족하길 바랍니다.
왕	황금빛 아름다운 옷을 차려입은 이 무명의 기사는 과연 어떤 모습일까?

· · · · ·
4장(場)

(같은 무대.

경호원은 안틴스를 포로로 데려온다.

그는 코트 없이 2막에서와 같은 옷을 입고 있다.)

경호원	전하, 여기 있습니다.
왕자	(웃는다.)
	아! 그래, 바로 이 자가 미지의 왕자군요. 금빛 옷을 입은 기사, 비단 셔츠와 금색 신발을 신은.
	(경호원들이 웃는다.)
왕	이 사람은 누구요? 뭔가 잘못되었소?
경호원	아닙니다, 전하. 이 사람이 반지를 가진 남자입니다.
왕자	(안틴스에게 화를 내면서) 반지를 내놔!
안틴스	(그는 왕자를 바라보다가, 왕을 향해 고개를 숙인다.)
	반갑습니다, 나의 왕이시여!
왕	오, 젊은이. 당신은 누구이길래 어떻게 공주의 반지를 얻었소?
안틴스	저는 안틴스입니다. 유리산 정상에서 제가 공주를 깨운 후, 공주가 반지를 제 손가락에 끼워주었습니다.
왕자	하하하! 공주님의 멋진 약혼자를 보십시오.
왕	(안틴스에게) 그렇다면, 당신이 공주를 산에서 끌어내려 와 내 품에 안겨준 황금 기사이자 왕자로군. 당신의 황금 갑옷은 어디에 있소?
안틴스	저도 마찬가지입니다. 황금말이 갑옷을 가져갔습니다. 더 이상 필요하지 않았습니다.
왕자	하하하! 말 잘했어요.
왕	왜, 무슨 죄인처럼 우리가 당신을 찾아 데려오라고 도망쳤

소?

안틴스   아무도 저를 다시 데려오지 않았습니다. 저는 약속대로 공주님의 결혼식에 왔고, 공주의 손가락에 다시 끼우고, 공주가 남은 잠에서 깨어날 수 있도록 반지를 가져왔습니다.

왕   그럼, 반지를 주시오. 결혼식을 기리며, 나는 당신을 벌 없이 풀어주고, 당신이 원하는 것을 들어주겠소.

안틴스   저는 아무것도 원하지 않습니다.

왕자   나도 너그러운 마음입니다. 네 등에는 외투도 없고, 발에는 신발도 없으니, 내가 비단옷을 입히겠어요. 반지를 내놓으시오!

안틴스   (웃으면서) 내 황금말은 나에게 구리, 은, 금옷을 가져왔습니다. 난 당신의 비단이 필요하지 않습니다.

왕자   (화를 내면서) 당신은 몸무게만큼이나 돈을 줄 수 있어.

안틴스   내 몸무게만로도 충분해요. 왜 내가 그 두 배의 짐을 짊어지고 싶겠습니까? 좀 더 일찍 그렇게 했더라면, 유리산 정상까지는 절대 올라가지 못했을 겁니다.

왕   (안틴스에게 말을 건넨다.)
내가 좋은 사람으로, 벌 대신 행운을 제의하는 거요.

안틴스   그러면, 그는 내 두 형들에게 돈을 줄 수 있습니다. 그들은 돈을 좋아합니다.

왕자   왜, 이런 이야기만 하는지? 이 방랑자는 점점 더 오만해지고 있습니다. 나에게 반지를 주세요. 그렇지 않으면, 가혹한 처벌을 받을 겁니다.

안틴스   당신한테는 그걸 줄 수 없습니다.

왕   (조용히 왕자에게) 그는 약간 순진해 보이는구려.

	(안틴스에게) 나에게 반지를 주면, 당신은 보상받을 수 있소!
안틴스	제가 그렇게 하면, 공주는 잠에서 완전히 깨어나지 못하기 때문에 불행할 겁니다. 공주는 저에게 "이 반지 없이는 잠에서 깰 수 없다"라고 말했습니다. 그리고 "이 반지를 누구에게도 주지 마세요"라고 여러 번 상기시켰습니다.
왕자	(안틴스에게) 당신은 무엇을 원하세요? 농부인 당신이 유리산을 오르는 대가로 공주의 손을 맞잡으러 온 겁니까?
안틴스	전하! 저는 공주에게 어울리지 않습니다. 하늘에서 이 아름다운 별을 받을 만한 왕자가 있습니까? 저는 다만 그녀를 잠에서 깨우고 싶을 뿐입니다.
왕	(조용히 왕자에게) 그에게 반지를 공주의 손가락에 끼우게 하시오. 그가 당신의 권리를 위해 경쟁하지 않는다는 것을 직접 알 수 있소. 그는 단순하오.
왕자	아니! 아니요! 우리는 그것을 허용할 수 없습니다. 이것은 공주를 화나게 하고, 부담을 줄 수 있습니다. 그가 더 이상 해를 끼치지 않도록 그를 감옥에 가둬야 합니다! 그가 반지를 얻기 위해 어떤 마법을 사용했는지 누가 압니까?
왕	(마찬가지로 조용히) 모두를 만족시킬 수는 없소. (안틴스에게 말을 건넨다.) 누가 당신이 유리산을 오르도록 도왔소?
안틴스	나이 든 낯선 이방인입니다.
왕	그런 대답은 아무런 의미가 없소. 당신은 공주를 산에서 업고 내려온 이유와 청혼하지 않은 이유에 대해 아직 대답하지 않았소.
안틴스	(마치 그가 질문을 피하는 것처럼)

공주는 아버지 집에서 긴 투옥으로 인해 오랜 잠을 잘 필요
가 있었고, 저는 그녀의 결혼식 날 그녀를 완전히 깨우기 위
해 다시 돌아오겠다고 약속했습니다.

왕　왜, 나에게 돌아온다고 말하지 않았소?

안틴스　(안틴스는 부끄러워하면서, 조용히 있는다.)

왕　말하라, 젊은이여!

왕자　그는 양심의 가책을 느끼고 있습니다.

안틴스　(천천히) 네, 저는 죄책감이 있고, 부끄럽습니다.

왕　왜, 양심의 가책을 느끼는 거요?

왕자　악령과 마법사들이 그가 산에서 공주를 훔치고, 나의 권리를
침해하도록 도왔기 때문입니다. 그는 이 악령들과 교제한 이
유를 들키고 싶지 않았기 때문에 당신 앞에 나타나지 않았습
니다.

안틴스　당신, 무슨 말을 하는 겁니까? 그 노인은 어떤 악령일까요?
그는 공주를 죽음에서 구했습니다.

왕　그러나 왜 더 빨리 오지 않았는지, 왜 부끄러워하는지 말해
주시오. 당신은 답을 피하고 있구려.

안틴스　괜찮은 외투가 없어서 부끄러웠습니다.

왕　그렇지만, 당신은 겉옷을 입지 않고 있으며, 내 앞에 오는 것
을 부끄러워하지 않잖소. 당신은 나에게 진실을 말하고 있지
않소. 당신은 도둑이자 사악한 마법사임이 틀림없소.

안틴스　오, 왕이시여, 저는 도둑이거나 사악한 마법사가 아닙니다.
그저 부끄럽기만 합니다. 너무 부끄럽습니다.

왕자　왜, 이런 이야기만 하는지? 그를 붙잡아요!
(왕에게) 당신은 범죄자들에게 엄격하지 않습니다.

왕	하지만, 그는 내 딸을 구함으로써 좋은 일을 했소.
	(안틴스에게) 왜, 나에게 좋은 일을 말하지 않소?
안틴스	(침묵한다.)
왕	그래, 좋소. 그를 붙잡아!
안틴스	친애하는 왕이시여. 저를 데려가시고, 원하시는 대로 하십시 오. 이미 공주는 구했습니다.
왕	하지만, 당신 스스로 손가락에 반지 없이는 공주를 구원할 수 없다고 말했잖소.
안틴스	(곤경을 깨닫고는) 전하, 당신 말이 맞습니다. 반지 없이는 그녀 를 구할 수 없습니다. 그래서, 저는 고백해야만 합니다. 오, 친 애하는 왕이시여! 당신에게 속삭일 겁니다. 당신은 착해서, 웃지 않을 것입니다. 당신은 당신이 원하는 대로 나를 처벌 할 수 있습니다, 그냥은 웃지 마십시오!
왕	어서, 말하시오.
안틴스	(조용하게) 저는 연민을 느끼고, 평생 공주를 위해 울었고, 그 녀를 구하고 싶었습니다. 하지만 단 한 번 그녀를 보았을 뿐 입니다.
왕	그래?
안틴스	그런 다음 제가 그녀를 사랑한다는 걸 깨달았고, 결혼이 허 락되지 않는다는 것도 알았습니다. 노인은 저에게 그녀와 나 는 맞지 않는다고 말했지만, 그녀는 어떤 기적보다 더 아름 다웠습니다. 저는 여전히 그녀를 사랑했고, 그리고 제가 그 녀를 산 아래로 데려가는 동안 저는 그녀의 왼쪽 귀 끝에 키 스했습니다.
	(그는 땅에 엎드려서, 부끄러움에 손 뒤로 눈을 가린다.)

왕	(웃는다.)
왕자	왜 웃습니까? 이는 심각한 문제입니다. 이런 무분별한 행위를 공개하고, 처벌해야 합니다.
왕	(여전히 웃는다.)
	그는 공주와 사랑에 빠졌구려.
경호원들	(따라 웃는다.)
왕자	웃을 일입니까? 이 흙덩이 같은 무지렁이가 어떻게 감히 이런 짓을?
왕	이런 일은 그렇게 무서운 무분별한 행동이 아니오.
안틴스	(일어선다.)
	하지만, 왕께서 말씀하신….
왕자	왕은 그를 변호하기로 선택했습니까?
왕	사랑하는 왕자여, 이 젊은이가 내 딸의 손을 잡고, 결혼하려는 게 아님을 분명히 알 수 있지.
왕자	좋습니다, 하지만 그를 감금하고, 그의 마법과 왕실 공주에 대한 사악한 시선 때문에 그를 시험해 보십시오.
왕	그리고 반지는?
왕자	그것은 더 이상 의미가 없습니다.
왕	하지만, 내 딸은 이 반지가 있어야만 완전히 깨어날 거야.
왕자	속임수일 뿐입니다. 나는 그것에 속지 않을 겁니다.
	(그는 경호원과 함께 떠난다.)

• • • • •

5장(場)

(왕과 안틴스 둘만 있다.)

왕	나의 젊은이, 반지를 나에게 주시오. 딸에게 내가 직접 선물하겠소.
안틴스	오! 그러나 공주가 잠에서 깨어나지 않는다면, 친애하는 왕이시여? 당신은 그녀의 아버지입니다. 어떻게 이러한 위험을 감수할 수 있습니까?
왕	나에게 주시오. 다 괜찮을 거요.
안틴스	오~ 이런! 오~ 이런! 그녀보다 내 목숨을 가져가십시오!
	(무릎을 꿇고, 애원한다.)
왕	공주님을 위해 필요하다면, 그냥 나에게 주시오.
안틴스	자, 그럼 가지세요!
	(그는 반지를 쥔 손을 왕을 향해 움직인다.)
왕	(안틴스의 손을 잡고 제거하려고 하지만, 그렇게 할 수 없다.)
	나로서는 빼낼 수 없소.
안틴스	그래요. 빼낼 수 없습니다. 저는 반지를 스스로 빼낼 수 없습니다. 공주님이 내 손가락에 반지를 끼우자, 내 살과 합쳐졌습니다.
왕	뭣이라고? 계속 날 속이고, 조롱해?
	(부른다.)
	경호원!
	(경호원들이 입장한다.)
	그를 죄수로 데려가시오!

(경호원들과 안틴스가 떠난다. 왕은 경비병 한 명에게 머물라고 손을 흔들자, 그가 머문다.)

경호원, 공주의 궁정 장관에게 가서, 그녀의 아버지가 결혼식 축제 전에 그녀를 보고 싶어한다고 공주에게 알리라고 전하시오.

(그 경호원은 떠난다.)

내 불안! 내 걱정! 나의 사랑하는 딸아. 그는 너무나 순진하고, 사랑이 많은 청년이야. 그녀를 매우 사랑하고 있어. 공주도 만약에 그렇다면….

경호원 (다시 등장한다.)

여기에 전하께서 직접 오십니다.

(떠난다.)

· · · · ·
6장(場)

(왕, 공주와 그녀의 시종들.)

왕 여기 내 사랑하는 딸이 온다. 은색과 초록빛 실크로 만든 웨딩드레스와 다이아몬드 티아라 머리 장식에 파란색 스카프를 매고 있는 공주가 아름답게 보입니다. 넌, 나의 겨울 공주야. 공주는 겨울 동면의 유리 궁전에서 계속 살고 있구나.

공주 (천천히) 네.

왕 기적이 공주를 죽음에서 구했고, 우리에게 돌아오게 했구나. 이제 사랑하는 사람의 품에서 젊어지게 할 수 있어. 공주는

애비의 무거운 마음을 다시 행복하게 만들었지. 방금 웃은
거니?

공주 네.

왕 네가 우리를 떠났을 때, 우리의 행운도 사라졌어. 우리의 궁
전은 외로운 곳이 되었고, 사람들은 절망에 빠졌지. 들판은
메마르고 불모지가 되었어. 뱀이 초원에 서식하기 시작했고.
우리가 약해질수록 적들은 강해졌지. 이웃이 부유해지면서,
우리 왕국은 가난해졌지. 이제 이 모든 불행이 사라질 거야.
우리는 유리산을 올라 공주를 구해준 위대한 왕자에게 감사
해야 해. 그는 우리에게 뜻밖의 행운을 주었고, 우리가 어려
움을 겪을 때 지원했거든. 그가 팔을 빼면, 우리는 쓰러질 거
야. 그의 생각과 희망은 항상 공주에게 있었어. 내가 무슨 말
을 했니, 얘야?

공주 아니어요.

왕 그러나 이제 공주는 구원받았고, 우리 모두를 매우 행복하게
만들어. 공주도 운이 좋다고 생각해?

공주 모르겠어요.

왕 공주가 얼음 관에서 일어난 이후로 태양은 우리를 향하고 있
어. 겨울이 녹기 시작했고, 우리는 더 이상 겨울이 돌아오는
것을 두려워하지 않아. 공주도 사람들의 기쁨을 공유하니?

공주 네.

왕 그래도 우리 공주의 행복은 침울하고, 기쁨으로 울려 퍼지지
않아. 공주는 왕국을 위해 행복할 수 있지만, 공주 자신의 기
쁨이 없어 보여. 그러나 오늘은 공주의 큰 행복의 날이야. 사
랑하는 왕자에게 손을 내밀어 결혼하면, 봄의 기쁨을 느끼기

	시작할 거야. 공주는 왕자가 마음에 드니?
공주	모르겠어요.
왕	그는 가장 잘 생긴 남자야. 공주는 아직 그를 알지 못하지만, 그를 보라고.
공주	저는 내 눈앞의 안개 사이로 그를 보지 못해요.
왕	그가 긴 잠에서 공주를 깨웠을 때, 그가 어떻게 생겼는지 기억하느냐?
공주	그의 황금 갑옷이 밝게 빛났지만, 저는 안개 속에서 그를 보지 못했어요.
왕	우리와 합류하기 위해 그를 부를 거야. 그는 기다리고 있어. 애비가 그를 부를까?
공주	아니에요.
왕	얘~야, 왜 그와 나머지 우리에게서 자신을 차단했니? 왜 그렇게 슬퍼하니? 잠에 대한 기억이 너를 계속 괴롭히냐? 너를 깨운 사람을 원하느냐?
공주	그는 더 이상 나를 깨우지 않아요.
왕	얼음의 관에서 공주를 들어 올린 사람에 대한 마음이, 사모하지 아니하느냐?
공주	저는 매우 추워요.
왕	오, 내 사랑하는 어린 소녀여. 공주는 관에 갇히기 전에 그랬던 것처럼 다시 한번 삶의 이방인이 되고 있구나.
공주	저는 매우 피곤해요.
왕	그렇게 짧은 인생에 우리 공주가 너무 지쳤구나. 아니! 아니야! 공주는 행복을 경험해야 해! 그것은 공주 너 자신의 안에서 깨어나야 해. 보라고, 왕자가 온다. 그는 공주의 초대를 기

다릴 수 없나 보구나. 헌데 너의 마음은 아직 깨어나지 않았구나.

(딸의 머리카락에 키스한다.)

애비는 공주와 왕자 둘이 서로 이야기할 수 있도록 떠날게.

(그는 떠난다.)

· · · · ·
7장(場)

(공주, 그녀의 수행원들, 왕자가 등장한다.)

왕자　아름다운 공주님, 잠시 후면, 당신과 영원히 결혼할 수 있는 행운을 얻을 겁니다. 당신의 손에 키스할 수 있게 해주세요.

공주　(가만히 앉아 있다.) 네.

왕자　(왕자는 한쪽 무릎을 꿇고, 그녀의 손에 키스한다.)

얼음처럼 차가워요! 이런 기쁨의 날에는 혈액순환이 빨라지고, 마음과 손이 따뜻해지지 않았습니까?

공주　아니요.

왕자　당신을 잠에서 깨워 유리산 아래로 데려다준 그 남자에게 당신은 너무 차갑고, 감사하지 않습니다.

공주　(천천히)

파란 유리, 초록빛 얼음… 그 안에, 그 안에.

왕자　당신은 이상한 말들을 외우고 있습니다. 내가 말할 때, 당신은 듣지 않습니다. 난, 지금 당신에게 아무런 의미가 없다는 걸 알았습니다. 갈 수 있게 해주십시오.

(그는 떠난다.)

공주   (더 조용히 중얼거린다.)

사울베디스, 깨워줘! 날 깨워줘!

· · · · ·
8장(場)

(공주와 그녀의 수행원들)

공주   파란 유리, 초록빛 얼음. 그 오래된 노래를 불러주세요. 그건
내 마음속에서 얼어붙었어. 내 기억 속에서 잠들었어요.

수행원들   (낭송과 노래 사이에서)

파란 유리, 초록빛 얼음…

그 안에는 백설 공주의 치마.

파란 유리, 초록빛 얼음…

그 안에는 달처럼 하얀 뺨.

파란 유리, 초록빛 얼음…

그 안에는 해처럼 황금빛 머리카락.

· · · · ·
9장(場)

(같은 무대.

왕과 왕자가 돌아온다.

왕자는 금빛 갑옷을 입는다.)

왕	내 사랑하는 어린 딸. 여기 유리산을 오를 때, 입었던 황금 갑옷을 입고 당신을 구한 사람이 온다. 이제 공주는 그를 알아볼 거야. 그에게 손을 내밀어라! 공주는 오늘 그의 신부가 될 거야.
공주	(천천히⋯ 가장 부드럽게 속삭이며) 사울베디스, 다시 왔나요? (그녀는 왕자를 향해 손을 살짝 든다.)
왕자	여기 있습니다, 왕실 공주님. (왕자는 그녀의 손을 잡는다.)
공주	(그녀는 피곤한 태도로 천천히 말한다.) 사울베디스, 당신의 손이 차갑습니다. 어떻게 날 따뜻하게 해줄래요?
왕자	공주님, 손이 차가운 사람은 마음이 따뜻합니다. 당신이 나를 알게 될 때, 당신을 따뜻하게 할 겁니다. (그는 그녀의 손을 놓는다.)
공주	사울베디스, 당신의 머리 색깔은 무엇입니까?
왕자	검은색, 까마귀처럼 나의 아름다운 공주님.
공주	린넨처럼 하얗지 않습니까?
왕자	하하하! 아니요! 내 머리는 그런 적이 없었습니다. 하인들만 금발입니다.
공주	사울베디스! 당신의 눈은 무슨 색입니까?
왕자	석탄처럼 검고, 불꽃처럼 빛납니다, 나의 아름다운 신부여.
공주	눈은 파란 아네모네 같지 않습니까?
왕자	하하하! 아니, 아니요! 양치기만 파란 눈을 가지고 있습니다. 나는 전사입니다.
공주	사울베디스! 당신의 말들이 이상합니다. 왜, 내 이름을 부르

지 않습니까?

왕자   내 사랑하는 약혼자여. 한순간에 당신의 이름을 부르면, 그것은 내 이름이 될 것입니다. 당신의 사랑하는 아버지는 여기 서서, 우리의 손을 함께 축복하고, 영원히 결혼하고, 우리의 이름을 영원히 이어줄 겁니다.

공주   사울베디스! 내 반지는 어디에 있나요?

왕자   사랑하는 약혼자여. 다이아몬드로 밝게 빛나는 당신의 결혼 반지가 여기 있습니다. 우리의 삶이 함께 빛나길 바랍니다.

(왕자가 공주의 손가락에 반지를 끼우지만, 반지는 미끄러져 땅에 떨어진다.)

공주   사울베디스! 이건 내 반지가 아니에요. 크기가 커서, 손가락에서 떨어져요.

왕자   내 공주님, 떨어지게 놔두십시오. 대신 이 반지를 가져가십시오. 그 가치는 내 왕국 전체의 가치와 같습니다. 붉은 루비는 당신에 대한 내 사랑처럼 빛나고, 내 힘만큼 빨갛습니다.

(그는 그녀의 손가락에 반지를 끼우지만, 미끄러진다.)

공주   사울베디스! 그건 내 반지가 아니에요. 크기가 커서, 손가락에서 떨어집니다. 사울베디스! 내 반지는 어디에 있나요?

(그녀는 울기 시작한다.)

사울베디스! 오, 당신은 어디에 있습니까? 내 눈의 안개 사이로 당신을 볼 수 없습니다.

(그녀는 일어서서, 두 팔을 든다.)

왕   가서, 방에 가서 쉬거라! 더 많은 힘이 나면, 우린 축제를 이어갈 거야. 왕자가 공주에게 반지를 가져다줄 것이고, 그때 우리와 함께하도록 초대할 거야.

10장(場)

(왕과 왕자)

왕　공주는 가난한 청년이 오늘 아침에 우리에게 가져온 반지에 대해 이야기하고, 그는 공주가 그것 없이는 잠에서 완전히 깨어나지 못할 것이라고 말했소.

왕자　그렇다면, 우린 즉시 반지를 가져와야 합니다!

(외친다.)

경호원들!

(경호원들이 입장한다.)

오늘 아침에 여기에 있었던 거지에게서 반지를 가져오시오! 서두르세요!

(경호원들은 자리를 떠난다.)

왕　알다시피, 우리는 왕자님이 무관심했던 바로 그 반지가 필요했소. 내 아이를 깨워야 하오. 우리는 오늘 결혼식을 연기해야 하오. 공주의 불안은 그녀를 영원히 잠들게 만들 수 있소.

왕자　아니! 아니요! 연기할 수 없습니다. 아무것도 공주를 해치지 않을 겁니다. 그녀의 문제는 꺼림칙한 것입니다. 내가 그녀를 구한 사람이라는 것을 증명해야 합니다. 서둘러야 합니다. 나는 내 사람들을 위한 축제를 조직했습니다. 그들은 행운을 가져다주기 위해 언제든지 도착할 수 있습니다.

● ● ● ● ● ●
11장(場)

(같은 무대.

경호원들이 등장한다.)

경호원 나의 명예롭고, 자비로우며, 위대하신 왕자님! 우리는 당신에게 반지를 가져올 수 없습니다. 우리는 가난한 소년의 손가락에서 그것을 빼낼 수 없습니다. 반지는 그의 살과 합쳐졌습니다.

둘째 경호원 손가락과 반지 사이에 작은 실도 통과할 수 없습니다. 안 됩니다.

왕자 (화를 내며, 소리친다.)

내 명령을 이행하지도 않고, 어찌 감히 내 앞에 왔어? 반지를 뺄 수 없다는 이 말은 뭐지? 암탉이 도살될 때, 너희들은 기절해? 너희들이 군인이냐구? 내가 너희들 손목에 철제 고리를 끼울 거야. 그러면, 너희들은 명령을 따르는 법을 배우게 될 거야.

(왕에게 말을 건넨다.)

실례합니다, 전하. 내가 직접 가서 내 병사들이 실패한 걸 처리하겠습니다.

(그는 경호원과 함께 떠난다.)

• • • • • •
12장(場)

(왕. 사람들은 결혼식 잔치에 입장한다.

뿔나팔을 불고, 여자들은 꽃을 뿌리고, 남자들은 단상을 담요로 덮는다.

공주는 시종들과 함께 입장한다.

캐노피가 공주 위로 옮겨진다.

왕자는 잠시 후에 입장한다.)

왕   (공주에게 말을 건넨다.)

어서, 오너라, 사랑하는 딸아, 즐거운 순간이 왔다. 공주는 튼튼하니?

공주   (천천히) 네.

왕   보라구! 여기 존경스럽고, 친애하는 왕자가 오는구나.

공주   사울베디스, 드디어 오셨습니까?

(그녀는 왕자에게 손을 뻗다가, 도중에 멈춘다.)

왕자   (오른손에는 반지를, 왼손에는 피 묻은 손수건을 들고 있다.)

나는 당신에게 당신의 반지를 되돌려주기 위해 왔습니다. 그토록 바라던 반지입니다. 이 반지로 나는 당신을 아내로 맞이하고, 당신을 내 팔에 단단히 묶어 둘 겁니다. 이 반지는 당신의 손가락이 터지더라도 당신의 손가락에 영원히 고정될 겁니다.

(그는 그녀의 손가락에 반지를 끼운다. 그녀는 한 걸음 뒤로 물러선다.)

왕   내가 사랑하는 아이들아, 영원하도록 함께 두 손을 맞잡기를! 애비는 딸의 연약한 손을 잡고, 친구의 강한 손에 놓겠노라. 나의 축복을….

(공주는 비명을 지르며, 아버지의 품에 안긴다.)

••••••
13장(場)

(같은 무대.

오른쪽 정문에서 큰 소리가 난다.

두 명의 경비병이 군중 사이로 길을 만들어 들어선다.

유리관을 든 일곱 마리의 까마귀가 경호원들의 뒤를 따른다.

검은 어머니가 들어선다.

혼란이 일어난다.)

경호원들   (그들을 인도하면서, 소리친다.)

비켜요! 비켜요!

(그들은 왕자 근처에서 멈춘다.)

왕자   (조용하게 경호원들에게)

이건 무얼 의미하는 거요?

경호원들   (조용하게) 우리는 알지 못합니다.

왕자   (조용하게) 누가 이미 소원을 빌어서 사람들을 들여보냈소? 그들은 누구요?

경호원   (조용하게) 아무도 그들을 모릅니다. 우리 지도자 왕자께서 이건 가장무도회 행진이라고 지시했다고 믿습니다.

왕자   (조용하게) 그런 가장무도회 같은 계획은 없었어.

(까마귀들과 검은 어머니를 향해 엄중하게 말한다.)

꺼져! 돌아가! 지금은 때가 아니야.

(같은 무대.

라우스키스로 분장한 백발 아버지가 정문을 통해 들어와 관 앞에 선다.)

백발 아버지	(굵은 목소리로) 때가 이르렀습니다! 가만히 있으세요! 방해하지 마십시오!
공주	(그녀는 관을 향해 걸어간다.)
	파란 유리, 초록빛 얼음…. 그 안에는 백설 공주의 치마.
검은 어머니	(그녀는 공주를 향해 손을 든다.)
	당신의 영원한 집으로 오세요. 검은 어머니에게 돌아가세요.
공주	(천천히) 나는 갑니다, 나의 검은 어머니. 나의 영원한 집으로 돌아갑니다. 사울베디스는 돌아오지 않았습니다. 그는 나를 깨울 수 없었습니다!
검은 어머니	오십시오! 다시 한번 데려가겠습니다.
	(검은 어머니는 그녀의 손으로 공주를 가볍게 만진다.)
첫째 까마귀	원래 그대로였고, 앞으로도 계속 그렇게 될겁니다. 까~옥!
둘째 까마귀	그녀는 영원히 잠들 것입니다. 까~옥!
셋째 까마귀	날마다. 해마다. 까~옥!
넷째 까마귀	올해는 일곱째 해입니다. 그녀를 깨울 사람은 어디에 있습니까? 까~옥!
다섯째 까마귀	일곱째 까마귀가 지나가고, 칠십 마리가 더 올 것입니다. 까~옥!
여섯째 까마귀	희망을 품은 사람들이 헛된 사람들이었습니다. 까~옥!
일곱째 까마귀	겨울, 추위, 어둠, 끝이야. 까~옥! 까~옥! 까~옥!

(일곱 까마귀가 웃으며, 낄낄거린다.)

왕 아가야! 내 사랑하는 딸아!

(그는 접근하고 싶어 한다.)

공주 (뒤돌아보며) 아버지, 저를 만지지 마세요! 죽음의 손이 나에게 놓였고, 나를 만지는 사람은 누구든지 죽을 거예요.

왕 세상에! 이런, 오~ 이런! 사랑하는 딸아, 너는 다시 우리 곁을 떠나는구나.

공주 나는 영원히 갈 겁니다. 안녕히 계세요, 친애하는 아버지.

왕 가지 마! 떠나지 마, 내 딸아! 나는 두 번 다시 살아남지 못할 거야. 오~ 이런! 오, 이런!

왕자 (이러한 기적적인 사건 이후에 정신을 되찾는다.)

꺼져! 너는 사기꾼이자 마법사야. 내 약혼자에게서 떨어져! 그녀는 내 거야. 난 그녀에게 먼저 손을 얹었어.

(그는 공주에게 손을 뻗는다.)

백발 아버지 그녀를 만지지 마십시오. 그렇지 않으면, 죽을 겁니다.

왕자 마법사, 마녀, 사기꾼! 경호원들, 이들을 잡아! 여기로 와! 경호원, 이리 와! 명령한다!

(경호원들은 움직이지 않는다.)

공주 (관에 들어가서 눕는다. 불길한 침묵이 흐른다.)

검은 어머니 천 가지로 변장하는 백발 아버지, 이제 당신은 속았군. 이 사기꾼아.

백발 아버지 당신은 오지 않겠다고, 약속했는데도 여기 있습니다. 그리고 나는 당신에게 도움을 주었습니다.

검은 어머니 하하하! 그녀를 돕지 말아요! 당신의 약속은 얽힌 그물보다 더 단단하게 당신을 붙들고 있군요. 그냥 기다려요! 당신의 속임수가 지금 어떻게 도움이 되나요?

백발 아버지 검은 어머니, 나는 내 것이 되고, 이제 자기 자신이 된 분을 기다립니다.

검은 어머니 (까마귀에게) 늙은 첫째 까마귀야, 그가 무슨 소리하고 있는 거야? 모두 내 것이야. 당신 것은 아무것도 없어. 내가 다 가져 갈게. 나는 모든 것을 성취할 거야. 나 혼자만 남아 있을 거야.

첫째 까마귀 까~옥! 까~옥!

(침묵한다.)

검은 어머니 몰라서 침묵하는 거야?

첫째 까마귀 알지만, 이해가 안 돼요. 까~옥! 나를 위한 것은 남을 위한 것이요. 주는 사람은 받을 것이요. 지는 사람이 이기는 사람이요. 변하는 자는 남을 것입니다.

백발 아버지 내가 기다리는 사람은, 바로 검은 어머니입니다.

검은 어머니 나는 내 것을 성취할 겁니다. 당신은 당신 것을 기다립니다.

백발 아버지 그럼, 마땅히 받아야 할 걸 취하십시오.

검은 어머니 (까마귀들에게) 까마귀들아, 내 것을 가지고, 영원한 집으로 가져가라.

(까마귀들이 관 주변에 모여서 관을 들어 올린다. 군중이 중얼거린다.)

왕 (공주를 향해 팔을 뻗은 채, 무릎을 꿇는다.)

오~ 이런! 내가 무슨 짓을 하는 거지? 내 아이! 내 하나뿐인 아이! 넌 다시 끌려가고 있어. 그렇다면, 내 남은 날을 가져가라. 내 관도 가져와!

왕자 악마와 천둥! 아홉 악마들이 당신을 어리석게 차버려야 해! 물러가라, 이 사기꾼들아! 내 스스로 너희 모두를 죽여버리겠어.

(그는 자신의 칼을 들고, 까마귀를 쫓고 싶어 한다. 백발 아버지가 손을 들어 올리고, 까마귀들은 관을 바닥에 놓고, 날개를 퍼덕인다.)

왕 (왕자에게)

왕자는 공주를 죽인 살인자야! 당신에게 내 하나뿐인 아이를 주었어. 그녀에게 가장 좋은 것을 주고 싶었는데, 대신 죽음을 주다니.

(까마귀들이 관을 잡고 나른다.)

모든 까마귀 우리 것을 가져가자. 까~옥! 영원한 집으로 옮기자. 까~옥!

첫째 까마귀 원래 그대로였고, 앞으로도 계속 그럴 것입니다. 까~옥!

막내 까마귀 겨울, 추위, 어둠, 끝이야. 까~옥!

(검은 어머니가 문 쪽으로 움직인다. 군중이 웅성거리더니, 신음 소리를 내기 시작한다. 갑자기 문 옆에서 큰 비명이 들린다.)

안틴스 오~ 이런! 오~ 이런!

(관 안의 공주가 그녀의 손을 들어 올린다. 까마귀들이 멈춰서, 꽥꽥거리며 관을 바닥에 내려놓는다. 군중들은 조용히 한숨을 내쉰다. 아~~~~! 아~~~~!)

· · · · · ·
15장(場)

(같은 무대.

문 옆에서 소리가 난다.

안틴스는 군중을 비집고 들어간다.

그는 여전히 셔츠만 입고, 코트도 없이, 셔츠는 피투성이에 찢겨 있다.)

안틴스	(외친다.)
	사울체리테! 사울체리테!
공주	(관 속에 앉아서, 소리를 지른다. 까마귀들은 날개를 퍼덕이며, 그녀를 숨기고, 꽥꽥거린다.)
검은 어머니	(안틴스에게 그녀의 손을 뻗친다.)
	그녀에게 가까이 가지 마십시오. 그렇지 않으면, 죽습니다.
	(까마귀들이 안틴스 주변을 맴돌며, 날개를 퍼덕이며, 계속 큰 소리로 울부짖는다.)
안틴스	당신은 뭡니까, 검은 어머니? 나는 당신의 손이 두렵지 않습니다. 난, 그녀가 살 수 있도록 기꺼이 죽겠습니다.
백발 아버지	(검은 어머니에게 말을 건넨다.)
	하하하! 물러서세요, 검은 어머니!
	(검은 어머니는 뒤로 물러난다.)
안틴스	(부른다.)
	사울체리테! 깨어나십시오! 사울체리테! 저에게 오십시오!
공주	(그녀는 까마귀들을 옆으로 밀어내고, 관에서 뛰어내린다. 오른쪽에는 검은 어머니가, 왼쪽에는 백발 아버지가 남아 서 있다. 그녀는 두 팔 벌려 안틴스에게로 달려간다.)
	사울베디스! 드디어 오셨습니다.
안틴스	나의 사울체리테!
	(그들은 잠시 포옹한다. 군중이 즐겁게 웅성거리고, 침묵이 흘렀다.)
백발 아버지	(웃는다.)
	검은 어머니, 팔을 내려놓으십시오.
	(그녀는 팔을 내린다.)
	죽음은 힘이 없습니다. 그것을 두려워하지 않는 사람에게는.

검은 어머니	속임수를 쓰는 자여! 모든 규칙을 어기는 당신. 새로운 속임수를 계속 짜는 이유는 무엇입니까?
백발 아버지	당신은 나를 거짓으로 비난합니다, 검은 어머니. 이것은 내 힘이 아니라, 그들의 힘입니다.
	(그는 안틴스와 사울체리테를 가리킨다.)
	그는 내 것이지만, 그는 자신의 것이 되었고, 따라서 그들에 대한 우리의 힘을 깨뜨립니다. 모든 걸 희생함으로써 그는 승자가 되었습니다. 주는 자는 받을 것이고, 지는 자는 이길 것이고, 변하는 자는 살아남을 것입니다.
검은 어머니	난 성공해야만 합니다. 난 누군가를 데려가야 합니다. 관을 비워 둘 수는 없습니다.
백발 아버지	검은 어머니, 합의합시다. 당신의 몫을 드리겠습니다.
	(안틴스와 공주는 그들의 양손을 푼다.)
공주	사울베디스, 왜 그렇게 오래 걸렸어요?
안틴스	당신은 휴식을 취해야만 했습니다. 유리산에서 거의 죽음에 가까운 것으로부터.
공주	(갑자기 기억나서 외친다.)
	사울베디스, 내 반지! 내 반지! 왜, 당신은 그걸 주었나요? 그것 없이는 당신을 알아볼 수 없어요. 내 눈은 여전히 죽음으로 가득 차 있었고, 검은 왕자는 나를 속이려 했어요.
안틴스	(무릎을 꿇고, 용서를 빈다.)
	사울체리테, 당신의 사랑하는 아버지는 당신이 깨어나기 위해 반지가 필요하다고 말했습니다.
공주	누구한테 줬나요? 당신은 "그것은 영원히 내 손가락에 남을 것이다"라고 말했어요.

안틴스	내 손가락에… 네. 그 반지가. 내 손가락을 가져갔습니다. 여기 빈 곳을 보십시오.
	(그는 빈 곳을 들어 올리는 그의 손을 보여준다.)
공주	(소리친다.)
	오, 사울베디스! 아니, 이런! 누가 당신에게 이런 짓을 한 건가요?
안틴스	못된 왕자였습니다.
	(그의 손가락으로 가리킨다.)
공주	(그녀 또한 가리킨다.)
	못된 왕자.
	(군중 모두가 돌아서서 왕자를 가리킨다.)
왕	사랑하는 아이들아, 내가 책임을 져야 할 사람이다. 내가 바로 그 사람이야. 나는 내 세속적인 염려 때문에 두 번째로 너희를 죽음의 손아귀로 이끌었다. 너희 두 사람의 마음과 사랑의 힘은 죽음까지도 이겼다.
공주	(안틴스에게 그의 손을 잡으면서 말한다.)
	사랑하는 아버지께 가요.
	(그들 둘은 왕에게 다가간다.)
왕	오너라, 내 애들아, 내게로 오너라. 너희들은 이미 스스로 손을 맞잡았다. 그것이 영원히 남아 있기를. 난 자네에게 나의 축복을 보류했어. 내 마음이 너희들처럼 젊고 강해지도록 자네의 축복을 안고 자네의 이 늙은 아버지에게 오너라!
왕자	이 늙은이는 그만. 이제야 당신을 알겠군요. 나는 당신의 이야기를 충분히 들었지요. 전쟁이요! 전쟁! 우리는 전쟁 중입니다!

(그는 칼을 뽑는다.)

자! 기만적인 왕에 맞서 칼을 들어라!

(양쪽 사람들, 왕과 왕자의 신하들이 칼을 든다.)

와서, 우리를 속인 이 기만적인 왕을 데려가시오. 그의 방탕한 딸과 이 농부의 아들을 데려가시오. 세 사람 모두를 끌어다가, 화물칸에 묶으시오. 그들의 거짓말하는 혀를 빼내시오. 하하! 그들에게 파멸과 죽음을!

군중	(침묵을 유지한다.)
왕자	파멸과 전쟁이야! 왜 군중들은 침묵하는가? 그 여자와 새들이 당신들을 놀라게 했어요? 그들을 잡으라고! 내가 너희들 모두를 산산조각 낼 거야. 산 채로 불태우겠어. 악마와 지옥이야!
군중	(침묵을 유지한다.)
백발 아버지	(검은 어머니에게 말을 건네면서, 왕자를 가리킨다.)

검은 어머니, 당신의 독신 존재로서 함께. 보세요, 이게 당신의 당연한 의무입니다.

(검은 어머니는 검은 베일을 쥔 손을 들고, 왕자를 향해 천천히 걸어간다. 까마귀들도 날개를 치켜들고, 왕자를 향해 움직인다. 왕자는 마비된 채로 서 있고, 그의 손에서 칼이 떨어진다.)

모든 까마귀	그는 우리 것입니다! 까~옥! 그는 우리 것입니다! 까~옥!
첫째 까마귀	(왕자를 가리킨다.)
	당신은 검은 까마귀의 머리카락을 가지고 있습니다. 까~옥!
둘째 까마귀	당신은 까마귀의 구부러진 부리를 가지고 있습니다. 까~옥!

셋째 까마귀	당신은 까마귀의 날카로운 눈을 가지고 있습니다! 까~옥!
모든 까마귀	까~옥! 까~옥! 그를 잡아! 까~옥! 까~옥! 그를 잡아!
검은 어머니	(그녀는 왕자에게 검은 베일을 던진다.)

이걸 가져! 이것은 당신의 의무입니다. 그를 영원한 집으로 데려가. 관은 비워 둘 수 없어.

모든 까마귀	까~옥! 까~옥! 그를 잡아! 까~옥! 까~옥! 그를 잡아!

(그들은 왕자를 관 안으로 들어 올린다. 안틴스와 사울체리테는 그녀의 아버지 앞에 무릎을 꿇고 있다. 군중은 큰 소리로 기뻐한다.)

(커튼. 끝)

4부

라트비아의 역사와 정치와 문학

1. 독일기사단과 리브란트(리보니아)에서

오늘날 라트비아가 속한 발트 지역에 대한 통괄적인 역사, 즉 지리적 공간과 시간을 간추릴 필요가 있다. 그렇다면, 먼저 간략하게 발트 지역 전체를 아우르고, 이어 라트비아를 중심으로 살펴보자. 대략 기원전 1000년경 에스티Eesti인, 리브Liv족(핀란드 헝가리계), 쿠르Kur족, 레트Lett인 등이 발트해 연안에 최초로 정착해서 토착민으로 살기 시작한 것으로 알려져 있다.

그러나 역사에서 비로소 드러난 시기는 12세기 말부터 중세 저지 독일어를 사용하는 상인들과 선교사들이 다우가바강Daugava 유역에 상업지와 선교 주둔지를 건립할 때였다. 1201년 북스헤베덴Albert von Buxhoeveden(1165~1229) 대주교는 이곳에 리가를 건설하면서, 동시에 '검우기사단Schwertbrüder'을 창설하고 이교도를 개종하기 위한 정복과 거의 동시에 포교를 실시하며, 마침내 1227년 리브란트Livland(리보니아 Livonia)를 건국한다. 좀 더 자세하게 살펴보면, 1227년 발트 지역에서 '창과 성경'으로 리브란트를 세웠던 '검우기사단'은 10년 후인 1237년 튜턴기사단Teutonic Order(독일기사단 Deutscher Orden) 내의 '리브란트 기사단Livländischer Orden'으로 통합된다. 여기서 '기사단' 명칭에서 약간 혼동이 올 수 있겠지만, 일반적으로 통칭해서 '독일기사단' 또는 '튜턴기사단'이라는 용어를 사용한다. 그러나 당시 리브란트 지역에서 일어난 숱한 사건과 전투에서는 독일기사단의 하위 부대라 할 수 있는 '리브란트 기사단'이 주로 활동한다.

그렇다면, 역사상 '리브란트(리보니아)'은 어떤 나라였을까? 한마디로 오늘날 라트비아와 에스토니아의 옛 이름이다. 나라 이름은 핀Finn 계系의 '리브인Liv'에서 유래한다. 12세기 이후는 덴마크인과 독일인의 강점이 이루어지지만, 13~16세기 동안은 리가를 중심으로 독일기사단이 지배한 발트해 동쪽 연안 전역을 '리브란트'라고 칭한다.

이렇게 오랫동안 리브란트가 누린 번영은 한편으로는 기사단이라는 무력적인 행위의 뒷받침이 확고했으며, 다른 한편으로는 무엇보다 한자무역 동맹의 번성, 즉 경제적 번영과 안정이 컸기 때문이었다. 대표적인 예를 들자면, 1285년 무렵 리브란트에 속해 있던 리가, 레발Reval(탈린Tallinn), 도르파트Dorpat(타르투Tartu) 도시는 한자동맹에 가입하게 된다. 그리고 계속 그 영역을 확장하면서, 경제적인 공동체를 형성하기에 이른다. 이 무렵 한자무역동맹에 의한 상업적 교류는 그 영역을 활발하게 개척하는 시기였다.

이러한 발트 지역에서 리브란트의 우월적 지위는 1558년 러시아 이반 4세Иван IV(Ivan IV; 1530~1584)와 '리브란트 기사단' 사이에서 벌어진 '리브란트 전쟁Livländischer Krieg'(1558~1583) — '제1차 북방전쟁Erster Nordischer Krieg'으로도 불리는—의 결과로 상실된다. 러시아, 스웨덴, 덴마크, 폴란드-리투아니아 연합 공국, 독일기사단 사이의 복잡한 이해관계에 의해 우여곡절 끝에 1583년에서야 마무리된다. 최종 '스웨덴-덴마크' 연합이 러시아를 물리치는 것으로 이때부터 발트 지역의 주도권은 스웨덴이 갖는다.

독일기사단의 위력과 위상은 갈수록 약화되었다. 발트 지역에서 패권을 다투기 이전에 몽골의 유럽 침공에서도 큰 피해를 입는다. 13세기 초·중반 몽골의 유럽 침공 때, 폴란드에서 벌어진 전투에서 독일기사단은 패퇴하며, 발트 지역에서의 위상은 축소된다. 결정적으로 1410년 '탄넨베르크 전투Schlacht bei Tannenberg'에서—폴란드어Bitwa pod Grunwaldem, 리투아니아어 Žalgirio mūsis — '폴란드-리투아니아' 연합군에 패배함으로써 많은 영토를 빼앗기고, 점차 세력을 상실하게 된다. 이후 프로이센 지역에서도 쫓겨나며, 특히 '30년 종교전쟁'(1618~1648)으로 더욱 영향력을 잃고, 남아 있던 폴란드 점령 지역도 모두 잃게 된다.[1]

다른 관점에서 보자. 제1차 북방전쟁 직후, 리브란트 기사단은 해체되었다. 그 결과 리브란트는 일시적으로 폴란드 지배에 놓였으나, 발트해 진출을 꾀하는 러시아 사이에서 영토 쟁탈전은 계속되었다. 결과적으로 새로운 강자인 스웨덴은 쿠를란트Kurland와 그 인접 일부 지역만 제외하고, 리브란트 대부분은 스웨덴이 지배하게 된다. 스웨덴이 지배하는 동안 나름 선정이 베풀어지고, 평화가 유지되었다.

그런 가운데서도 1561년 '지기스문트 아우구스트 특권Privilegium Sigismundi Augusti'이 발트독일인의 자치권, 즉 사법권과 신교 신앙에 관한 독일어법을 확정 지음으로써 이후 19세기까지 발트독일인과 그들의 독일어는 모든 다른 언어에 대한 법적 지위를 갖게 된다. 그러나 여기에서도 얽히고설킨 사연은 군사력과 정치적 이해관계를 여실히 보여준다. 즉 1561년 11월 28일, 리브란트를 실질적으로 이끌었던 '리브란트 기사단'의 마지막 단장인 '케틀러Gotthard Kettler – 폴란드 왕 지기스문트Sigismund II. August(1520~1572) – 리투아니아 대공' 이들 3자 사이에, 일명 '빌뉴스 연합Union von Wilna'이라는 협정이 이루어진다. 특기할 내용은 리브란트 영지는 폴란드가 관할하며, 독일 기사단과 리브란트 연맹의 해체(군대 해산)에 덧붙여 귀족과 공작 등의 신분과 재산의 지속적인 보장이 예외 조항으로 되어 있다. 이러한 예외 조항에 따라 케틀러는 1561년부터 쿠를란트와 젬갈레Semgallen 지역을 아우르는 첫 공작이 된다.

1583년 제1차 북방전쟁이 끝나고 117년이 지난 후 1700~1721년 사이에 벌어진 소위 '제2차 북방전쟁Zweiter Nordischer Krieg'은 1721년 8월 30일 핀 란드 니스타드Nystad에서 러시아(루스)와 스웨덴 사이에 평화조약을 체결함 으로써 끝난다. 즉 러시아 표트르 1세Пётр I(1672~1725)의 승리로 러시아가 발 트 지역의 패권을 갖게 되었지만, 도시들과 기사 계급의 특권을 확약하면서 그들 스스로 자치 도시와 공국으로 이끌도록 허락한다. 아직은 불안정한 표 트르 루스 공국은 이 지역의 독일인 귀족과 지주, 도시와 상인들에게 자치 권, 즉 '지기스문트 아우구스트 특권'을 그대로 인증한다. 19세기 초에는 러 시아보다 앞서 농노해방을 이루고 제1차 세계대전 중에는 잠시 독일군에 의 해 점령당하기도 한다. 그러나 1918년 민족자결주의 흐름에 발맞추어 오늘 날 에스토니아와 라트비아가 신생 독립국으로 출발하면서 '리브란트'라는 나라는 역사에서 사라지고, 영토도 지도상에서 완전히 지워진다.

이러한 정치적 배경과는 달리 민중들의 움직임은 교육과 문화 분야에 서 도약한다. 이미 러시아 제국의 형성에 앞서 1632년에는 스웨덴 왕 아돌 프Gustav II. Adolf(1594~1632)가 에스토니아 도르파트Dorpat(오늘날 타르투Tartu)에 대학을 설립한다. 이 무렵 포용적인 문화와 학문적 진작을 거치면서, 18세기 말에는 많은 독일의 학자, 신학자, 수공업자들이 발트 지역으로 대거 유입된 다. 당시 대표적인 인물로는 리가에서 교수로 일하며, 주로 민속적인 원형을 탐구한 헤르더Johann Gottfried Herder(1744~1803)를 들 수 있다. 학문의 중심적인 역할을 맡고 있던 도르파트 대학은 1802년 신축했으며, 이곳에서 저명한 연 구자와 학자들을 배출한다.

여기서 잠시 짚고 넘어가야 할 것 가운데 하나는 몽골의 유럽 침공이다. 대대적인 침공은 리브란트가 건국된 이후부터지만, 한자무역동맹이 북부와 동부 유럽에서 영역을 확장하기 이전에 이미 침공이 있었다. 구체적으로 리 브란트가 건국된 해 징기스칸(1162~1227)의 사망, 오고타이 칸(1180~1241)

에 의한 동아시아의 평정, 이후 몽골이 유럽을 침공한 시기는 대략 1236년부터 1242년까지로 간주된다.

당시 러시아는 여러 공국으로 흩어져 있었다. 몽골의 침략에 속수무책이었으며, 결과적으로 연이어 항복할 수밖에 없었다. 그 가운데 주목할 점은 기마병 중심의 몽골군이 겨울이 지나고 봄을 맞이하면서, 군대의 이동과 전쟁 물자의 운송이 사실상 어렵게 되었다는 것이다. 얼음과 눈이 녹아 진흙땅으로 바뀌어—이는 러시아어로 라스푸차Распу́тица(Raspútsa)로 불린다—북쪽으로 진격하는 대신 남쪽에 치우침으로써 '노브고로드Novgorod 공국'(1136~1478)은 살아남을 수 있었다.

따라서 몽골의 침공, 러시아 공국과 발트 지역의 역학관계를 간추릴 필요가 있다. 13세기 이후 16세기에 이르기까지 발트 지역은 침략 전쟁의 직접적인 피해를 입지 않았으며, 상대적으로 기사단에 의해 지배되는 리브란트에서의 주도권은 여전히 독일이 가졌다. 반면 몽골의 침공으로 인해 러시아의 공국들은 부침을 달리하게 된다. 대표적인 예를 들자면, '모스크바Moskva 공국'(1283~1547)이 기지개를 켤 수 있게 된 것이다. 반면 오늘날 러시아의 모태였던 루스Russ '키에프Kiev 공국'(1132~1471)은 1240년 함락된다. 몽골군은 폴란드와 헝가리까지 거침없는 침공을 이어가면서, 독일기사단과도 전투를 벌인다. 폴란드 헨리크 2세가 튜턴기사단(독일기사단)에 원조를 요청함으로써 연합군 형태로 저항하지만, 결국 패퇴한다. 몽골은 헝가리 침공의 성공 이후 오스트리아와 크로아티아마저 침공할 준비를 하면서 마침내 신성로마제국까지 노렸다. 자세한 것은 확인할 수 없지만, 오코타이의 죽음으로 몽골의 침략 행위는 중단되고, 철수하기에 이른다. 침략으로 획득한 영토에서 이후 4개의 칸국들이 세워졌다. 이때 세워진 나라 가운데 하나가 바로 '킵차크 칸국'으로 1237년부터 1502년까지 역사상 존재했다.

몽골의 유럽 침공으로 야기된 혼란과 공포는 13세기 중엽 이후 17세기 말까지 갖가지 양상으로 이어졌다. 침략과 정복은 강압적 지배의 또 다른 이름이라 할 수 있는 억압과 약탈로, 나약한 공국을 비롯한 부족들은 존립을 넘어 생존마저 위태롭던 공포의 시기이기도 했다. 그러한 혼돈은 어느 시점에 이르러서는 안정을 향해 스스로 해결점을 찾아간다. 이는 역사적 명제이기도 하다. 그러나 오늘날 동부 중부 유럽에 속하는 이러한 나라에 비해 비교적 안정적인 지정학적 위치에 속했던 북부 유럽과 북부 러시아는 이러한 시기에 힘의 공백을 채우려는 패권 쟁탈이 이어진다. 17세기 말~18세기 초 전환기에 바이킹의 맹주인 스웨덴과 신흥 러시아 사이게 크고 작은 분쟁이 계속되다가, 마침내 1700년 제2차 북방전쟁이 발발한다. 근 20년 동안 지루하게 이어지던 1721년에서야 제2차 북방전쟁이 종결되고, 다시 1세기가 흐르는 동안 서서히 민중들의 각성이 생겨나면서부터 민요와 전설은 더욱 구체적인 형상을 갖추게 된다.

주로 신학자, 선각자, 학자들에 의해 많은 성과가 드러난 것들이다. 동시에 민요는 대중적인 욕구로 발산되어 마침내 1869년 대학 도시 도르파트에서 최초로 에스토니아인들의 통합된 가요제가 열린다. 이웃 라트비아도 4년 후인 1873년 리가에서 라트비아인들의 통합된 가요제를 개최했으며 그 전통은 오늘날까지 이어지고 있다. 이에 따라 에스토니아인은 물론 라트비아인에게도 민족적 성장을 위한 밑받침이 마련된다. 그러나 이와 달리 이때부터 억압, 즉 19세기 말부터 교육기관은 물론 관공서와 행정에서의 러시아어 사용의 강제화, 공업화와 산업화가 광범위하게 펼쳐진다.

작은 결론으로 이들 세 나라는 서로 다른 문화와 관습을 발전시켰고, 결국 에스토니아, 라트비아, 리투아니아 문화로 나름대로 독자성을 갖게 되었다. 그러나 엄밀하게 살펴보면, 뚜렷한 라트비아 민족에 대한 자의식은 1500년경에 발현되기 시작했다고 볼 수 있다. 그 이후의 역사를 간략하게 정리해 보자.

오늘날 발트3국에 속한 라트비아의 역사는, 지난 80년이 넘는 동안 '축복'과 '저주'로 정의定義되는 강대국의 각축장에서 이루어졌다. 라트비아의 수도 리가는 항구 도시로, 특히 12세기 말부터 북동부 유럽에서 무역상의 거점을 이루고, 부유한 상업 중심지가 되었다. 더 강한 이웃 나라들은 13세기 초부터는 이러한 경제적 부유함을 탐내고, 라트비아 영토를 통제하기 시작했다. 물론 두 차례의 세계대전 사이에서 이룬 라트비아의 짧은 독립 기간과 현재의 독립 이후로 이어지는 역사도 간과할 수 없을 것이다.

기록된 역사에 의하면, 오늘날 라트비아는 1201년 독일의 대주교 북스혜베덴이 다우가바강Daugava(독일어 '뒤나Düna', 러시아어 드비나Dvina, Двина) 기슭에 리가를 건설建設했을 때 시작되었다고 볼 수 있다. 2023년을 기준으로 하면, 리가 도시의 역사는 822년에 이른다. 자신들의 입장, 즉 '한자동맹'의 동방 진출과 '이교도 개종'이라는 이름으로 이루어진 독일기사단'의 상호협력이라는 입장에서 본다면, 독일인들은 리가의 위치를 신중하게 선택했다고 볼 수 있다. 다우가바강은 러시아로 약 960 킬로미터쯤 거슬러 볼가Volga강과 연결되어 카스피해로, 다른 한편으로 우크라이나의 드니프로Dnipro(Dnieper)강과 연결되어 흑해까지 무역로를 확장할 수 있기 때문이다. 이는 이미 고대 로마시대부터 발트해 연안의 보물인 '호박琥珀의 길' 교역로의 일부였다. 발트해와 흑해를 잇는, 즉 강과 육지를 연결해서 수 세기 동안 북부 유럽에서부터 지중해까지 이르는 왕복로의 역할과 기능을 최적화하는 방안이기도 하다. 당연히 리가를 서부 유럽과 동부 및 북부 유럽은 물론 러시아 간의 무역을 위한 주요 항구로 만들었다. 그만큼 지정학적으로 당시로서는 중요한 도시의 건설이었다.

리가에서 상업적 부흥을 일으키면서, 동시에 발트독일인들은 라트비아의 농촌 지역에서 봉건제 질서를 만들었다. 라트비아의 농민들은 농노農奴로서 땅을 경작해야만 했다. 그들은 한 농장에서 다른 농장으로 이동하는 것이 허용되지 않는 개인 소유품 같은 재산에 속했다. 이러한 환경이 농민들 간의 소통 능력과 교류를 제한하는 결과로 이어져 라트비아인들의 공통적인 정체성 형성과 발전을 늦추었다.

2. 19세기 러시아 제국의 라트비아

발트 지역의 역사적 이해를 바탕으로 한다면, 라트비아의 문화와 문학은 과연 무엇일까? 19세기 말~20세기 초, 바로 이 시기의 작가 라이니스와 『황금말』의 중요성은 라트비아 문학에서 매우 크다. 그러나 질곡의 라트비아 역사와 동시대인들의 개인적인 극적劇的인 사건에 대한 이해를 아울렀을 때, 더욱 생생하게 살아난다. 이러한 요인들이 없다면, 말 그대로 동화童話로 남을 수밖에 없을 것이다. 역사적 맥락은 작품 내에서 상징주의라는 열쇠를 제공한다. 무엇보다도 그의 사회적 정치적 역할을 통해 『황금말』이 라트비아 문학에서 매우 중요하다는 이유가 설명되기 때문이다.

라이니스는 라트비아 사람들이 자치권을 주장하기 시작했을 무렵에 『황금말』을 썼다. 구체적으로 그는 라트비아가 여전히 제정 러시아의 행정적 통제 아래에 있었을 뿐만 아니라, 발트독일인의 봉건체제에 여전히 종속되어 있을 시기의 진보정치에 대한 지지자였다. 그는 바로 이때 라트비아 사람들이 자치권을 위해 싸우도록 영감靈感을 준 가장 중요한 사람들 가운데 한 사람이었다.

그러나 라이니스는 현실적인 어려움과 도전에 직면하게 된다. 그는 라트비아에서만큼은 사회민주주의 운동의 창시자였다. 마르크스주의에 기초

한 이 운동은 라트비아가 공산주의 러시아 실험의 일부가 되기를 원하는 사람들과 라트비아 문화와 정체성으로 대체되어야 한다고 믿었던 라이니스와 같은 사람들 간에 큰 균열과 갈등을 겪을 수밖에 없었다. 이를 이해하기 위해서는 그가 생존했던 19세기의 라트비아를 알아야 한다.

근 400년 동안 발트독일의 주도권은 17세기와 18세기에 들어서 라트비아 영토의 통제권이 덴마크, 스웨덴, 폴란드, 러시아 등 주변 강대국으로 옮겨 감으로써 끝난다. 그럼에도 불구하고, 이후 이곳을 점령한 나라들은 발트독일인의 봉건체제만큼은 계속되도록 허용했다. 핵심은 경제력과 자본이었기 때문이라는 해석이 가능하다. 새롭게 바뀌는 점령자들 역시 라트비아의 항구에 관심이 더 많았다. 왜냐하면, 확고부동한 발트독일인들이 오랫동안 지탱해 온 농촌의 봉건제도를 교체하는 것이 불가능하지는 않더라도 비현실적이었기 때문이다. 이는 라트비아 전체 민중들이 여러 주인을 섬겼다는, 구체적으로 주요 도시를 통치한 지배자들과 농촌 지역을 소유한 발트독일인의 지배를 동시에 받았다는 것을 의미한다. 즉 도시와 시골이라는 분리된 환경 역시 무시할 수 없었다.

이러한 사실은 라트비아의 중세 역사를 이해하는 열쇠이다. 물론 에스토니아 역시 비슷한 역사가 있지만, 라트비아 사람들은 역사를 통틀어 한 번도 단 하나의 적敵만 있었던 적은 없었다. 발트독일인들은 약 800년 동안 그리고 제1차 세계대전을 통해 라트비아에 가장 큰 영향력을 끼쳤다. 반면 일부 시기가 겹치지만, 러시아는 지난 300년 대부분의 기간 동안 행정적 강압적 지배력을 행사하면서, 독일과 다른 형태의 영향력을 발휘했다. 이러한 역사적 사실에서 알 수 있듯이, 라트비아인은 그들의 언어와 문화적 지배를 외세로부터 강제 받았다. 그러나 강대국의 언어와 문화적 억압에도 불구하고 라트비아의 문화는 살아남는다. 그 과정과 역사는 지난했다.

자신들의 의지와 상관없이 발트해 연안 세 나라가 겪은 역사를 먼저 리브란트를 중심으로 좀 더 상세하게 요약하면, 다음과 같다. 13세기 바로 초 독일기사단과 한자상업동맹 그리고 이교도 개종을 위한 기독교 등이 가장 먼저 이곳을 개척이라는 이름으로 침략한 것이다.

북스헤베덴 대주교는 1202년 리브란트 검우기사단Fratres Militiæ Christi Livoniae: 라틴어, Schwertbrüderorden: 독일어 군대를 창설하고, 1204년에 교황 인노첸시오 3세Innocentius III(1160~1216)[2]로부터 승인을 받는다. 이어 리브란트 기사단은 1227년 현재 에스토니아와 라트비아 영토 대부분에 해당하는 지역을 정복함으로써 이 지역의 기독교화가 이루어진다. 이후 북쪽 지역에서는 덴마크의 영향력이 강화되었으며, 17세기에는 스웨덴-러시아 전쟁의 결과 승리한 스웨덴이 지배권을 갖는다. 그러나 1700~1721년 발트 지역의 패권을 두고 다시 벌어진 '북방전쟁'에서 러시아가 승리함으로써 이때부터 발트 지역은 러시아의 지배하에 놓인다. 바로 이 무렵, 즉 17세기 말부터 18세기 전환기에 러시아는 제국으로써 발돋움하기 위해 국가적 총력을 쏟았다. 그 결과 가운데 하나로, 러시아 제국의 일부가 되어버린 라트비아는 1710년에 표트르가 리가를 정복했을 때, 큰 변화가 일어났다. 그리고 1800년경에 이르러서 러시아는 사실상 모든 라트비아 영토를 통제했다. 반면에 표트르 대제는 서부 유럽을 동경했고, 문화의 모든 측면에서 서부 유럽을 우선했다. 한마디로 그는 낙후된 러시아를 개혁하고, 후진성에서 벗어나게 했다.[3] 그는 새로운 궁전과 도시를 위한 계획에서 유럽식 모델을 활용해서 라트비아를 침략했는데, 그에 앞서 1703년 이미 상트페테르부르크라는 항구 도시의 건설을 시작했다. 선진 서부 유럽을 향한 '열린 창窓'으로써 새로운 도시의 건설은 러시아의 가시적 상징이었다. 게다가 표트르는 외교, 의상, 미술, 음악, 의학, 문화를 위해 서부 유럽을 숭배했다. 예를 들면, 외교와 문화에서 프랑스어는 러시아 귀족들끼리 소통할 수 있는 주요 언어가 되었다.

1720년대 무렵 러시아 제국의 영토는 발트해에서 태평양까지, 북극에서 아프가니스탄까지 확장되었다. 전체 면적은 전 세계 육지의 1/6에 달했다. 당시 러시아 제국의 인구는 1억 4천만 명 정도였고 150개 이상의 다민족이 포함되어 있었다. 그러나 다른 한편으로 제정 러시아 인구의 규모와 다양성은 제국 전역과 라트비아에서 불안을 야기했다. 19세기 초반에 이를 완화하기 위해 알렉산드르 1 세Александр I(Alexander; 1777~1825)는 라트비아 농노에게 혜택을 주기 위한 농민개혁을 러시아보다 먼저 시작했다. 그러나 농민들이 토지를 매입하거나, 다른 새로운 특권을 행사할 여유가 없었기 때문에 이러한 조치들은 실질적인 효과가 거의 없었다. 1860년대의 추가 개혁은 여행이나 도시 정착 등의 권리를 제공했다. 따라서 대부분의 라트비아 사람들은 그러한 러시아의 행정적 조치로 인해 비교적 자유롭게 되었지만, 그럼에도 불구하고 여전히 발트독일인들에게 계약직 하인으로 계속 살아갈 수밖에 없는 운명이었다.

이어지는 라트비아의 운명은 19세기와 20세기 동안에도 러시아 제국의 역사적 사건과 밀접하게 연관되어 있었다. 산업 발전이 이뤄졌지만, 러시아 전역의 빈곤으로 인해 내수 수요가 제한되어 서부 유럽과 북미에 발맞추지 못하고, 결국은 뒤처졌다.

다른 한편으로 당시 러시아 제국의 가장 중요한 도시 가운데 하나로서 리가의 중요성은 아무리 강조해도 지나치지 않았다. 19세기 말 리가는 러시아에서 둘째로 큰 항구였으며, 상트페테르부르크와 모스크바에 이어 셋째로 중요한 산업 중심지였다. 따라서 러시아인이나 발트독일인 모두 라트비아에서 자신들의 이권과 이익을 잃고 싶지 않았다. 그러나 20세기 전환기에 두 가지 중요한 변화가 일어난다.

3. 20세기 전환기 문학과 사회

두 가지 큰 물결은 19세기 중반부터 유럽과 러시아에서 일어났다. 첫째, 산업혁명은 농촌에서 도시 지역으로 급격한 인구 이동을 가져왔다. 필연적으로 힘들고 어려운 노동 조건은 노동자의 권리를 지지하는 새로운 정치적 이데올로기를 자극했다. 둘째, 상이한 민족 그룹에 의한 교육과 문화적 정체성에 대한 새로운 관심이 크게 발생했다. 이처럼 발트 지역에서의 산업혁명은 많은 사회적 변화는 물론 정치적 이념의 다양성까지 이어가는 결정적인 계기가 되었다. 라트비아의 문화적 르네상스는 광범위한 지역 및 세계 운동의 일부였다. 산업화, 도시화, 사회주의, 공산주의, 심리학, 그리고 무엇보다 '자아'의 관념이 유럽과 북미 전역에서 충돌하고 있었다.

이를 문학적으로 접근해 보면, 다음과 같은 작품들을 들 수 있다. 미국에서는 싱클레어Upton Sinclair(1878~1968)의 『정글The Jungle』(1906), 드라이서 Theodore Dreiser(1871~1945)의 『시스터 캐리Sister Carrie』(1900), 프랑스에서는 졸라Emile Zola(1840~1902)의 『제르미날Jerminal』(1885), 영국에서는 디킨스Charles Dickens(1812~1870)가 20개의 에피소드 시리즈로 발표한 『황량한 집Bleak House』(1852.3.~1853.9.), 그리고 러시아에서는 도스토옙스키(1821~1881)의 『죄와 벌Crime and Punishment』(1866) 등과 같은 많은 작가들과 작품들이 노동자와 여성 광부, 공장 노동자, 매춘부, 가게 주인, 그리고 학생 등에 대한 사실주의적 묘사를 제시함으로써 그 시대의 혼란을 적나라하게 포착했다. 따라서 당시 거의 모든 선진국들은 어느 정도 노동자와 여성의 권리에 대한 공통된 그리고 절박한 요구에 직면할 수밖에 없었다.

이러한 시대적 전환기를 통해 마침내 1905년 러시아와 라트비아에서는 혁명 운동이 발생한다. 19세기 말까지 라트비아는 거의 200년 동안에 걸쳐 러시아 제국의 일부에 속했다. 러시아 당국은 새로운 문화적 각성과 노동자의 권리에 대한 요구를 러시아 통치에 대한 위협으로 여겼다. 따라서 1880년대 차르 알렉산드르 3세는 모든 공식적인 업무와 교육이 러시아어로 수행되어야 하는 러시아에 동화될 수 있는 프로그램을 도입했다. 이런 러시아화는 단순히 발트 영역에만 관련된 것이 아니라, 다민족 러시아 전역에 걸쳐 시행되었다. 그러나 시기적으로나 상황의 변화에서 보면, 다행스럽게도 늦게 이루어진 조치였다. 그만큼 라트비아 문화에 대한 자국민의 관심은 이미 그 뿌리를 내렸다. '새로운 흐름' 운동이 생기면서, 더 큰 자치권과 노동자의 권리를 주장했던 시기이기도 했다.

1886년에 창간된 〈데일리 페이지〉 신문에서는 마침내 자치를 향한 라트비아의 정치적 운동에서 그 출발을 알렸다. 1887년 라이니스의 여동생 도라와 결혼했으며, 이후 라트비아 공산주의 운동을 이끈 페테리스 스투츠카 Pēteris Stučka(1865~1932)는 1888년부터 1891년까지 이 신문의 편집자였다. 그의 뒤를 이어 처남인 라이니스가 1895년까지 편집자 역할을 했다.

신문이 처음에는 진보적이었지만, 1893년 신문의 편집자로 일하던 라이니스가 취리히 사회주의 노동자대회에 참석한 후부터는 훨씬 더 좌파적인 신문으로 바뀌었다. 그곳에서 그는 독일 사회민주노동자당의 설립자인 베벨August Bebel과 다른 사회주의 지도자들을 만났다. 돌아온 후, 라이니스는 라트비아에서 사회주의를 홍보하기 위해 〈데일리 페이지〉라는 신문을 이용했던 것이다. 이러한 근거로 라이니스는 라트비아에서 사회주의의 아버지로서, '라트비아 사회민주당Latvijas Sociāldemokrātiskā Partija: LSDP(Latvian Social Democratic Party: LSDP)'의 정신적 지도자로 여겨진다.

1897년부터 러시아는 발트 전역에서의 저항과 반란을 본격적으로 진압하려고 했다. 당국은 〈데일리 페이지〉 신문을 폐간하고, '새로운 흐름' 운동의 지도자들을 체포하기 시작했다. 그러나 이러한 위협은 개인과 노동자의 권리에 대한 도도한 불꽃을 끄지 못했다. 오히려 불법 집회가 계속됐다.

1901년에 러시아 혁명가 레닌Владимир Ленин(Vladimir Lenin; 1870~1924)은 사회민주당의 지도자들과 함께 리가를 방문했다. 이에 1862년에 설립된 리가공대의 학생들과 다른 젊은 라트비아인들은 사회주의를 받아들였다.

1904년까지 라트비아 전역의 여러 진보주의 단체들은 자결권과 라트비아어를 행정과 교육의 언어로 권장하려는 사명을 발표할 정도로 많은 젊은이들의 민족적 자주성에 대한 열망이 컸다. 같은 해에 다양한 사회주의 단체가 합류해서 통일된 '라트비아 사회민주노동자당Latvijas Sociāldemokrātiskā Strādnieku Partija; LSDSP'4을 창당하기에 이른다. 이 정당은 라트비아인들이 '자유로운 러시아 내 자유 라트비아'를 요구했기 때문에 러시아의 사회주의 운동과는 무관했다. 러시아와의 연관성이 없는 라트비아 독립의 개념은 나중에 러시아의 혁명 지도자들이 민족 간 문화적 차이를 없애고 러시아화 하려고 했을 때, 더욱 확대 발전했다.

1905년 1월 9일은 러시아 제국의 멸망을 알리는 시작점이었다. 수천 명의 노동자들이 상트페테르부르크 거리에서 평화롭게 행진했다. 그러나 당국은 군중을 해산시키기 위해 군대로 하여금 시위대를 진압하게끔 지시했다. 시위대는 수천 명이 죽거나 다쳤다고 주장했다. 정확한 숫자를 알 수 없지만, 여태까지 알려진 바에 의하면 약 130명의 군중이 사망하고, 350명이 다친 것으로 추정된다. 실제 숫자와 상관없이 '피의 일요일'은 러시아 전역에서 노동자 파업의 집결지가 되었다. 이처럼 1905년 러시아 혁명이 시작되었다.

러시아에서의 시위와 연대한 라트비아 사회주의자들은 며칠 후, 다우가바 강변에서 노동자 파업을 조직했다. 참가자들의 추정치는 10,000명에서 20,000명 사이이다. 상트페테르부르크에서처럼 러시아군이 노동 파업자들을 공격했다. 73명이 죽고, 200명이 부상을 입었다. 계속에서 2월과 3월에도 리가에서 추가 파업이 벌어졌다. 이때 이곳의 희생자와 이곳의 순교자들을 기리기 위해 리가의 '1월 13일 거리[13. Janvāra iela]'라는 이름이 붙여졌다.

도시 리가의 시위대가 공장 노동자의 권리를 외치는 동안, 농촌에서 농민의 적은 발트독일인 소유의 토지 귀족들이었다. 농민들은 독일의 영지와 농가를 불태우고 약탈 행위를 저질렀으며 심지어 일부 발트독일인을 죽였다. 이에 발트독일인은 라트비아의 '테러리스트'로부터 자신들과 그들의 재산을 보호하기 위해 스스로 민병대를 만들어 대응했다. 이처럼 농촌과 도시의 상황은 급변하는 과정에 놓였다. 구체적으로 리가를 살펴보자. 제조 분야에서 리가의 역할은 19세기 후반에 엄청나게 확대되었다. 인구와 민족의 구성 역시 급격한 변화를 겪는다.

리가의

1867년 인구 103,000명	1897년 인구 282,000명
24% 라트비아인 24,720명	↑ 42% 라트비아인 118,440명
43% 독일인 44.290명	↓ 25% 독일인 70,500명
25% 러시아인 25,750명	↓ 17% 러시아인 47,940명
8% 기타 8,240명	↑ 16% 기타 45,120명

여기서 알 수 있는 것 가운데 하나는 리가에서 라트비아인이 상대적으로 대폭 증가했다는 점이다. 30년이라는 한 세대에 걸친 인구의 증가도 있었지만, 전체 인구에서의 비율을 감안하거나, 다른 민족과 비교하면 엄청난 변화이다. 이는 농민들이 산업 일자리를 위해 도시로 대거 이주함에 따라 이루어진 결과이다. 신생 독립국을 선언한 1918년의 4년 전인 1914년의 리가 인구는 무려 530,000명에 이르렀다.

노동자 권리에 대한 대안은 다양한 형태를 취했지만, 1848년 마르크스의 '공산당 선언Communist Manifesto'은 대체로 대안적 정치 이론의 발판이 되었다. 기본 목표는 산업 노동자와 농촌 농민을 자본주와 농장주의 억압에서 해방시키는 것이었다. 도시 사람들이 이러한 새로운 아이디어를 공유할 수 있었고, 더 이상 기존의 착취를 견딜 수 없게 되었기 때문에 새로운 사상은 더 빨리 더 멀리 퍼져 나갔다.

주변 환경의 변화에 걸맞게 라트비아의 지식인, 노동자, 학생들은 상호 돌봄, 이익 및 오락을 위해 단체를 조직하고, 공동으로 실천하기 시작했다. 일부는 개인주의와 노동자의 권리에 대한 생각에 부응했다. 라트비아 대학생 중심의 젊은이들이 라트비아 사회의 목표를 배제하고, 예외적으로 자신만의 목표에 집중하는 일은 드물었다. 이러한 집단적 각종의 움직임은 시초부터 문화적 정체성에서 가장 핵심적인 '언어'에 대한 새로운 시각과 인식이었다. 당시 동부 유럽 전역으로 퍼져 나간 첫 번째 산업화와 도시화에 이은 두 번째 큰 흐름은 문화적 정체성을 일깨우는 것이었다. 이는 교육의 기회가 확대되었기 때문에 라트비아에서도 발생했던 것이다. 라트비아어의 글자를 읽고 해독할 수 있는 비율은 대부분의 다른 러시아 민족 집단을 훨씬 능가했다. 라트비아인의 문화적 정체성에 초점을 맞춘 사람들을 '젊은 라트비아인jaunlatvieši', 그 운동을 '민족적 각성tautas atmoda'이라고 불렀다. 상대적이긴 하지만, 당시에도 젊은 라트비아인들은 독일어, 러시아어, 라트비아어에 능통해서 유럽 전역의 사건과 새로운 정치 이데올로기에 대해 비교적 쉽게 배울 수 있었다.

언어는 문화적 정체성을 발전시키기 위한 필수적인 요소이다. 라트비아 언어학자들은 다른 지역의 상이한 방언을 표준화하기 시작했다. 가장 큰 단계이자 기본적인 조치는 1908년 언어학자들이 라트비아어 알파벳을 만들었을 때 일어났다. 라트비아인들은 더 이상 프락투어 문자와 독일어 음성

Tehws, kalpa wihrs.
Beerns,
Lipſts, } wina dehli.
Antinſch,
Karalis.
Prinzeſe, wina meita.
Bagatais prinzis.
Miniſtrs.
Baltais tehws.
Melnà mahte.
Wehja mahte ar wehja gareem.
Sneega mahte ar ſneega behrneem.
Noklihduſchee behrni.
Septini kraukli.

Tauretajs, laudis, ſargi, galmeneeki, kareiwji, printſchi, oglu-
deģis, prinzeſes pawadones.

Pa labi un kreiſi no publikas.

Tēvs, kalpa vīrs
Bierns
Lipsts } viņa dēli
Antiņš
Karalis
Princese, viņa meita
Bagātais princis
Ministrs
Baltais tēvs
Melnā māte
Vēja māte ar vēja gariem
Sniega māte ar sniega bērniem
Noklīdušie bērni
Septiņi kraukļi

Tauretājs, ļaudis, sargi, galminieki, kareivji,
prinči, ogļudeģis, princeses pavadones

Pa labi un kreisi no publikas

『황금말』의 프락투어체 원본과 첫 라트비아어 알파벳을 사용한 텍스트

체계에 전적으로 의존할 필요가 없게 되었다. 그러나 언어의 전환에는 오랜 시간이 필요하다. 예를 들면, 1910년 라이니스의 『황금말』 초판과 그 이후의 다른 책들도 친숙한 프락투어 알파벳과 독일어 음성학적 체계를 계속 사용했다. 새로운 라트비아어 알파벳을 사용하는 것은 당시 기존의 독자와 청중을 제한했을 현실적인 환경 탓이라고 볼 수 있다.

그만큼 언어의 전환은 더디게 진행될 수밖에 없었다. 다른 예를 들어보자, 1918년에 라트비아가 1차로 독립한 이후인 1921년에 새로운 라트비아어 알파벳이 공식적으로 채택되었다. 이보다 한 해 앞서 리가 지역의 3대 신문 가운데 첫 번째 신문의 언어가 1920년에 새로운 알파벳으로 바뀌었다. 다른 신문은 1934년과 1938년에 이르러서야 비로소 새로운 라트비아어 알파벳을 사용했을 정도이다.

위의 왼쪽 사진은 문자로 된 1910년 초판의 일부이며, 오른쪽 사진은 라트비아어 알파벳의 이후 버전을 보여준다. 발음을 구분하는 '분음分音 부

호'는 특정한 문자 아래에 '∧'로 표시되어 있다. 원 작품에서 사용된 라트비아어의 알파벳에서 라트비아어의 분음 표시는 마치 1446년 선포된 훈민정음에서 사용한 글자 소리의 높낮이를 나타낸 평성平聲과 거성去聲, 그리고 상성上聲 표시와 유사하다. 그보다 우리가 주목해야 할 점은 라트비아 학자와 작가들이 자신들의 언어를 살리기 위해 피나는 노력에 견주어 본다면, 우리 말과 글을 지켜낸 일제강점기 학자들의 희생일 것이다. 오늘날 편리하게 사용하고 있는 한글일지라도, 잊히기 쉬운 사실을 잊을 수 없다. 간추리면, 이전의 한문이나 17세기 이후 한글 소설에서도 글자의 띄어쓰기가 없었다. 지금의 중국이나 일본도 크게 다르지 않다. 이와 달리 한글에서의 띄어쓰기는 본격적으로 〈독립신문〉(1896년 창간)에서 공식적으로 시작했다. 물론 그에 앞서 고종은 1894년 한글을 공식문자로 인증했다. 처음 관용어로 인정된 것이다. 이후 개혁파 중심의 서재필(1864~1951)과 주시경(1876~1914)이 1910년 만든 '국어연구학회'를 통한 한글의 명맥을 이어가는 숱한 우여곡절을 겪으면서, 지켜낸 희생과 숭고한 정신이 없었다면, 과연 지금 우리가 한글을 문자로 사용한다고 가정할 수 있겠는가 하는 의문이 들 정도이다. 라이니스가 중심이 되어 라트비아에서 펼쳤던 각고의 노력과 헌신적인 활동 역시 시대적 상황이나 연대마저 비슷하지 않은가?

1914년 주시경의 사망 이후 제자들에 의한 '조선어학회'의 한글맞춤법을 비롯한 한글의 실용화를 위해 노력하던 가운데 1938년 일제 하의 교육기관에서 조선어 선택 과목까지 실천했다. 그러나 1943년 일제에 의해 조선어가 폐지되고, 조선어학회에 대한 탄압이 시작되었다. 제국주의의 형태에서 변하지 않는 사실 하나는 식민지의 언어를 제한하고, 자신들의 언어화를 꾀한다는 점이다. 유럽의 제국들이 먼저 이를 충분히 증명했다. 민족의 정신과 얼을 지키는 데 있어 절대적인 것이 바로 언어이자 그 언어를 바탕으로 이어지고, 유지되고, 발전되는 생명체인 문화이기 때문이다.

당시 국어학자들은 누구도 변절하거나, 창씨개명創氏改名하지 않았다. 나중에 일부 이루어진 것은 투옥과 강압 그리고 회유에 의한 것이다. 그만큼 민족의 얼과 정신 그리고 문화를 지키려는 학자와 선각자의 사상이 핵심이다. 해방 이후 한글이 제대로 빠르게 정착될 수 있었던 이유는 '조선어학회' 등에서 각고의 노력을 했기 때문에 빠르게 정상화를 이룬 것이다. 이웃 나라와 마찬가지로, 1991년 재독립을 이룬 라트비아가 가장 먼저 라트비아어를 회복시키는 일은 교육기관에서부터 시작되었다. 그러나 한 세대가 흐른 2021년에 젊은 대학생들의 라트비아어 글쓰기는 말하기에 비해 훨씬 낮은 수준이었다.

2018년 2월부터 라트비아 대학의 연구원으로 활동하면서, 대학생들로부터 확인한 사실 가운데 하나는 대학 졸업 논문은 대부분 영어나 드물게 러시아어로 썼다는 점이다. 5년을 넘기면서, 2023년 이제는 라트비아어로 논문을 작성하는 학생들이 늘었다는 사실과 비교해 보면, 습득된 모국어일지라도 소리가 아닌 글자로 표현하는 데 있어 많은 세월이 흐른다는 것과 무엇보다 언어를 집대성할 수 있는 훌륭한 작가나 학자가 중요하다는 것이다. 영국의 셰익스피어, 프랑스의 빅토르 위고, 독일의 괴테, 러시아의 톨스토이, 도스토옙스키 등과 같은 작가들이 끼친 자국문화에서의 언어적 유산이 이를 대표한다. 문화적 영향력과 교육의 중요성이라는 의미로 해석될 수 있다. 그런 점에서 18세기 영국의 리처드슨Samuel Richardson, 1689~1761의 말은 더 근원적이다. 그는 "한 나라의 위대함의 기반은 그 나라 사람들, 특히 어린이들의 마음에 놓여 있다.The foundation of national greatness is laid in the minds of its people, especially its children."라는 주장을 통해 정치, 경제, 군사보다 문화의 가치를 우위에 있다고 역설했다.

아무리 작은 나라일지라도 문화와 언어의 중대함을 모르지 않는다. 그

연장선에서 라이니스와 20세기 전화기에서 펼친 라트비아 지식인, 학자, 문화 및 문학가들의 라트비아어 정립은 그 무엇과도 바꿀 수 없는 값진, 그러나 지난한 어려움의 유산이 되었다. 이처럼 문화적 정체성을 위한 민요와 예술 그리고 문학의 역할은 매우 중요했다. 이웃 일본의 식민지배를 30년 넘게 받은 한국의 해방 전후의 상황은 라트비아와 유사한 것도 있지만, 유사하지 않은 점도 많아서, 오히려 비교가 더 어렵다. 이들은 800년 넘는 예속과 지배의 역사가 있지 않은가. 1991년 제2차 독립 이전으로 따지면, 멀게는 1710년 표트르 지배 이후 근 300년 동안의 러시아의 지배에 놓여 있었던 셈이다. 구체적으로 러시아어화가 이루어진 시기는 1940년 스탈린의 합병 이후 50년도 더 지나서이기 때문이다.

요약하면, 문화적 정체성의 각성은 많은 사람들에게 영감을 주었다. 1870년대 초 바론스는 라트비아 민요를 수집했고, 상트페테르부르크 미술학교에서 교육을 받은 라트비아 예술가들은 토착 풍경화를 그렸다. 반면 레이니스Reinis(1839~1923)와 마티스 카우지테Matīss Kaudzīte 두 형제는 1879년에 출판된, 라트비아어의 첫 소설『측량사의 시간 Mērnieku laiki』을 집필했다.

바론스의 영향으로 1873년 라트비아 리가에서 처음으로 열린 노래 축제는 오늘날에도 계속되는 전통의 시발점이었다. 당시 천여 명의 참가자들이 거리를 행진하며 민요와 새로 작곡한 작품들을 함께 부르고, 공연했다. 며칠간 계속되는 행사를 통해 다른 지역의 라트비아인들이 같은 생각을 공유할 수 있었다. 5년 전 2018년 '숲속공원'에서 열린 제26회 라트비아의 노래와 춤의 축제의 피날레에는 30,000명이 넘는 참가자들이 야외 공연장을 가득 메웠다. 노래 축제야말로 다양한 대륙에 걸쳐 흩어져 살고 있는 라트비아인들의 '디아스포라Diaspora'에게도 매우 중요한 구심적 역할을 했으며, 지금도 노래 축제가 열리는 날에는 세계 각지로부터 많은 라트비아인들이 모여든다.

숲속공원에서 열린 '제26회 라트비아 노래와 춤 축제'(2018) 마지막 날 모습

　　이러한 민족적 행사를 비롯해 여러 가지의 문화 이벤트에는 공유된 라트비아 정체성이 꾸준히 각인되었다. 문화를 이끄는 지도자들은 자연과 친밀한 관계를 맺고 있는 라트비아 사람들은 자신들의 농업 역사를 즐겼지만, 발트독일인과 러시아인의 문화적 영향을 거부했다. 아무리 경제적 정치적으로 억압하고 강제하더라도 라트비아 자신들의 문화적 고유성에 대한 자부심은 분명했다.

　　덧붙여 이와 비슷한 문화적 각성이 러시아를 포함한 동부 유럽 전역에서도 일어났다. 러시아에서 슬라브 민족과 그들의 언어에 자긍심이 높은 사람들, 즉 '슬라보필스Slavophiles'는 러시아의 귀족들의 프랑스어 사용은 물론, 서부 유럽에 의존하는 디자인, 건축, 패션, 심지어 에티켓마저 거부했다. 소위 상층 지배계급의 서구적 집착은 그들을 더불어 사용하는 러시아어로부터 격리했기 때문이다. 대표적인 작가인 도스토옙스키와 톨스토이는 이러한 갈등을 그들의 글에 담았다.

1905년 재정 러시아에서 혁명이 벌어지는 동안 라트비아에서 일어난 사건을 '라트비아 혁명'이라고 한다. 라트비아인들은 한편으로는 비교적 광범위한 러시아 혁명 운동의 핵심적인 주장인 노동자의 권리와 사회 변화를 위해 싸웠지만, 다른 한편으로는 라트비아의 문화적 자치를 위해서도 싸웠다. 라트비아인들이 민족적 정체성을 위해 민중들이 도시든 농촌이든 합심하고 합류한 것은 이때가 처음이었다. 이러한 라트비아에서의 혁명 운동은 제1차 세계대전 동안 라트비아 독립을 위한 투쟁의 기초가 되었다.

재정 러시아의 마지막 황제가 된 니콜라이 2세Nikolai II(1868~1918)[5]는 '테러'를 '테러'로 제압하기 위해 오를로프Orlov 장군을 라트비아로 보냈다. 그로 인해 1905~1906년에 2,000명 이상의 혁명 운동의 참가자들이 사망했다. 라트비아인들은 이것을 '여름철 징벌원정'이라고 부른다. 라이니스와 아스파지아를 포함한 5,000명 이상의 혁명가들은 체포되거나 죽음을 피하기 위해 라트비아를 탈출했다. 라이니스와 아스파지아 역시 스위스로 망명을 떠났다.

1906년 러시아가 라트비아와 자국 내의 반란은 진압했지만, 러시아 제국은 큰 혼란에 휩싸인다. 차르 니콜라이 2세는 1905년 혁명 운동의 결과 8월 6일 러시아 제국에서 최초의 입법권 대표 기구인 '국가의회 두마State Duma'의 설립 및 조직 규칙에 관한 선언문을 발표한다. 이에 따른 러시아 제국의 첫 번째 '두마Duma'는 공식적으로 1906년 4월 27일부터 7월 8일까지 짧은 기간에 끝난다. 그러나 실제로는 차르의 욕심이 따로 있었기 때문이다. 간추리면, 그는 첫 번째 두마가 '협의'라는 두마의 공식적인 의무를 넘어, 입법권까지 장악하려 했기 때문에 6주 만에 두마를 해체한다. 곧이어 10월 17일 두마의 승인 없이는 어떤 법률도 발효될 수 없다는 새로운 선언문을 공표하고, 선출직 협의체 형식으로 두마를 계속 끌어들여 정치적 영향력을 실질적으로 행사했다. 그러나 첫 번째 두마의 일부 구성원은 러시아의 상트페테르부르크와 멀지 않은 핀란드의 비보르크Vyborg로 후퇴해서 정부가 두마를 복원할 때까지 러시아 전역에서 시민 불복종을 요구했다. 그러나 이 반체제 인사들은 대중적 지지가 충분하지 않았기 때문에 실패했다.

차르는 1907년에는 두 번째 두마를 해산했는데, 그 이유는 당선자의 50%가 사회민주당원이거나 다른 자유당원이었기 때문이었다. 재정 러시아의 지배층은 노동자와 농민들이 아닌 그들의 이익을 위해 일하는 꼭두각시 두마를 원했던 것이다. 그들은 선거법을 변경하고 토지와 사업주의 투표권에 더 큰 비중을 두었다. 따라서 세 번째 두마는 법정 5년 임기를 수행하기에 충분했다. 이후 여덟 번째 러시아 연방의회의 '두마'는 2021년 10월 12일부터 시작해 현재까지 운영되고 있다.

따라서 당시 제정 러시아는 연방제라는 이름 아래, 즉 리가에서도 구성되어 있는 두마를 정치적 경제적 군사적으로 이용하는 등 라트비아에 대한 탄압과 회유는 복잡한 셈법이 필요할 정도로 얽혀 있었고, 지루하고도 교묘하게 이어졌다. '두마'의 탓이다. 두마를 활용하는 러시아는 표트르 이래 200년이나 넘는 동안 시대적 상황과 정치체제가 바뀌었음에도 불구하고, 그 전통은 변하지 않았다. 이유는 '철권통치silnaya ruka'(강한 팔)만이 방대한 영토와 인구를 가진 러시아를 통합하거나 관리할 수 있다는 지배 및 통치 개념이었기 때문이다. 그러나 결정적인 변화는 제1차 세계대전과 라트비아 독립전쟁에서 나타난다.

역설적으로 제1차 세계대전의 혼란과 함께 라트비아 독립의 기회가 생겼기 때문이다. 독일이 연합군에 의해 패배하고, 그에 앞서 1917년 볼셰비키가 러시아 혁명을 성공으로 이끌었다. 이로 인해 일시적으로 약소국들은 자신들의 관심을 집중할 수 있게 되었다. 즉 라트비아 독립과 핀란드, 에스토니아, 리투아니아, 우크라이나, 그루지야(조지아), 체코슬로바키아를 포함한 다른 새로운 독립을 선언했고, 유럽 국가들은 이를 승인했다. 한마디로 유럽의 지도와 정치는 극적으로 변했다. 이보다 앞서 독일은 1914년 8월 1일 러시아에 선전포고하고, 폴란드와 동東프로이센Ostpreussen을 침공했다. 라트비아인들은 러시아를 방어하기 위해 모집될 수밖에 없는 기구한 운명을 맞게 되었다. 제1차 세계대전 중 1915년 5월 독일은 발트해 연안 항구 도시 리에파야Liepāja에 입성하면서, 라트비아의 서부 지역을 점령하고, 1917년 9월 마침내 리가를 점령했다.

이즈음 우연에 가까운 일들이 일어난 것이다. 독일의 리가 점령은 1917년 러시아 혁명과 1917년 2월 차르의 퇴위와 거의 동시에 발생했다. 그러나 '두마'가 라트비아의 정부를 장악했으므로, 더욱 큰 혼란이 뒤따랐다. 비록 그들 나름의 자유주의적 개혁을 시행했지만, 러시아 전역의 소비에트 노동자 평의회는 더욱 급진적인 목표를 가지고 있었다. 거의 모든 사람들은 변화가 필요한 것에는 동의했지만, 어디까지나 그것은 정도와 긴급성의 문제에 불과했다.

4. 신생독립국 라트비아의 정치적 혼란

10년 넘게 스위스에서의 망명 생활을 하던 레닌은 볼셰비키 당수로 러시아로 돌아와 평민들에게 '평화, 빵, 땅'과 '소비에트에 모든 권력'을 주겠다고 약속했다. 그는 러시아에 대한 통제가 러시아 농민의 손에 의해 이루어져야 한다고 이해했다. 반면 그에게는 자본주의가 억압의 구조라는 오랜 역사를 갖고 있다는 믿음이 커서, 제정 러시아에 대해 결코 호의적일 수 없었다.

10월에 이르러서 레닌과 볼셰비키는 임시정부를 전복시켰다. 그들은 즉시 '체카 Cheka',─오늘날 KGB의 전신으로 볼 수 있는─즉 반혁명과 방해

공작에 맞서 싸우는 전 러시아 특별위원회를 설립해서 반대 세력을 통제했다. 공산주의의 이상에도 불구하고, 열린 토론을 즐기면서 반대파를 제거하는 역사는 계속될 것이라는 그만의 믿음이었다. 즉 레닌은 대중을 지배하기 위해 역설적으로 두려움에 의존했다.

상트페테르부르크에서 볼셰비키의 승리는 광대한 러시아 영토 전체에 보편적인 공산주의 통치로 바로 이어지지 않았다. 러시아 인구의 규모와 다양성은 완벽한 승리를 거두는 데 긴 시간이 걸린다는 걸 의미했다. 그렇기 때문에 레닌 편의 적군과 차르 편의 백군 사이의 내전은 계속되었다. 1923년까지 6년 동안 교전은 끊이지 않았다. 이러한 크고 작은 전쟁뿐만 아니라, 질병과 기근 그리고 상호 학살로 수백만 명이 사망했다.

제1차 세계대전 막바지 독일동맹국과 볼셰비키 러시아 사이에 체결된 '브레스트-리토브스크 조약'(1918.3.3.)에 따른 경계선. 오늘날 동부 유럽 나라들의 국경선의 윤곽이 이 무렵에 잡혔다.

제1차 세계대전과 내전으로 발트 지역에서 러시아의 존재감은 현저하게 약화되었다. 볼셰비키는 독일과의 전쟁을 계속할 수 없었고, 동시에 내부 혁명도 계속 이어갈 수 없는 상황에 놓였다. 1918년 3월 3일 볼셰비키 정권은 독일동맹국—독일 제국, 오스트리아-헝가리 제국, 불가리아 왕국, 오스만 제국으로 이루어진—과 '브레스트-리토프스크Brest-Litowsk' 평화조약을 체결하고, 발트3국과 폴란드 일부를 독일에 양도했다.

여기서 주목할 부분은 오늘날 동부 유럽의 지도가 제1차 세계대전의 막바지 무렵에 만들어진다는 점이다. 대표적인 예를 들면, '브레스트-리토프스크' 조약에 앞서 독일동맹국을 은근히 지원하는 우크라이나 사이에 별도의 평화조약이 1918년 2월 9일에 체결된다. 러시아로부터 독립을 선언하면서, 내건 나라 이름은 '우크라이나 인민공화국Ukrainische Volksrepublik'이었다. 동맹국에 식량을 공급하는 조건 탓에 소위 '빵 평화Brotfrieden'라고도 불렸다. 이것마저 받아들인 대가로 레닌은 러시아의 서부 전선에서 평화를 얻었으며, 동부 유럽에서의 제1차 세계대전은 종식된다.

우크라이나와 동맹국 사이의 평화협정(1918년 2월 9~10일)을 보도한 뤼벡 신문의 호외

그러나 '브레스트-리토프스크' 조약이 체결된 지 8개월 만에 연합군은 유럽의 서부 전선에서 독일을 제압했다. 독일과 연합군은 1918년 11월 11일에 휴전 조약을 맺었다. 연합군은 독일이 '브레스트-리토프스크 조약'

을 철회하고, 발트3국에 대한 소유권 포기를 요구했다.

　이로 인해 자연스럽게 발트 지역과 동부 유럽에 대한 권력의 공백이 생겼다. 라트비아의 경우 1905년에 일으켰던 혁명의 정신과 자치 독립에 대한 열망은 결코 사그라지지 않았다. 따라서 휴전 조약이 체결된 지 일주일 만에 라트비아는 1918년 11월 18일 전격적으로 독립을 선언했다. 망명 생활을 마치고 돌아온 울마니스Kārlis Ulmanis(1877~1942)는 새로운 임시정부를 이끌었다. 그는 '라트비아 농민연합Latviešu Zemnieku Savienība: LZS'[6]이라는 당을 창설했으며, 1920년 라트비아 건국의회에서는 '라트비아 사회민주노동자당'에 이어 두 번째로 많은 의석을 가진 당을 만들었다. 그러나 소련은 독일이 옛 러시아 영토를 스스로 포기하도록 두고 보지 않았다. 레닌은 '브레스트-리토프스크 조약'의 폐기를 기회로 삼았다. 라트비아 공산당의 지도자이자, 레닌의 측근이었던 스투츠카Pēteris Stučka는 몇 주일 만에 두 번째 라트비아 정부, 즉 '라트비아 사회주의 소비에트 공화국Latvijas Sociālistiskā Padomju Republika: LSPR'[7]을 선포함으로써 울마니스의 임시정부와 정면으로 대립했다.

　스투츠카는 러시아군과 주로 소총수strēlnieki로 이루어진 라트비아군의 붉은 군대를 가졌다고 할 수 있지만, 울마니스의 초기 임시정부에는 군대가 사실상 거의 없었다. 따라서 스투츠카와 공산주의자들은 재빠르게 라트비아에 진입해서 최소한의 저항으로 리가를 장악했다. 어쩔 수 없이 울마니스의 정부는 영국 해군이 보호하고 있는 리에파야 항구 앞의 선박으로 후퇴했다. 라트비아는 당시 두 개의 정부가 있었고, 따라서 새로운 독립전쟁이 다시 발발했다. 반면에 독일로 후퇴하지 않은 독일군은 친독 정부가 라트비아를 통치하기 바라면서, 발트독일인들의 이익을 계속 보호했다. 즉 라트비아에는 다양한 이해관계를 가진 군대와 지도자들로 가득 차 있었다. 이때 스투츠카는 리가를 지배했고, 라트비아 국민들의 마음을 얻을 수 있는 가장 좋은 기회를 얻었다.

이처럼 라이니스와 아스파지아는 조국의 상황이 혼란스러웠기 때문에 라트비아의 독립선언 이후에도 곧바로 취리히에서 리가로 돌아오지 않았다. 스투츠카는 라이니스에게 귀국하기를 요청했지만, 라이니스는 공산정부가 자신을 어떻게 대할지 확신할 수 없었다. 처남과 매부라는 인척 관계에도 불구하고, 두 사람은 상대방의 정치를 경멸했다. 스투츠카는 라이니스와 같은 독립 라트비아를 지지하는 사람들을 자신이 선포한 라트비아 사회주의 소비에트 공화국의 적으로 간주했다. 그에게 무산계급의 권리는 어떤 인종 집단의 권리보다 우월했기 때문이다.

스투츠카와 공산주의자들은 처음에는 대부분 라트비아인들의 지지를 받았지만, 결국은 실패했다. 레닌의 예를 따라 이들 역시 정부가 발트독일인들의 땅을 빼앗아 농민들에게 재분배하겠다고 약속했다. 그러나 스투츠카는 사유재산권에 반대하는 마르크스주의 이론을 채택하고, 라트비아의 집단농장이 나머지 소련 국가들의 모델이 되기를 원했다. 라트비아인들은 공산주의자들이 다른 사람들의 이익을 위해 농부들로 하여금 계속 경작할 것을 기대했기 때문에 실망한 것이다. 농민들은 공산주의자들이 시행한 이러한 변화들로 실제 자신들이 과연 얻은 것이 있는지? 합리적인 의문을 품었다. 그들로서는 발트독일인에서 새롭게 바뀐 다른 주인이 나타났을 뿐이다. 따라서 스투츠카 정부는 나름 새로운 테러 통치를 시작했다. 레닌이 만들었던 반혁명과 방해 공작에 맞서 싸우는 전 러시아 특별위원회와 같은 '체카 Cheka'가 라트비아에서도 활동을 시작하면서, 반대편에 대한 억압, 체포, 추방 그리고 잔인한 살인이 일상처럼 되었다. 체카는 신속한 행동으로 도처에서 적들을 찾았고, 정부는 긴장 속에서 주민을 통치했다. 주민들은 빠르게 공산주의자에게 등을 돌렸고, 다른 체제에서 더 나은 대우 받기를 바랐다.

다른 한편으로 그 동안 라트비아의 임시정부는 새로운 지지와 힘을 얻었다. 울마니스는 공산주의에 대항하기 위해 영국, 프랑스 등과 동맹을 맺었다. 이러한 지원과 위협으로 임시정부는 1920년 봄에 리가에서 공산주의자들의 퇴각을 강요하고, 마침내 나라 전체를 탈환했다. 8월 11일에는 라트비아와 소비에트 러시아는 러시아가 라트비아의 독립을 영원히 인정하고, 러시아가 보유한 모든 권리를 포기한다는 조약에 서명했다. 다음 해인 1921년 1월 26일 영국, 프랑스, 이탈리아, 일본은 라트비아의 주권을 인정했다. 같은 해 말 발트3국 모두 '국제연맹League of Nations'에 가입하도록 초청되었다.

라트비아는 비로소 독립국가로 인정되었다. 이로부터 실질적인 민주주의의 라트비아는 1920년부터 시작되어 1935까지 이어진다. 좀더 구체적으로 살펴보면, 라트비아는 1920년 4월 처음으로 제헌의회 대의원을 선출했다. 다음 2년 동안 의회는 의회 정부로써 라트비아 헌법을 만들었다. 핵심은 '의회'가 대통령을 선출하고, 의회는 각료와 총리를 승인하는 100명의 의원으로 구성된다는 내용이었다.

라트비아라는 새로운 민주공화국이 엄숙하게 선포될 때, 불렀던 국가(國歌)는 〈신이여, 라트비아에 축복을Dievs, Svētī Latvija〉이었다. 그리고 유럽에서 가장 오래되고 가장 분량이 짧은 헌법에 속하는 '라트비아공화국 헌법Latvijas Republikas Satversme'은 1922년 2월 15일에 채택되었다. 간결하고 명확한 내용이며, 여성에게 동등한 투표권을 부여한 유럽 최초의 헌법 중 하나라는 점에서 보더라도 매우 이상적이었을 정도였다.

첫 선거에서 67만 5천 명 이상이 투표했는데, 이는 등록 유권자의 84.9%에 달하는 수였다. 라트비아 사회민주노동자당(LSDWP, 라이니스 정당)은 39%의 득표율로 가장 인기 있는 정당이었으며, 농민연합(LFU, 울마니스 정당)은 17.8%의 득표율을 기록했다. 16개 정당이 의회에서 대의원을 확보했으며, 초대 대통령으로는 라이니스가 아니라, 착스테가 선출되었다. 착스테 대통령은 정부 조직의 구성과 함께 의회는 토지가 없는 사람들에게 토지를 제공하는 농업 개혁을 위한 법률을 신속하게 제정했다. 아이러니하게도 스투츠카와 공산주의자들이 원래 내세웠던 약속은 자본주의를 선호하는 보수적인 정부에 의해 이행되었다.

제1차 세계대전과 독립전쟁의 비용과 대가는 엄청났다. 라트비아는 인구 3분의 1에 해당하는 약 70만 명이 넘는 사람들의 목숨을 잃었다. 그뿐만 아니었다. 전쟁 이전의 제조 및 기반 시설이 거의 모두 파괴되었기 때문에 경제적 피해는 이루 말할 수 없을 정도였다. 5년간에 걸친 전쟁 동안 예외 없이 모든 가족과 개인들은 엄청난 희생과 고통을 감수해야만 했다. 결국 라트비아는 1920년 러시아의 퇴각 이후에야 경제를 다시 확립하기 시작했다. 농업 개혁은 라트비아 경제 회복의 기반을 형성하는 활기찬 섬유와 목재부터였다. 곧이어 자동차와 비행기를 포함한 더 정교한 전기 전자제품과 제조 시설들이 등장했다.

다른 한편으로 1938년에 이르러서는 주민 92% 문해력을 기록하며, 더불어 교육 분야에서 큰 진전을 이루었다. 교육을 받을 수 있는 과정이 확대되어, 거의 모든 라트비아인에게 더 많은 교육의 기회가 주어졌다. 그러나 더 큰 깊고 높은 수준의 전문가를 양성하는 데는 더 오랜 시간이 걸릴 수밖에 없었다. 반면 출판 산업은 라트비아어로 된 책을 점점 더 많이 제공하기 위해 크게 번창했다.

독립 당시 소수 민족인 라트비아인들은, 겉으로는 이미 자신의 사업을 운영하는 데 필요한 적절한 교육, 자원, 기업가적 기술을 가지고 있었다. 그러나 실상은 달랐다. 라트비아의 유대인과 발트독일인은 라트비아의 개인 사업체의 거의 80%를 지배 소유하고 있었다. 게다가 대기업의 경우 외국인이 지분을 60% 이상 소유하고 있었다. 농업 분야만 대부분 라트비아인에 의해 운영되었을 정도로 불균형은 심했다. 설상가상으로 라트비아는 정부를 수립한 지 8년 만에 예기치 않았던 1930년대 세계적인 대공황의 피해를 피할 수 없었다. 1930년 라트비아의 남성(71.8%)과 여성(57.2%) 고용률은 유럽 대부분의 고용률보다 나았기에 상대적으로 실업률은 높았다. 당연히 수출은 감소하고, 경제는 침체되었다.

그렇다면, 정치적 분야는 어떻게 전개되었을까? 한마디로 다당제 정치체제가 들어섰다. 제헌의회는 100명의 대의원으로 구성되었다. 각 정당의 대의원 수는 득표율에 따라 배분되었다. 유권자들은 사회주의에서 보수적 자본주의, 인종, 지역에 이르기까지 다양한 이해 관계를 맺고 있었다. 이는 1922년부터 1934년까지 4차례의 총선 이후, 20개 이상의 정당이 대의원을 확보했음을 의미한다. 비교하면, 일부 다른 유럽 정부는 의회 대표를 위해 최소 5%의 득표율을 요구하며, 이를 통해 극소 정당이 제거되었지만, 라트비아는 그렇지 않았다.

라트비아의 다당제는 정치적 혼란으로 이어지면서, 빠르게 타격을 입기 시작했다. 정당 간 연합을 결성하는 것은 어려웠고, 각 정당은 그들의 정강 정책은 물론 자신들만의 충성심도 끊임없이 변절시켰다. 이러한 상황 속에서 라트비아는 12년 동안 무려 13명의 총리가 들어서고, 바뀌었다. 라트비아 사회민주노동자당LSDWP과 농민연합LFU은 제헌국회 대의원 선거 기간 동안 가장 큰 지지를 받았다. 라이니스의 사회민주노동자당은 초기 39%의 지지율이 1931년에는 19%로까지 떨어졌다. 상당한 민중적 인기에도 불구하고, 정부의 주요 지도적 위치를 얻지 못한 야당으로만 기능했다. 이상과 현실의 차이라고 할까, 라트비아인들의 우선순위가 바뀐 것이다. 먼저 개인 재산과 부동산을 모두 취득하면서부터, 사회주의적 대안에 대한 관심이 줄어들었다. 또한 레닌과 스탈린 치하 이웃 러시아에서의 테러와 수백만 명의 죽음은 마르크스주의에 기반한 이데올로기에 대한 지지를 감소시켰다.

더구나 장기적으로 정당 간 연합을 만드는 어려움은 대중에게 있어서 분명했다. 일부 정당은 입법과 행정의 효율성을 높이기 위해 선거법 개정이나 헌법 개정을, 다른 정당들은 대통령에게 더 많은 권한을 줄 것을 제안했다. 이러한 제안 중에 어느 것도 제정 또는 개정되지 않았다. 다른 한편으로 의회의 의원들은 이웃 유럽 국가에서 파시즘이 발흥하는 것을 지켜보았고, 몇몇은 라트비아에서 이러한 가능성에 대해 우려를 표명했다.

제1차 세계대전 이후, 민중들은 국내의 내부 문제와 경제 붕괴에 대해 외세를 비난하기 시작하면서, 유럽 전역에서 파시즘이 성장했다. 무솔리니Benito Mussolini(1883~1945)는 1922년에 이탈리아를 장악했고, 히틀러Adolf Hitler(1889~1945)는 1933년에 독일에서 그의 뒤를 이었다. 이런 영향 탓인지 라트비아의 발트해 이웃 국가들 가운데 리투아니아는 1926년에, 그리고 에스토니아는 1934년에 그들만의 민주주의적 정치가 무너졌다.

도리어 파시즘으로 인해 1932년 '천둥십자당Pērkonkrusts'으로 알려진 극단적인 민족주의 단체가 설립되었고, 이는 라트비아에서도 대중적인 주목을 받았다. 그들의 슬로건에는 "라트비아인을 위한 라트비아, 라트비아인을 위한 일과 빵을 위하여!Latviju latviešiem, latviešiem darbu un maizi!"가 포함되어 있었다. 이 극우 정당은 소수 민족을 희생시키면서, 먼저 라트비아인의 권리를 선호했다. 대부분 유권자들은 '천둥십자당'이 1934년 가을로 예정된 선거에서, 차기 의회에서 다수 의석을 차지할 것이라고 예상했지만, 결과는 그렇지 못했다. 이러한 와중에 민주주의가 붕괴되면서, 울마니스 시대가 열린다. 울마니스는 라트비아 정치에서 가장 저명한 정치인 중 한 사람이었다. 그는 독립전쟁 중에 임시정부의 대통령이었고, 민주주의 라트비아에서 지도적 직책을 역임했다. 그와 그의 농민연합당LFU은 시대의 정치에 편승하는, 중도 보수의 입장을 취했다. 사회주의자들은 좌파에 속했지만, 천둥십자당은 극우 정당이었다. 울마니스는 자본주의를 지지했고, 농민연합당은 우파 정당에 속했으므로 천둥십자당과는 달랐다. 마침내 그는 1934년 3월에 네 번째 총리로 선출되었다. 그러나 이번 마지막 선거는 그에게 있어서 더 넓은 계획의 일부에 불과했다.

울마니스는 1934년 5월 15일 밤에 치밀하게 계획된 쿠데타를 이끌었다. 그는 총리로서 독립 이전의 지도적 역할의 역사와 함께 군의 지도자들과 관계를 맺었다. 쿠데타는 단 한 명의 사상자 없이 실행되었다. 대신 2,000명 이상의 정적들이 곧장 체포되었고, 400명은 장기 징역형을 선고받았다. 그는 새 정부에 반대하는 봉기를 막기 위해, 전국에 군대를 배치했다. 이와 함께 의회를 해산하고, 모든 정당을 불법화했다. 많은 신문이 폐간되고, 1,000개 이상의 민중 단체가 금지됨으로써 대중과의 결속을 더욱 어렵게 만들었다. 국민들은 여러 가지 이유로 독재정권에 공개적으로 저항하지 않았다. 첫째, 대부분의 야당 지도자들이 체포되었고, 감히 울마니스에게 도전하는 사람은 누구든지 체포되었고, 둘째, 반대하는 사람들은 울마니스 민병대의 힘에 대적할 수 없었으며, 셋째, 민중들은 상대적으로 실업률이 높은 시기에 총파업과 같은 시위나 저항의 조직을 두려워했기 때문이다. 좋지 않은 이유도 또 있었다. 제1차 세계대전 중 희생된 기억과 여전히 신선한 독립전쟁으로 이어진 트라우마가 있었던 것이다. 마지막으로 울마니스는 카리스마가 있는 지도자였기 때문이다. 그는 유럽 전역의 독재 정권들을 지켜봤고, 무엇을 어떻게 행동해야 할지를 알고, 이를 배웠다. 한마디로 울마니스는 모든 것은 '국민을 위해서' 행해진다고 선전했다.

이렇게 울마니스는 제2차 세계대전 이전, 라트비아의 독립 마지막 몇 년 동안 국가의 독재자로 남아 있었다. 그나마 경제가 좋아져서 많은 사람들이 20년 전에 존재하지 않았던 기회를 얻었다. 그렇기는 했지만, 라트비아의 가식적 기만적 민주주의 실험은 미완으로 끝났다.

라트비아인들은 울마니스 시대가 좋은 시절인지, 나쁜 시절인지를 여전히 논쟁하고 있다. 일부는 이익을 보았고, 다른 일부는 억압받거나 체포되었다. 그런 탓인지, 사람들은 '좋은' 독재정권이 '나쁜' 민주주의보다 나은

가, 아닌가를 놓고 다툰다. 따라서 울마니스 독재는 오늘날에도 여전히 논란의 여지가 있는 채로 남아 있다.

5. 제2차 세계대전과 두 번째 독립

민주주의든, 독재든 그나마 누리든 라트비아 독립에 대한 결정적인 일격이 1940년에 가해진다. 즉 1940년 스탈린에 의한 지배였다. 라트비아의 주권국 독립적 지위는 1939년 8월 23일에 소련과 독일이 비밀리에 '몰로토프-리벤트로프 조약Molotov-Ribbentrop Pact'을 체결하면서부터 사실상 끝났다. 스탈린과 히틀러는 동부 유럽을 분할해서 발트3국은 소련에, 폴란드 일부는 독일에 귀속시켰다. 그리고 독일은 조약이 시행된 지 일주일 만에 폴란드를 침공했다. 제2차 세계대전이 발발한 것이다.

소련은 조약에 따라 주어진 영토로 빠르게 이동했다. 이러한 군사적 행위는 울마니스는 물론 이웃 국가 지도자들에게도 러시아 군대의 발트3국 주둔을 허용하도록, 또한 상호지원협정의 서명에 대한 강압적 요구였다. 울마니스는 스탈린에게 항복했고, 이로써 발트3국은 1939년에 소련군의 주둔을 받아들일 수밖에 없었다. 그것은 완전 점령의 첫걸음이었다. 소련군은 라트비아가 도발했다고 주장하며, 1940년 6월 15일에 라트비아 국경 수비대와 민간인을 살해했다. 스탈린은 상호지원협정의 위반을 주장했고, 소련군은 이틀 후 리가에 입성했다. 이러한 무력 침공은 나치 독일이 이보다 3일 전 파리 침공으로 가려진 나머지 세계로부터 크게 주목을 받지 못했다. 더구나 이때는 소련과 독일은 동맹국이었다.

라트비아를 침공한 지 한 달 후, 소련은 모스크바에서 승인된 후보자와 단일 정당으로 제한된 새로운 의회 선거를 조직했다. 라트비아인들은 경쟁

제2차 세계대전이 일어나기 직전 독일과 러시아 사이에서 체결된 '몰로토프-리벤트로프 조약' (1939.8.23.)에 따른 경계선. 이후 독일은 1939년 9월 1일 폴란드를, 러시아는 1939년 9월 17일 폴란드를 침공하고, 1940년 6월 발트3국을 점령한다. 옅은 색으로 표시된 당시 폴란드 영토는 양분되면서 지도상에서 사라진다.

정당을 등록하려고 했지만, 소련은 이를 불법으로 규정했다. 놀랄 것도 없이, 소련의 통신사 《타스TASS》는 투표 마감 12시간 전에 97.5%가 공산주의자들에게 찬성표를 던졌다고 미리 보도했다. 새 의회는 만장일치로 라트비아의 독립을 포기하고, 소련에 가입하도록 요구했다. 이로써 라트비아의 러시아 합병은 완료되었다.

스탈린은 모든 반대를 진압하기로 결정했다. 러시아에서 이미 일어난 가혹한 숙청에서처럼 정치와 조직 내의 지도자로 국한된 것이 아니라 . 재산과 사업주, 전문가, 지식인까지 포함되었다. 1941년 6월 13일부터 14일 밤 사이에 소련은 15,000명 이상의 사람들을 체포했다. 그들은 화물차에 실려 시베리아 강제 수용소로 추방되었으며, 많은 사람들이 그렇게 추방되는 운송 과정에서 살아남지 못했다. 스탈린 역시 공포를 이용해서 통치하는 레닌의 정책을 계속 이어갔다.

1939년 8월 23일 맺은 독일과 러시아의 동맹 관계는 1941년 6월 22일 히틀러의 전격적인 소련 침공으로 와해되었고, 동부 유럽은 다시 참혹한 상황을 맞았다. 러시아 침공 이후, 그리고 라트비아인들이 대거 추방된 지 일주일 만에 독일은 리투아니아를 통해 라트비아를 침공했고, 리가도 폭격했다. 이에 저항하는 라트비아인들은 거의 없었으며, 소련군 지도부는 2주 만에 리가를 포기했다. 그들은 독일이 '몰로토프-리벤트로프' 협정을 준수할 것이라고 믿었기 때문에 라트비아와 다른 발트해 연안 국가들의 방어 계획은 전혀 세우지 않았다. 히틀러는 협정 같은 것에는 전혀 아랑곳하지 않았다. 독일군은 라트비아의 자산을 그들의 전쟁을 위해 전용했다. 성인 남자들과 15세에서 17세 사이의 소년들도 독일군에 징집되었다. 만약 '자원봉사'에 응하지 않았다면, 그들은 탈영병으로 간주되었을 것이다. 독일은 정치적 망명자와 유대인을 체포했고, 이로 인해 1941년부터 1944년까지 약 9만 명이 희생된 것으로 추정된다. 이전까지 체포, 추방, 살인 등을 벌였던 소련 경찰국이 또다른 체포, 추방, 살인을 자행하는 독일 경찰국으로 대체되었을 뿐이다. 그러나 이는 오래가지 못했다.

결국 독일의 소련 침공은 실패했고, 발트3국으로부터 후퇴했다. 스탈린은 1944년 라트비아를 재차 점령했고, 체포와 추방은 또다시 시작되었다. 라트비아인들이 추방되자, 러시아인들과 소비에트 연방의 다른 지역 사람들은 민족적, 국가적 유대감을 압도하기 위해 라트비아로 대거 이주했다. 이와 반대로 라트비아 인구의 10% 이상이 소련의 보복을 피해 서부 유럽으로 이주했다. 러시아는 오늘날까지도 자신들을 합리화하기 위해 역사학자까지 동원한다. 즉 일부 러시아 역사학자들은 라트비아가 히틀러의 독일과 공모했기 때문에 소련이 라트비아를 재점령하는 것이 필수적이었다고 계속 주장한다. 이러한 주장의 의도는 1940년부터 1941년까지 소련의 통치 기간에 라트비아인들에게 저지른 만행과 추방을 은폐하려는 데 있다.

라트비아인들은 독일의 점령이 소련의 점령보다 더 유연하고 인도적이기를 바랐을 뿐인데, 그마저도 순진한 착각에 불과했다는 입장이다. 나아가 소련 측의 주장은 언제든지 발트 연안의 항구를 마음대로 이용할 수 있고, 이로 인해 발트 지역에 대한 스탈린의 경제적 정치적 이익에 대한 사실을 애써 감춘 허구라고 반박했다.

스탈린이 라트비아 국민에 대해 저지른 가장 큰 잔혹 행위는 5년 후에 일어났다. 1949년 3월 25일 한밤중에 무차별하게 무려 42,000여 명을 체포하고 시베리아 수용소로 추방했다. 자신들 국가의 적에는 노인과 유아도 포함되어 있었다. 가장 수동적인 프롤레타리아를 제외한 거의 모든 사람들이 의심받았다. 이러한 체포와 추방은 수년 동안 계속되었다.

제2차 세계대전 동안 그리고 이후에도 라트비인들에게는 어떠한 선택의 여지가 없었다. 어떻게 나라가 한 번은 소비에트, 다음은 독일, 그리고 다시 소비에트의 지배를 받았을 때, 누구의 편에 설 수 있었단 말인가? 자국민을 우선하는 민족주의자들은 양 강대국의 적일 수밖에 없었다. 상상해 보라! 만약 당신이 처음에 소비에트 정부를 도왔다면, 독일군에게는 위험이 될 것이다. 그리고 만약 당신이 독일을 도왔다면, 1944년 소비에트가 다시 돌아왔을 때는 즉시 그들에게도 위협이었을 것이다. 어느 편에서도 설 수 없는 가족들은 그러한 위험과 생각의 차이로 서로 찢기어졌다. 더구나 당시의 상황에는 어떤 안전한 행동도 심지어 생존마저도 믿을 수 없었다. 이미 수백만의 사람들이 레닌, 히틀러 그리고 스탈린에 의해 끊임없이 죽임을 당했기 때문이다.

이와 같은 암울한 공포가 지배했기 때문에 평범한 라트비아인들끼리 서로 맞붙었다. 소련은 모든 사람들의 가질 수 있는 반정부 정보를 KGB에 보고하도록 독려했다. 주민들 사이의 신뢰는 사라졌다. 동료, 이웃, 심지어 가족까지도 사실이든 아니든 나라에 대한 서로의 행동을 비난할 수 있었다. 이러한 강압적인 러시아화 정책은 라트비아에게 엄청난 타격을 입혔다. 심지어 라트비아에서도 소비에트 연방과 마찬가지로 러시아어가 공용어가 되었다. 전면적인 탄압과 강제 추방으로 라트비아에서 라트비아인의 비율이 1990년대에 이르러서는 60% 가까이 떨어졌다. 게다가 제2차 세계대전 이후, 소련은 전 라트비아 공산주의 지도자였던 스투츠카를 국가 영웅으로 추앙하기에 이른다. 그를 기리기 위해 기념비를 세우고, 1919년 설립된 라트비아 대학의 이름을 '페테르 스투츠카 라트비아 국립대학Pētera Stučkas Latvijas Valsts Universitāte'으로 개칭까지 했다. 소련의 선전 구호에서는 처음에는 라이니스를 사회주의의 롤모델로 칭찬했지만, 이내 그가 스투츠카와 다르다는 점을 들어, 그의 민족주의를 무시했다. 따라서 라이니스가 라트비아어로 쓴 작품 중 가장 민족주의적인 일부는 소비에트 시대에는 출판되지 않았다.

암울한 고난의 세월이 흐르면서, 마침내 새롭게 독립할 라트비아가 보이기 시작한다. 라트비아 내부가 아니라, 소비에트 내부로부터 생겨났다. 1985년부터 소련 공산당 서기장인 미하일 고르바초프Mikhail Gorbachev(1931~2022)는 '개방glasnost'과 '구조조정perestroika' 그리고 '민주화demo-kratizatsiya'를 도입함으로써 위기의 국가에 활력을 불어넣으려 했다. 이러한 일련의 개혁적인 조치들은 소련 전역에 판도라의 상자를 열었다고 볼 수 있다. 에스토니아, 라트비아, 리투아니아는 더 큰 자치권과 가능한 자율의 가능성에 대해 논의하기 시작했다. 따라서 1988년 10월 7일 '라트비아 국민

전선Latvijas Tautes Fronte'으로 알려진 새로운 정치 조직이 만들어졌으며, 이는 재 독립을 달성하는 데 중요한 촉매제가 되었다.

발트3국이 공유한 중요한 문제 제기는 자신들의 지배에 대한 불법을 대외적으로 확인하는 것이었다. 독립운동의 지도자들은 '몰로토프-리벤트로프 협약'(1939년 8월 23일)의 세부 사항이 공개되어야 한다고 주장했다. 그들의 주장은 독일과 러시아 사이의 밀약에 따른 동부 유럽의 분할과 소련의 발트해 연안국 합병의 무효화였다. 비밀협약의 50년이 되는 1989년 8월 23일 리투아니아 빌뉴스Vilnuis-라트비아 리가Rīga-에스토니아 탈린Tallinn를 잇는, 675킬로미터에 달하는 도로 위에서 세 나라 사람들이 손에 손을 맞잡고, 자유와 독립을 외쳤다.

소위 '노래하는 혁명'[8]으로 불리는 '발트의 길; Balti kett(에스토니아), Baltijas ceļš(라트비아), Baltijos kelias(리투아니아)'을 채운 발트3국의 주민들은 '히틀러-스탈린 비밀조약'의 무효를 외치면서, 자주 독립을 요구했다. 이를 이끈 세 나라의 단체는 에스토니아의 '인민전선Eestimaa Rahvarinne', 라트비아의 '민중전선Latvijas Tautas Fronte', 그리고 리투아니아의 '개혁운동Lietuvos Persitvarkymo Sąjūdis'이었다. 엄혹한 상황에서 평화로운 자주독립 운동을 할 당시의 인구를 살펴보면, 더욱 놀랍다. 에스토니아는 1백40만 명, 라트비아는 2백70만 명, 그리고 리투아니아는 3백70만 명 정도에 불과했다. 통신과 교통 등 열악한 상황 속에서도 그 '발트의 길'에서 서로 손에 손을 맞잡고, 노래를 부르면서, 자유와 독립을 외쳤던 당시 전 국민의 절박한 염원을 충분히 읽을 수 있다. 여기서 물론 끝나지 않고, 서쪽으로 밀물처럼 밀려갔다.

이러한 동부 유럽에서의 민주화, 독립과 자유를 외치는 주민들의 자발적인 시위는 동독으로 파급된 결정적인 사건이자, 발트 지역에서도 극적으로 전환점을 마련하게 한 계기였다. 동부 독일에서 큰 변화가 일어나고 있는 동안, 1990년 5월 4일 라트비아의 소비에트 사회주의 공화국 최고위원회는 과도기를 거쳐 라트비아의 독립을 회복하는 투표를 했다. 그러나 1991년 1월에 들어서도 불안정한 상황은 계속 가열되었다. 소련이 탱크를 앞세워 리가에 진입해 저항하는 민간인 6명을 살해했지만, 이에 굴하지 않고 라트비아는 이미 전략적 요충지에 바리케이드를 쳤다. 저항은 계속 이어지면서, 8월에 들어서 시위대는 리가 시내에 있는 레닌의 동상을 무너뜨렸다. 마침내 소련은 1991년 9월 6일 라트비아의 독립을 승인했다.

첫 독립을 이룬 1918년과 마찬가지로 라트비아의 역사는 광범위한 지역적 맥락에서 일어난 사건 일부였다. 자유를 위한 발트3국의 시위와 저항, 동독의 붕괴 그 자체는 짧은 기간 안에 일어났다. 베를린 장벽은 1989년 11월 9일, 정확하게는 소위 '발트의 길' 시위가 이루어진 1989년 8월 23일로부터 두 달 보름 만에 무너졌다. 이후 동독과 서독은 베를린 장벽이 무너지고, 채 일 년이 되기 전인 1990년 10월 3일에 독일연방국으로 재통일되었다. 이러한 사건들과 맞물려 1991년 소련의 해체는 인류에게 매우 큰 전환점이 되었다. 무엇보다 동서냉전의 대립이 끝났다는 점에서 전 세계의 주목을 받았다. 1991년 3월 31일 바르샤바 조약으로 일컫는 소련과 동부 유럽 위성 국가 간의 군사동맹이 종료되었고, 2004년 5월 1일 발트3국은 유럽연합의 회원국으로, 그리고 이보다 앞서 발트3국은 2004년 3월 29일에 NATO의 회원국에 공동으로 가입했다. 유로화는 2014년 1월 1일부터－에스토니아는 2011년 1월 1일, 리투아니아는 2015년 1월 1일부터－사용함으로써 군사적 경제적 안정의 토대를 나름대로 마련했다.

이제 제2차 세계대전 중 동부와 북부 유럽은 물론 냉전 해체 후, 특히 동부 유럽의 역사와 실상에 대한 객관적인 분석이 필요하다. 비록 역사는 자국의 이해중심적 관점에서 바라보지만, 특히 발트3국은 자주독립국가라는 사실 이외의 올바른 역사적 규정이 여전히 미흡하다. 즉 역사에서는 아직 독립되지 못한 미완성의 독립이자, 청산이 이루어지지 않았다. 그간 서부 유럽에서는 그나마 객관적인 검증을 단계를 거치고 있지만, 러시아는 그렇지 않다. 러시아는 현재 소련의 통치 기간의 역사를 명확히 할 문서와 정보 확인을 계속 보류하고 있다. 그러나 과연 스스로 이를 해결할 수 있을까 하는 염려는 어디로부터 오는 것인지 모르겠다. 어쩜 우리나라와 비슷한 지도 모를 일이다.

소련 입장에서 제2차 세계대전은 나치즘에 대한 소련의 승리로 미화되겠지만, 그들의 숨겨진 과실과 잔혹 행위는 대부분 은폐 왜곡되거나 빠져 있다. 현재의 러시아는 이전 소련의 역사를 물려받았다. 그리고 계속해서 부인하고, 비껴가고, 비난을 최소화한다. 그런 점에서 본다면, 서구의 책무 역시 결코 자유롭지 못하다. 서방 정치인들과 역사학자들은 소련이 저지른 숱한 사건의 표면 아래와 감추어진 사실을 밝히거나 드러내기 위한 노력은 미흡했다. 그런 가운데 예일대학의 역사학자 스나이더Timothy Snyder(1969~)의 『피에 젖은 땅Bloodlands: Europe Between Hitler and Stalin』(2010)은 새로운 사실들을 검증하고 확인하는 작업의 놀라운 결과물이다. 결론은 누구를 믿을 수 있는가?!

6. 라이니스와 아스파지아

앞서 언급했듯이, 라이니스는 결혼 후 작품 활동은 물론 사회적 정치적 위상이 높아졌다. 문학적으로도 그는 아스파지아와 비슷한 수준의 명성을 얻었고, 이후 훨씬 더 많이 성공함으로써 부인의 그늘을 벗어났다고 할 수 있다. 그러나 따지고 보면, 아스파지아가 라이니스의 작품을 위해 협력하고, 편집하는 데 있어서도 상당한 에너지를 쏟았던 것은 사실이다. 그만큼 그녀는 자신의 능력을 발휘하기보다는 남편을 위해 희생했다는 것이 일반적인 인식이다. 그녀는 나중에 다음과 같이 썼다.

… 여기 망명지에서도, 라이니스가 많은 것을 창조할 수 있다는 것은 내가 항상 조언자이자 조력자로서 그를 격려하기 위해 여기 있기 때문일 것이다. 이 일로 인해 나를 분열시키고, 나의 창의적 잠재력을 감소시킨다. 그렇게 되었다. 하지만 나는 이 희생을 후회하지 않는다. 왜냐하면 라이니스와 같은 영혼은 한 세기에 한 번만 등장할 뿐이기 때문이다.[9]

라이니스와 아스파지아의 1906~1920년 스위스 망명 기념비로, 둘은 1912부터 여기서 살았다. (위는 독일어, 아래는 라트비아어)

자신의 고백처럼 그런 여건과 어려움에도 불구하고, 아스파지아는 스위스에 머무는 동안 세 권의 시집을 집필할 정도의 능력자였다. 결국 남편과 아내 모두 라트비아 국민들을 무장시키고, 그들이 높은 수준에 도달하게 하는 데 있어 절대적으로 필요한 존재였다. 그런 가운데, 제1차 세계대전이 발발하자, 라이니스는 다시 정치에 집중했다. 다양한 이민자 단체에 가입하고, 약소국들의 자치권을 주장하는 글을 줄기차게 썼다. 그는 미국과 서부 유럽으로부터 라트비아에 대한 지지를 구했다. 영국과 프랑스는 결과적으로 독립운동을 직접 도왔다.

다른 한편으로 라이니스와 아스파지아는 1918년 11월 18일 라트비아의 독립선언 이후에도 고국으로 돌아가지 않았다. 정세는 암울했다. 스투츠카Pēteris Stučka와 붉은 군대는 라트비아를 레닌이 이끄는 공산주의 국가연합의 일부라고 주장하며, 리가를 장악했기 때문이다. 민족주의자들은 발트해 서부 해안의 리에파야로 후퇴했다. 이런 일이 일어나고 난 다음에 스투츠카는 라이니스가 복귀할 수 있게끔 초청했지만, 그의 행정부는 반대자들에 대한 숙청을 또다시 시작했다. 그만큼 라이니스는 안전을 보장받을 수 없었고, 그를 믿을 수 없었다. 이러한 어지러운 상황 가운데 라트비아의 독립전쟁(1918~1920)은 큰 혼란에 빠졌다. 지도자들은 특정한 행동을 약속했지만, 실행하지 못했다. 농부들에게 토지를 분배하지 못한 스투츠카의 실패가 낳은 단적인 예이다. 뚜렷한 미래의 희망이나 해결될 길이 없어, 가족들 내에서도 그들의 입장은 달라지는 경우가 많았다. 민중들은 말 그대로 그들의 삶을 도박하는 처지였다. 비록 공산주의자, 민족주의자, 또는 발트독일인들에 의한 알 수 없는 결과와 단기간의 승리를 알면서도 종종 짧은 시간 안에 선택해야만 했다.

라이니스와 아스파지아는 스투츠카와 공산주의자들이 러시아로 후퇴한 다음에 라트비아로 돌아왔다. 많은 사람들이 리가 기차역에서 두 사람을 열렬히 환영했다. 그러나 이때 벌어진 사건은 라이니스가 즉각적인 도전을 하게끔 발전되었다. 라트비아 국기와 사회민주노동자당의 깃발이 라이니스 앞에 있었지만, 라이니스는 후자 쪽으로 접근했다. 어느 쪽을 선택했더라도 그의 행동은 상대방에게 실망을 주도록 상황이 설정되어 있었다. 이 사건은 라트비아에서 라이니스의 미래를 예고했다. 즉 그의 동기, 충성심, 성실성, 이상주의에 대한 질문들이 반복되었고, 결국 그는 어느 쪽에 헌신하고 있었냐로 이어졌다.

보다 정확하게 언급하자면, 망명한 부부는 라트비아 '제헌의회'가 열리기 직전에 돌아왔다. 그 당시 라이니스는 '사회민주노동자당LSDWP'의 대표였으며, 라트비아의 초대 대통령으로 선출될 강력한 후보였다. 그러나 정치적 책략이 뒤따랐고, LSDWP를 포함한 제헌의회 소속 정당의 의원들은 라이니스가 국가를 이끌 자격이 있는지에 대한 실질적인 우려를 제기했다. 많은 사람들은 망명 생활을 한 민중의 지도자가 지난 5년간의 전쟁과 관련된 정치에 대해 무엇을 이해하고, 그가 국가를 건설하는 것에 대해 무엇을 알았는지 궁금해했다. 게다가 라이니스의 복귀 연설은 모든 사람들에게 그의 웅변술 부족을 상기시켰을 뿐 달리 민중을, 특히 의회를 설득하지 못했다. 예상과 달리 제헌의회는 더 보수적이었으며, 그리하여 나름 카리스마가 있는 착스테를 초대 대통령으로 선출했다.

라이니스는 자신의 당 소속 많은 당원들로부터 배신을 당해 망연자실했다. 그는 라트비아가 정부를 운영하기 위해 단순한 관료보다는 이상주의와 라트비아 문화를 육성할 정신적 지도자가 필요하다고 굳게 믿었기 때문이다. 문학적 이상과 정치적 현실 사이의 간극을 극복하지 못한 결과로 해석될 수 있다. 줄곧 그는 자신의 지도력을 통해 이상주의와 이타주의의 교훈이 계속 주입되기를 희망했다. 가장 가까운 예는 귀국 전 1919년에 그의 매부이자 정치적 적이었던 스투츠카가 공산주의 국가로서 라트비아를 이끌려고 한 시도의 실패이다. 때문에 간절히 그는 자신이 국가를 이끌 수 있다는 것을 증명하고 싶었을 것이다. 물론 라이니스의 약점은 바로 자신의 내부에 있었다. 일종의 강박관념이다. 그는 자존심을 지키기 위해서 지속적인 안심이 필요했다. 라트비아로 되돌아가기 전 일기에서 "나는 대통령이 되어야 한다.I must be President."고 썼을 정도였다. 그러나 현실에서의 라트비아 정치가 그의 유토피아적 사회주의 이상과 확연히 달랐기 때문에 자신과 타인에 대한 높은 기대는 충족될 수 없었다.

안타깝고 실망스러운 패배에도 불구하고, 라이니스는 정치 활동을 계속했다. 그는 '라트비아 사회민주노동자당'의 중앙위원회 위원으로서 세 번의 임기와 교육부 장관으로서 중요한 직책을 맡았다. 또한 〈다일레스 Dailes〉(아름다운) 극장의 설립자이자 라트비아 국립극장의 감독으로도 재능을 발휘했다. 이런 가운데서도 그의 문학적 활동은 끊이지 않았다. 라트비아 고전으로 여겨지는 많은 책을 쓰고, 출판하는 것을 계속했다. 그러나 엄밀하게 따져 볼 때, 귀국 후의 실상은 많이 달랐다. 라이니스가 직면한 어려움은 정치나 글쓰기 어느 것에도 집중하지 못했다는 점이다. 정치와 문학 둘 다 일관된 초점의 부족 때문에 고통을 겪었을 것이다. 정치적 측면에서만 본다면, 라이니스는 다른 정당 구성원들로부터도 터무니없는 비난을 받았다. 그가 느낀 분열과 혼란은 그의 명함에 잘 드러나고 있다. "라이니스. J. 플리엑샨스/작가/국회의원"이라고 적혀 있었다. 그게 필요했을까?

비록 라이니스는 LSDWP의 기초를 놓았지만, 당은 그가 라트비아로 돌아온 후 독특하고 더 넓은 역할을 바랐다. 그는 단순히 당을 대표한 것만이 아니라, 국민적 영웅이었기 때문이다. 따라서 당은 그로 하여금 당론보다 더 넓은 사상을 표현할 수 있는 넓은 자유를 주었다. 실제로 그때 라이니스는 LSDWP가 정신적인 목표를 추구하기보다는 물질적인 이득을 추구한다고 비판했다. 그렇게 은근히 권유했던 일부 당원들의 반응은 달랐다.

LSDWP의 영향력은 초기 제헌국회 이후 약해졌지만, 라트비아인들이 억압에서 벗어나기 위해 노력했을 때는 가장 인기 있는 정당이었다. 그렇지만, 독립정부는 새로운 토지 개혁과 새로운 경제를 펼치면서, 라트비아인들이 토지와 사업을 소유할 수 있도록 허용했다. 삶은 여전히 힘들었지만, 독립 초기 몇 년 동안 개선되었고, 대다수 민중은 자본주의 모델을 따르기 원했다. 나아가 라트비아 기업가들의 새로운 계층이 증가하면서, 사회주의를 통한 혁명의 열정은 그 절박함을 잃었다. 결국 라트비아인들 역시 러시아에서 자유주의 실험의 엄청난 실패도 보았다. 1921년과 1922년 사이에 5백만 명 이상의 러시아인들이 기아로 그리고 백군과 적군 사이에 계속되는 싸움으로 죽었다. 다른 한편으로 제1차 세계대전 동안 러시아로 망명과 추방되었던 라트비아인들이 귀국했다. 스탈린의 집단농업으로의 전환은 재앙적이었고, 그 변화에는 더 많은 숙청이 필요했다. 많은 사람들에게 자본주의는 사회주의와 공산주의보다 더 나은 것처럼 보였다.

미국의 대공황과 이어 세계적인 대공황이 발생하기 한 달 전인 1929년 9월 12일 라이니스가 64세의 나이로 사망하자, 라트비아인들은 그를 국가적 영웅으로 추앙했다. 그럼에도 불구하고, 분출하는 국가적 슬픔에는 정치적으로는 일치하지 않았다. 국민 통합에 대한 그의 간절한 바람과 요구는 무시되었다. 공산주의자들은 장례식을 거부했다. 스투츠카와 도라 역시 가족이었음에도 결국 참석하지 않았다.

돌이켜 보면, 라이니스는 거듭해서 실망스러운 삶을 살았다. 라트비아의 대통령으로 선출되려는 그의 열망은 결코 이루어지지 않았다. 그의 노벨문학상 후보 지명은 라트비아의 새롭고 취약한 민주주의에 대한 국제적 인지 부족이나 그의 가치에 대한 평가 절하, 그를 무시하는 정적들에 의해 방해되었다. 크게 두 가지로 하나는 그의 정치 영역이고, 다른 하나는 그의 문학에 대한 정적政敵들의 몰상식이었다.

일생 대부분 그는 투옥되고, 유배되고, 몸이 허약하고, 우울증에 걸리기 쉬운 어려운 삶을 살았다. 아스파지아와 관계는 그들의 상호의존과 라이니스의 끊임없는 믿음에 대한 요구 때문에 악화된 때도 있었다. 한때 아스파지아는 취리히에서 치료제를 복용하는 데 상당한 시간을 보냈고, 그로 인해 잠시 라이니스는 길을 잃었다. 스투츠카와 누이 도라의 배신, 특히 레닌의 권력자 편에 서는 과정 그 자체마저 당시 그로서는 감당하기 힘들었을 것이다.

라이니스는 제1차 세계대전 중에 쓴 자서전적인 작품 『갈가마귀 Krauklītis』에 등장하는 인물들은 자신과 도라 그리고 스투츠카로 해석된다. 비유적으로 자신이 처한 고통을 스스로 감내해야만 했다. 이처럼 인간적인 배신에도 불구하고, 또한 자신의 모순과 약점이 드러났지만, 라이니스는 한 국가의 정신적 지도자로서 계속해서 글을 썼던 선각자이자 실천가였다. 이를 기리는 작업이 국가적 차원이라면, 이해의 차원은 달라진다. '유네스코 라트비아 국가위원회Latvian National Commission for UNESCO'는 라이니스와 아스파지아가 35년 동안 서로 주고받은 편지를 기념하고 있다. 1894년부터 1929년까지 두 사람이 주고받은 편지는 라트비아어, 러시아어, 독일어로 쓰였으며, 무려 2,499통에 이른다. 그 가운데 1,154통은 아스파지아가 라이니스에게, 1,345통은 라이니스가 아스파지아에게 보낸 것이다. 두 사람의 글로벌 스케일 서신은 라트비아의 역사, 문화 및 연구 관점의 맥락에서 그 무엇으로도 대체할 수 없으며, 그만큼 귀중한 자료이다.

라이니스와 아스파지아가 주고받은 서신은 라트비아 역사에서 매우 어렵고 힘든 시기와 일치한다. 이는 라트비아 민족 문화의 유럽화에서 이들 시인의 역할을 반영하고, 민족 국가의 이념 자체를 소중히 여기며, 라트비아 공화국의 독립을 수립하게끔 했다는 내용이 담겨 있기 때문이다. 즉 서신의 내용은 개인의 차원을 넘어, 라트비아의 역사와 문화 발전에서 필연적인 단계가 들어 있다. 19세기 말에 펼쳐진 '새로운 흐름' 운동, 1905년 민족의식의 형성과 혁명, 제1차 세계대전, 민족국가 이념의 발생, 발전, 실현 등이 그 실체였다. 또한 편지에서는 시인들의 개인적인 인간관계와 그들의 창조적인 작품들—예를 들면 미래 인간의 개념과 창조적인 사고, 일기 등—은 그들의 개별적인 스타일과 시대의 전통에 따른 것임을 보여 준다. 편지들은 라트비아, 리투아니아, 러시아 그리고 스위스 등에서 시인의 삶이 각기 다른 시기와 상황에서 쓰인 것이다. 이 두 사람은 라트비아에서의 삶에 대한 유추와 차이점을 강조함으로써, 가장 자연스러운 방식으로 현지의 연관적인 상황 정보를 통합하기도 한다. 서신은 사실상 수 많은 동시대 사람들이 '참여'

하고, 등장했다. 단지 몇몇 작가의 이름만 들면, 블라우마니스Rūdolfs Blaumanis, 스칼베Kārlis Skalbe, 데글라브스Augusts Deglavs, 스쿠엔니에체Biruta Skujeniece 등이 있다. 정치가는 스투츠카Pēteris Stucka, 얀손스, 발테르스Miķelis Valters, 치엘렌스 Felikss Cielēns, 칼리닌슈Pauls Kalniņš 등, 영혼의 동반자는 괴테, 니체Nietzsche, 쉴러 Schiller, 입센Ibsen, 톨스토이, 도스토옙스키 등, 그리고 문학 관련해서는 파우스트, 베르테르Werther, 귄트Peer Gynt, 셰익스피어Shakespear 작품에 나오는 주인공과 유명한 작가들이 들어있다.[10]

그렇다면, 여기서 과연 그의 신념은 어떻게 간추려질 수 있는가? 아니 무엇으로 그의 사상과 행위를 이해할 수 있는가? 즉 그의 신념에 따른 문학과 정치적 행위에 대한 나름의 정리가 필요하다. 먼저 그에게 사상적 이론의 토대를 만들어 준 마르크스와 엥겔스의 글은 정치적으로 놓였던 상황에서 해석될 수 있는 근거가 되었다.

"인간은 자기 자신의 역사를 만든다. 그러나 자기 마음대로, 즉 자신이 선택한 상황에서 만드는 것이 아니라, 직접 맞닥뜨려진, 주어진 그리고 과거로부터 물려받은 상황에서 만든다."[11]

다음으로 자신이 직접 주장한 이상주의에 대한 신념이다. 문학적으로 구현하고자 순수와 현실의 간극에서 절감할 수밖에 없었던 고뇌라는 해석이 가능하다. 단정적 표현을 넘어서는 함의가 있다고 본다.

"이상주의자는 인간 본성의 법칙을 깨뜨리는 사람이며, 본질적으로 혁명가이다. 이상주의자는 사회의 가장 높은 수준의 구성원이다. 바로 여기에 모든 개인적인 이득은 더 큰 선(善)과 이익을 위해 버린다."Ideālists ir tas, kas lauž cilvēku dabas likumus, Ideālistsir paša būtībā revolucionārs, Ideālists ir augstākā pakāpe sabiedrībā, kur viss personības labums tiek noliegts lietas labā."[12]

덧붙여 라이니스를 기리는 중요한 말이 있다. 1918~1920 동안 줄기차게 이어졌던 라트비아 독립전쟁에서 숨진 군인과 민간인들을 추모하는, 리가 중심에 있는 '자유기념비Brīvības piemineklis'(1935년 11월 18일 준공)는 조각가 잘레Kārlis Zāle(1888~1942)에 의해 만들어졌고, "조국과 자유를 위하여Tēvzemei un Brīvībai"라는 글귀는 스칼베Kārlis Skalbe(1879~1945)가 바친 것이다. 스칼베는 위대한 작가가 죽은 후, "라트비아인과 라트비아어가 있는 한 라이니스는 계속 살아갈 것이다"고 말했다. 라이니스는 진실로 선견지명이 있었지만, 자신의 신념과 이상을 마음껏 펼칠 기회는 제대로 주어지지 않았던, 인간적으로는 불운한 사람이었다. 그럼에도 불구하고, 1920년 리가로 귀향한 라이니스와 아스파지아를 기리기 위한 많은 기념물들이 있다. 그 가운데 대표적인 것은 바스테이칼른스 공원 양쪽에 있는 두 대로의 이름을 각각 부부의 이름으로 개명했다. 라이니스의 주요 기념비는 그의 탄생 100주년인 1965년에 리가 에스플라나데Esplanāde에 세워졌다. 라이니스와 아스파지야가 묻힌 새 묘지는 라이니스 묘지로 이름이 바뀌었다. 리가뿐만 아니라, 라트비아 전역에 그의 기념비가 있다.

또한 두 사람이 망명 생활을 했던 스위스 카스타뇰라에도 라이니스와 아스파지의 기념비가 있다. 한쪽에는 두 작가의 명복을, 다른 한쪽에는 『황금말』의 안틴스(사울베디스)가 공주를 구하기 위해 말을 타고 유리산을 오르는 장면을 묘사했다.

7. 희곡 『황금말』의 외연과 함의

비록 라이니스 『황금말』의 주인공 안틴스가 착한 농부의 일꾼이지만, 그는 황금 갑옷을 입고, 황금 말을 타는 사울베디스가 된다. 그는 20세기 후반 할리우드 영화에 나오는 슈퍼 히어로처럼 슈퍼맨이 되는 인물이었다. 작가는 작중 주인공 안틴스가 공주를 살리기 위해 기꺼이 자신을 포기함으로써, 그리고 마침내 영웅이 된다는 점을 강조하고 있다. 이는 가장 이타적인 행동이다.

그러나 『황금말』은 사회-정치적 계몽에 그치지 않았다. 나아가 라트비아의 농경 문화를 기념하고 있다. 라트비아인은 라트비아 민요와 민속의 구전 전통을 통해 신화적 틀 안에서 수세기 동안 자연에 확고히 뿌리를 두고 있었기 때문이다. 대표적인 예를 추운 겨울에서 찾는다면, 작가가 『황금말』의 내용 가운데 눈과 관련된 부분의 처리는 하나의 암시이다. 2막 5~6장에서 실감나는 서술이 인상적이다. 그는 겨울 추위로부터 '눈의 어머니'와 그녀의 아이들을 보호하기 위해, 숲의 나무와 관목 위에 눈 담요에 놓여있는 눈의 어머니와 그녀의 아이들에게 몇몇 장면을 할애하였다. 린덴 나무는 황금빛의 가을 코트를 바꾸기 위한 하얀 숄을 받는다. 아이들이 엄마 주위를 빙빙 돌면서, 눈보라가 몰아친다. 이 장면은 단순히 "숲에 눈이 왔다, 쌓여 있다, 매우 춥다"라고 서술하는 것보다 더 풍부한 접근 방식인 라트비아 자연의 의인화에 대한 통찰력을 제공한다. 라이니스는 이 방법을 작품과 공연에서 자주 반복한다.

물론 『황금말』에서 가장 중요한 상징은 '태양'이다. 이곳은 더구나 북쪽 나라이다. 겨울이 무척 길고, 날씨도 춥다. 북방 신화에 나오는 오딘Odin의 나라와 연계되는 점에서 여름과 태양은 어떻게 받아들여졌을까? 일상을 넘어 문학적 상상과 허구는 자유롭다. 지구상의 모든 생명체를 인도하고, 영양을 공급한다는 사실보다 더 순수한 것이 없다. 태양을 바라는 공주(사울체리테)와 태양을 가져오는 안틴스(사울베디스)라는 두 인물은 라트비아 신화에서 최고 질서를 상징한다. 따라서 떠오르는 태양은 라트비아 독립 이후, 라트비아의 주요 상징이 되었다. 라트비아의 첫 기념우표에 있는 이미지를 포함해 떠오르는 태양의 문양들은 당시 어디에서나 볼 수 있었다.

『황금말』은 1909년 리가에서 처음으로 공연되었다. 『불과 밤』의 첫 공연이 이루어지기 2년 전이다. 『황금말』 공연은 광범위한 호응을 받았지만, 동시에 작은 논란도 일으켰다. 1911년 3월 18일 자 편지에서, 라이니스는 발트독일인이 관리하는 어느 농촌 학교의 한 교사가 학생들에게 『황금말』의 일부를 읽어주었기 때문에 해고되었다는 소식에 실망감을 표현했다. 그러한 작은 반응에도 불구하고, 『황금말』의 이상주의와 희생의 주제는 라트비아의 독립을 이끈 운동을 만드는 데 필수적이었다. 보편적이고, 시대를 초월한 것으로 해석할 수 있다. 동서고금을 통해 이는 권위주의 통치에 반대하는 자결운동에 적용된다. 무엇 때문일까?

안틴스의 이타적인 행동은 그가 환상적인 유리산에 올라 마침내 공주를 구하도록 일깨우는 '영혼들'로부터 보상받는다. 안틴스가 정령들에게 자신을 돕는 동기에 대해 묻자, 그들은 다음과 같이 대답한다. 2막 8장에 실려 있다.

첫째 영혼   저는 ··· 당신이 말한 친절한 말 소리요.

둘째 영혼   저는 ··· 당신이 준 선물이요.

셋째 영혼   저는 ··· 당신이 낯선 사람들에게 보여준 연민이요.

넷째 영혼   저는 ··· 당신이 약한 사람들을 위해 내쉬었다는 한숨이요.

첫째 영혼   우리는 ··· 당신이 추운 밤에 길 잃어버린 아이들에게 준 석탄이요.

라이니스가, 선행善行은 더 이상 사심 없는 행동을 만들지 않기 때문에 반드시 좋은 결과를 낳는다고 제안하지는 않지만, 그는 모든 것이 통합된다는 믿음을 기리고 있다. 분명하게 사심 없는 성격─'태양 같은 순수'─의 소유자로서, 안틴스가 이야기의 주인공이 될 자격을 부여했으며, 그의 모든 언행을 통해서 가장 중요한 캐릭터가 될 수 있도록 했다. 그는 오로지 행동만 으로써 영웅이 아니라, 신념과 자신을 바침으로써 영웅이 되었다.

다른 한편으로, 오늘날 『황금말』의 주제와 교훈은 라트비아에서뿐만 아니라, 일상적인 현실세계에서도 지속적인 관련성이 있다. 작품의 주제에 대한 반대급부를 말하는 것이다. 이는 개인이 자신의 공동체와 동료 남성에 대한 행동을 통해 그들의 가장 큰 잠재력을 성취하도록 도전하는 주제들이다. 비현실적이고 어설프지만, 이러한 배경에는 러시아의 소수민족 문제와 연관이 있다. 작가이자 영국공영방송BBC의 라디오 텔레비전 발표자로 활동하는 식스미스Martin Sixsmith(1954~)의 주장처럼, 러시아 정권이 내세운 원칙 '실나야 루카silnaya ruka'에 대한 믿음이 지금까지도 이어지고 있다. 즉 러시아의 광대한 영토와 다양한 인종을 통합하거나 지배할 수 있는 유일한 체제는 '철권iron fist'이라는 뜻이다.

이와 반대로 라트비아는 서구와 민주주의 원칙을 훨씬 선호하고 있다. 라이니스는 라트비아의 소수민족을 지원하는 다양한 조치들을 지지했고, 몸소 실천했다. 그러나 그는 사회주의 신념보다 앞서 라트비아 문화를 살리는 것을 주된 목표로 삼았다. 비록 이것이 라이니스와 수트츠카의 분열의 기초가 되었지만, '포스트 소비에트post-soviet' 시대에 상당한 수의 소수 민족이 제기할 수 있는 위협에 비추어서 오늘날이라면, 라트비아에서 라이니스가 과연 어떤 입장을 취할지를 추측하는 것은 필자로서는 어렵다.

마무리하자면, 21세기 초 통합과 이타주의의 목표가 분열되고, 그 의의가 쉽게 사라지는 일상에서도 여전히 라이니스의 시사성은 크다. 작품 속 등장인물인 그들처럼, 이 시대를 살아가는 개인, 공동체 그리고 국가들과 관련이 있을 수밖에 없다. 『황금말』의 이상주의는 더 나은 미래로 가는 길을 제공할 수 있을까? 누구나 묻고 싶을 것이다. 역설적으로 목표와 의의 그 자체가 갖는 이율배반과 상호모순은 과거로부터 이어지는 현실 속에 숨겨진 미

래의 실체이기 때문이다. 결국 작가가 말하고자 한 '이타주의'와 '이상주의'
는 작품에서 외연外延;denotation이겠지만, 시대적 상황에 따른 해석과 이의 실
천은 함의含意;connotation라고 본다.

5부

라트비아 독자의 평가와
인공지능(AI)의 반응

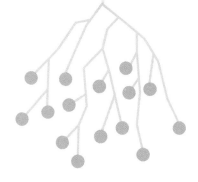

여기까지 필자가 자신의 관점에서 나름대로 조사하고 연구한 내용이었다. 그러나 작품의 해석과 평가는 자국어 문학인가 외국어 문학인가에 따라 무엇이 다를까? 나로서는 이 작품이 발표된 이후 1세기가 지난 오늘날 라트비아인들의 반응이 궁금했다. 즉 그들의 해석과 평가는? 외국인의 입장이 아니며, 더구나 외국 문학이 아닌 바로 자기 나라의 문학과 문학 작품에 대한 평가이기에. 따라서 먼저 1. 라트비아 문학 전체에 대한 평가 한 편, 2~3. 희곡 작품에 대한 평가 두 편, 4. 연극에 관한 평가 한 편 등 모두 네 편의 짧은 글을 소개한다.

2023년 봄학기 강의 주제에 맞는 과제에서 선정했다. 이들이 읽은 것은 한국어로 번역된 것보다 원어인 라트비아어로 된 작품이 대부분이었는데, 몇 명은 필자가 번역한 작품을 읽기도 했다. 그들은 대개 원어로 된 작품을 봤지만, 읽기 어려운 초판본이 아닌 현대 라트비아어로 개정된 작품을 대했다. 그러나 그들은 읽기에만 그친 게 아니다.

유년 시절부터 성인이 되기까지 작품에 대해 듣고 읽고 관람하는 경험의 형태가 다르거나 때론 중복되는 점에서 '희곡'과 '연극'이라는 장르와 구조의 차이가 발생한다. 이를 접하는 순서가 개인에 따라 다르겠지만, 여기서는 읽기와 보기와 듣기를 거친 대표적인 독자와 관람자로서 2023년 봄학기 대학생들의 글이다. 크게 희곡 작품으로 읽은 경우와 연극을 관람한 입장으로 나눌 수 있다. 희곡은 문학적인 언어를 중심으로 이야기가 펼쳐지고 독자에게 전달되므로, 이는 전적으로 독자의 상상력을 자극함으로써 흥미와 재미가 발생한다. 반면 연극은 무대에서 배우들의 연기와 시각적 효과를 통해 실제로 체험하는 공연 형식이다. 한마디로 희곡은 문학 작품으로서 독자가 필요하지만, 연극은 관람자가 필요하다.

따라서 개별적인 평가나 부차적인 진단을 하지 않고, 한국어로 쓴 원문 그대로 싣는다. 다만, 본 책에서 사용되는 용어와 인명의 통일적인 표기를 위해 사소한 오자 탈자 및 비문은 가능한 최소로 수정했음을 밝힌다.

1) 라트비아 문학

Annija Thegenholma, 2nd Year, Korean Studies of Department of Aian
Studies in UL   annijathegenholma@gmail.com
안니아 테겐홀마, 라트비아대학 아시아학과 한국어 전공 2학년

라트비아 문학은 우리 민족의 풍부한 색채와 자유에 대한 열광적인 욕구를 보여 준다. 특히 지난 수십 년 동안 우리가 얼마나 살아남기 위해 노력했는지를 나타낸다. 억압과 검열로 인해 라트비아의 모든 문학적 아이콘이 떠오르고, 사람들을 위한 진정한 영혼의 예술이 되었다. 그 시대의 많은 사람들은 그들이 국가가 진정으로 살아남고, 그들의 문화를 지켜온 이유를, 그들이 얻을 수 있었던 문학 때문이라고 말한다. 이전 수업에서 우리는 라이니스의 『황금말』에 대해 논했는데, 그 가운데 인상적인 표현들이 남는다. "우리는 라트비아인이며, 영원히 억압받지 않을 것이다. 우리는 자유로울 것이다. 악을 물리칠 것이다."

연극은 우리 학교 커리큘럼의 일부이기 때문에 모든 라트비아인에게 알려져 있다. 그러나 나는 그것에 대한 세부 사항을 진정으로 탐구하는 데

시간을 투자한 적이 없었기 때문에 모든 것이 훨씬 더 의미가 있었다. 라이니스는 또한 민주주의와 사회주의에 대한 아이디어를 전파하는 젊은 그룹인 〈Jauna Strava〉에 참여한 것으로 알려져 있다. 사람들은 출판하고 쓴 문학을 통해 문화를 만들었다. 1960년대와 1990년대에 걸쳐 문학이 그토록 우수했던 이유 중 하나는 사람들이 극심한 억압을 받았고 아무것도 상업화되지 않았기 때문이었다. 시, 희곡, 소설이 만들어질 때 모두가 느꼈던 고통, 억압당하고 서서히 자신의 문화를 잃어가는 고통으로 쓰였다. 이 시대에 일반적으로 예술은 사람들이 이 힘든 시기를 살아남고 자유와 우리의 자유 국가인 노동의 열매를 즐길 수 있었던 이유였다.

현재로서는 문학에 대한 검열이 없으며, 이전 세대에서는 불가능했던 새로운 아이디어와 개념을 접할 수 있다. 관점도 다르고 접근 방식도 다르지만, 우리 라트비아인들은 항상 우리의 뿌리로 돌아가서 무엇을 하든 하나가 되는 것 같다. 안나 아우지나Anna Auzina는 「길Path」 또는 라트비아어 「길Celš」이라는 시를 썼다. 짧은 구절은 인용하면, 다음과 같다.

"길 내내 우리는 파란색과 초록색을 보았고, 나는 여전히 눈꺼풀을 펄럭이며 만지기를 갈망했다. 나는 약하다. 나는 속으로 말한다. 이날을 당신에게 드린다. 그리고 나는 눈을 크게 뜨고 이 길을 택하리"

이 시는 나에게 소속감을 주고, 무엇이든 우리가 한 곳에서 편안함을 느낄 수 있게 해준다. 그곳의 편안함은 나의 나라이자 나의 문화이다. 나는 그것의 역사를 즐기고, 이전 세대가 우리에게 가르쳐 준 귀중한 교훈을 본다. 라이니스에서 바치에티스Ojārs Vācietis, 아우지나Anna Auzina에 이르기까지 이 모든 작가와 시인은 내가 즐기고 배울 수 있어 감사하고, 동시에 내가 지금 즐기고 공유할 수 있는 유산과 문화를 자랑스럽게 만든다. 자신의 역사와 문학을 제대로 아는 것은 우리가 가지고 있는 문화를 이해하는 데 도움이 될 수 있고, 그것을 감상하고 더 깊이 이해할 수 있게 해준다.

2) 희곡 작품의 이해 1

Grēta Gumbele, 2nd year, Sinology, Korean language, Department of Aian Studies in UL   afortunada@inbox.lv

그레타 굼벨레, 라트비아대학 아시아학과 한국어 전공 2학년

라트비아 문학의 저명한 인물 야니스 라이니스가 쓴『황금말』은 자유에 대한 보편적인 주제 때문에 1909년에 만들어진 이후 수년 동안 인기를 유지하고 있다. 결국 신화, 상징성, 그리고 민속과 같은 환상적인 요소들을 통해 오늘날에도 여전히 존재하는 투쟁을 극복하고 꿈에 도달한다.

이 몰입형 이야기의 주인공 안틴스는 어려운 여정을 통해 현재 우리와 사람들이 꿈꾸는 것, 즉 더 나은 것에 대한 영원한 행복과 희망을 얻기 위해 노력한다. 그는 사회적이고, 편협한 사고와 영적인 깨달음으로부터의 자유를 내내 구현한다. 결국 자신의 목표에 도달하는 데 성공하고, 그것으로 이 작품을 읽는 사람에게 희망적인 빛을 준다.

라이니스는『황금말』에서 녹색, 파란색, 흰색 중 등의 복잡한 상징성을 통합해 순수함과 갱신을 의미할 뿐만 아니라, 다른 세계성을 나타내는 중요성을 보인다. 검은 모성의 상징은 늙은 아버지 같은 모습과 함께 어두운 면과 밝은 면 사이의 '싸움'을 나타낸다. 사람들, 그들의 희망과 소망, 그리고 억압자들 사이의 싸움으로도 해석될 수 있다. 또한, 여러 맥락 안에서 일곱 번 발생하는 것은 완성을 의미하며, 시간의 진보를 의식하면서 영적 각성을 촉구한다.

라이니스의 대표작『황금말』은 내면의 성장을 통해 자아 초월을 시각화하는 경험을 할 수 있도록 경계로부터의 해방에 초점을 맞춘 복잡한 인간의 탐구를 보여 준다. 그리고 독자들에게 영감이나 희망을 전달하기 위해 사

용되는 상징성과 신화적인 요소들로 가득 차 있다!

『황금말』은 연극, 영화, 음악, 시각 예술을 포함한 다양한 예술 형태로 각색될 가능성이 있다. 또한『황금말』과 같은 문학 작품을 번역하면, 작품의 독자층을 넓히고 문화 간 소통을 촉진하는 등의 이점이 있다. 원작의 의도된 내용, 어조, 스타일은 특히 문화적 기괴함과 시적인 유행을 다룰 때는 번역하기 어려울 수 있다.

전반적으로『황금말』은 상징성과 신화를 통해 심오한 주제를 탐구하는 야니스 라이니스의 중요한 연극이며, 비디오 게임, 영화 각색 등과 같은 다양한 예술적 형태로 각색되고 번역될 수 있는 잠재력을 가지고 있다.

3) 희곡 작품의 이해 2

Ketija Lapšāne, 2nd year, Sinology, Korean language, Asian Studies of UL

ketija.labsane@inbox.lv

케티아 랍샤네, 라트비아대학 아시아학과 한국어 전공 2학년

마지막 강의에서 라이니스의『황금말』를 읽었다. 이 작품은 1909년에 출판되었으며 줄거리는 에스토니아 민화를 기반으로 한다. 주인공 안틴스는 셋째 아들로, 그의 성실함과 연민 때문에 그를 좋아하지 않는 두 명의 형이 있었다. 유리산 위에 잠들어 있는 사울체리테 공주가 있다. 그리고 안틴스는 그녀에게 다가가 그녀를 깨워야 하는 사람이다.

『황금말』의 주요 테마가 라트비아 사람들의 자유에 대한 갈망과 관련이 있어서 훌륭하다. 주제는 결단력, 용기, 관대함, 친절 등과 같은 의미 있는 미덕으로, 이것은 아이들의 인생에 교훈이 되는 덕목이다. 이러한 미덕에 따라 생활함으로써 그 사람은 결국 보상받은 것이다. 또한 숫자 7, 색상의 사용

등 작품에 많은 기호가 있다는 점도 중요하다. 어린이들을 위한 작품임에도 불구하고 이야기가 지닌 다층적 상징성으로 인해 어른들이 진정으로 이해할 수 있기 때문이다.

전반적으로 이 작품을 다시 읽는 게 정말 즐거웠다. 오래전 학교 다닐 때도 읽어야 했기 때문이다. 이 작품은 라트비아 민족의 특징인 많은 중요한 측면을 포함하고 있어서 라트비아 문학에서 매우 중요한 역할을 한다.

4) 연극과 공연의 이해

Marija Zaharova, 2nd year, Sinology, Korean language, Asian Studies of UL

zaharovamarija816@gmail.com

마리아 자하로바, 라트비아대학 아시아학과 한국어 전공 2학년

야니스 라이니스는 20세기 라트비아에서 가장 인기 있고 영향력 있는 작가 중 한 명이다. 1909년에 쓰이고 출판된 이 이야기는 리가의 극장에서 어린이들의 연극 공연이 되기도 했다. 요즘 우리는 『황금말』을 매우 좋은 제작과 예술을 가진 애니메이션 영화로 볼 수 있다. 그것은 많은 중요한 상징과 의미를 담고 있는 매우 흥미로운 이야기이다.

라이니스는 7년간 잠을 잔 공주에 대한 이야기를 다룬, 에스토니아어 책에서 영감을 받았고, 그 후 이 아이디어를 자신의 이야기인 『황금말』로 발전시켰다. 이 책을 통해 우리는 비에른스, 립스트, 안틴스 세 형제와 같은 다양한 등장인물들과 검은 어머니와 백발 아버지로서의 다양한 신비적 인물들과 생물들을 만날 수 있다. 주인공이라 할 수 있는 안틴스는 큰 산에서 공주를 구출하고 싶어 하며, 긴 여정 속에서 힘들고 많은 일을 겪었다.

라이니스의 『황금말』은 매우 복잡한 연극이다―너무 밀도가 높고 반복

적이어서 그것으로부터 실행할 수 있는 이야기를 끌어내기 위해서는 매우 명확한 근거가 있어야 한다. 등장인물들은 마음을 사로잡는 특징을 가지고 있지 않다—그들은 여전히 상징적이다. 라이니스의 연극에서 안틴스는 다른 사람들을 위해 희생할 준비가 되어 있는 민감하고 도덕적인 사람으로 묘사된다. 작가의 이해에서 가장 중요한 것은 일상의 실용주의와 대비되는 안틴스의 미묘한 영적 세계와 선함이다. 갈등의 해결에서는 등장인물의 영적 세계와 함께 그의 결단력과 육체적 성숙의 성장이 서서히 드러난다. 안틴스는 타인을 위해 재판을 맡아 통과시키는 능력은 물론, 대의를 위해 자신을 희생하려는 의지가 있다. 안틴스와 유리산 정상에서 잠자고 있는 공주를 연결하는 연극에서는 꿈의 모티브가 중요하다.

두 형인 비에른스와 립스트는 재산적 이익이 중요하므로 안틴스를 싫어한다. 연극의 구성에서, 백발 아버지는 안틴스의 지지자이자 영감을 주는 사람이 되지만, 검은 어머니는 안틴스의 노력을 실행하는 것에 반대한다. 작가는 『황금말』의 철학적 내용을 강조했으며, 특히 선과 악의 대비를 강조했다. 작가의 해석에서 검은 어머니는 하나의 주요한 형태를 가지고 있는데, 그녀는 다른 상황에서 일정한 외적 형태로 나타난다. 백발 아버지는 수천 개의 다른 얼굴을 가지고 있어서 선함이 나타날 수 있는 다면적인 외부 형태를 상징한다.

세 형제의 아버지는 왕과 마찬가지로 극 중 에피소드에 등장하는 역할을 한다. 사울체리테 공주는 연극의 마지막 막에서 안틴스를 다시 만날 때 비로소 현실적인 삶을 되찾는다. 부자 왕자는 권력을 이용해 그녀를 얻으려 했지만 실패했다. 유리산에서 잠든 공주를 지키는 일곱 마리의 까마귀는 라이니스의 전형적인 놀이의 무기적 상징이다. 유리산 기슭의, 대중의 시선에 사람들의 기분이 반영되어 있다.

연극의 구성에서, 작가는 역량을 발휘해 이전에 승인된 5막의 구조를 고전 드라마의 번역에 사용했다. 제1막은 죽어가는 아버지가 세 아들과 함께 사는 가난한 방에서 일어난다. 백발 노인의 모습을 한 가난한 남자가 오두막에 도착하자, 그는 공주의 잠자는 시간이 곧 끝날 것이며 왕이 공주의 각성을 축하하기 위해 잔치를 열고 있다고 발표한다. 제2막은 숲에서 이루어지는데, 이는 안틴스의 성격 형성 과정에서 중요한 시작을 반영한다. 가난한 남자의 요청에 안틴스는 거지 노인을 따뜻하게 해주기를 바라며 옷을 하나씩 준다. 감사의 표시로, 그는 필요한 순간에 구리, 은, 황금말을 어떻게 다시 부를 것인지에 대한 조언을 받는데, 이것은 나중에 유리산에 올라타는 것을 수행하는 데 중요하다는 것을 증명한다.

연극의 3막은 국지적인 유리산 자락에서 벌어지는데, 공주의 연인들이 차례로 오르려는 산 자체를 배경으로 볼 수 있다. 안틴스는 또한 가난한 노인의 도움을 통해 산의 정상에 오르려고 노력하고 있다. 그의 처음 두 번의 시도는 실패했고, 노인은 안틴스에게 가능한 보상이 아닌 목표만을 생각하라고 격려한다. 행사의 피날레에서, 안틴스는 금빛 말을 타고 산 정상에 올라 관중들의 놀라움과 기쁨을 선사한다. 4막은 유리산 정상에서 벌어지는데, 공주는 마지막 순간에 안틴스의 목표가 달성되는 것을 막기 위해 일곱 마리의 까마귀가 지키고 있다. 그러나 안틴스는 그의 마음의 따뜻함과 공주의 살아있는 영혼의 도움으로 관의 유리 뚜껑을 깨뜨림으로써 잠자고 있는 공주를 깨운다. 5막은 왕궁의 호화로운 홀에서 열린다. 신비한 구세주는 사라졌고, 이웃한 왕자는 공주를 얻고 싶어 한다. 그러나 동화 줄거리의 논리에 따라 사건들의 해결은 행복하고, 연극은 안틴스와 사울체리테의 결합으로 끝난다.

라이니스의 연극에는 국내외적인 모티브와 상징성이 뒤섞여 있다. 작가는 의도적으로 다른 층의 문학 작품을 구분해서 산문과 시로 대화를 만들어 냈다. 연극의 관객은 어린이와 어른 모두이며, 수준에 따라 인식되고 해석될 수 있다. 극에 담긴 개인적인 동기가 중요하다. 그것의 메시지는 개인의 발전과 개인적 성숙의 어려운 길에 대한 이야기, 사회적 불평등에 대한 비판, 국민 통합의 요구, 그리고 가장 넓은 의미의 높은 목표의 추구로 읽힐 수 있다. 라이니스의『황금말』은 라트비아 역사 전반에 걸쳐 매우 중요한 작품이다. 오늘날에도 많은 사람이 이 작품을 읽고, 그 상징성과 의미를 분석하기 때문에『황금말』이 라트비아 문학과 문화에서 매우 가치 있게 지속적으로 받아들여지고 있다.

5) 인공지능(AI)의 반응

인터넷 또는 모바일 등에서 혁신적인 변화를 불러온 인공지능Artficial Intelligence(AI)의 해석과 평가는 과연 어떨까? 가까운 미래 인류의 삶과 문화에 결정적인 역할과 기능을 마다하지 않을 것으로 여겨지는—그러나 누구도 예측하기 힘든—AI의 반응도 궁금하다. 기계번역에 관한 연구는 1950년대를 시작으로 1980년대 기계학습, 1990년대 인터넷 도입, 2010년대 심층학습 등을 거치면서, 기계가 세상을 알아보는 양상으로 발전했다. 마침내 2018년 오픈에이아이OpenAI에서 방대한 데이터를 기계로 미리 학습하게 해서 이를 문장으로 생성하게 된다. 바로 이 챗GPTGenerative Pre-trained Transformer 는 자연어 처리를 위한 인공지능 모델로, 사용자가 필요로 하는 만큼 문장으로 변환하고 생성할 수 있다.

현대문명과 인공지능의 발전은 한마디로 무척 놀랍다. 몇십 년간 교수로서의 연구와 교육에서 지탱했던 방법과 노력의 과정은 근본부터 흔들리면서, 새로운 대응의 필요성이 위기 상황에 대한 대안으로 불가피해졌다. 즉 인공지능에 대한 한계나 부정적인 시각보다 적응과 극복해야겠다는 판단이 앞선다. 한편으로는 사용자가 원하는 만큼 완벽할 수 없으며, 사소한 오류나 불필요한 내용, 디테일한 점에서 이용자의 욕구를 충족할 수 없다는 한계 등이 분명하지만, 그렇다고 애써 무시할 수 없는 상황이 이미 펼쳐졌기 때문이다. 챗GPT를 피할 수 없다면, 즐겨야지. 물론 그 역시 만능이 아니다. 언어별 차이가 있지만, 대표적으로 영어의 데이터는 30년 정도인데, 한국어는 대략 10년의 데이터에 근거한다. 참고로 챗GPT 3.5나 4.0과 같은 모델의 경우, 그들이 학습한 데이터 기간은 2022년 1월까지이다. 따라서 그 이후부터 현재까지에 대한 정보는 포함되어 있지 않다.

작은 결론은 검색의 시대가 사라지고, 인간의 지적인 활동도 자동화되고 대량생산이 가능하게 된 21세기 초에 인류가 살고 있다는 점이다. 이를 문화와 문학의 영역에서 본다면, 앞으로의 방향을 누구도 쉽게 예측할 수 없을 것이다. 이에 인간이 아닌 기계인 인공지능에게 물었다. "라트비아 현대문학에서 극작가 야니스 라이니스에 대해 요약해 주세요."라고. 이어서 여태까지 다룬 라이니스의 희곡『황금말』에 대한 해석과 평가를 추가로 요청했다. 인공지능의 반응은 앞서 필자가 다룬 본문의 내용과 크게 다르지 않았다. 그러나 한국어 질문에는 정확한 답변을 할 수 없다고 하길래, 다음과 같이 영어로 질문하고 대답을 확인했다. "그렇다면, 라이니스의 희곡『황금말』에 대해 어떻게 해석하고 수용할 수 있는가?Then, how can you interpret and accept Janis Rainis's play 『Golden Horse』?" 반복해서 물어보니, 그때마다 반응은 약간씩 달랐다. 주목할 점은 인공지능이 작품의 평가 부분을 열린 형식으로 마무리 짓는다는 점이다. 한국어로 번역한 내용을 간추려 소개하면, 다음과 같다.[1]

첫 번째 반응

저는 야니스 라이니스의 희곡『황금말』에 대한 구체적인 해석이나 평가를 할 수 없습니다. 하지만 문학 작품을 해석하고 이해하는 일반적인 접근 방법을 제시할 수 있습니다. 연극에 대한 해석은 개인의 관점과 학자들의 분석에 따라 달라질 수 있습니다.『황금말』의 해석에 대한 접근 방법을 다음과 같이 안내해 드립니다.

1. 역사 및 문화적 맥락 이해 ⋯ 2. 상징성과 알레고리 탐구 ⋯ 3. 주제 분석 ⋯ 4. 등장인물과 그들의 관계 분석 ⋯ 5. 문학적 기법에 대한 이해 ⋯ 6. 다른 작품과 비교 ⋯ 7.『황금말』에 대한 학술적 분석, 비평 에세이 또는 논평을 탐구하세요. 학자들은 종종 연극에 대한 이해를 깊게 할 수 있는 심층적인 해석과 평가를 제공합니다.

문학 작품의 해석은 주관적일 수 있고, 독자마다 동일한 텍스트에서 다양한 의미를 도출할 수 있다는 것을 기억하세요. 다른 사람들과 토론하고, 여러 관점을 읽고, 연극에 대한 세심한 분석을 바탕으로 자신만의 결론을 형성하는 것이 풍부할 수 있습니다.

두 번째 반응

야니스 라이니스의 희곡『황금말』에 대한 구체적인 해석이나 평가는 연극 텍스트에 대한 세밀한 분석이 필요할 것이기 때문에 구체적인 해석이나 평가는 없습니다. 그러나 문학 작품을 해석하는 일반적인 방법을 제시할 수 있고, 이는 여러분의 이해를 도울 수 있을 것입니다.

1. 극의 플롯 분석 ⋯ 2. 주제와 모티브는? ⋯ 3. 상징성과 알레고리 ⋯ 4. 역사와 문화적 맥락 ⋯ 5. 언어와 문체 ⋯ 6. 작가의 의도 ⋯ 7. 비판적 분석 ⋯ 8. 다른 작품과 비교 ⋯

문학 작품에 대한 해석은 다양할 수 있고, 독자마다 다른 의미를 인식할 수 있다는 것을 기억하세요. 연극을 읽은 사람들과 토론하거나 라트비아 문학 전문가들로부터 통찰력을 얻는 것도 가치가 있습니다. 더 논의하거나 분석하고 싶은『황금말』의 구체적인 구절이나 주제가 있다면 언제든지 제공해 주시면 더욱 표적화된 통찰력을 제공해 드릴 수 있습니다.

세 번째 반응

야니스 라이니스의 희곡 『황금말』을 해석하고 수용하는 것은 그것의 주제와 상징성, 그리고 그것이 쓰인 맥락을 검토하는 것입니다. 나는 이 희곡에 대한 라이니스의 구체적 의도에 직접적으로 접근하지는 않지만, 그의 작품에서 발견되는 공통적인 요소와 라트비아 문학의 광범위한 맥락에 근거한 해석에 대한 일반적 접근을 제공할 수 있습니다.

1. 상징적인 요소 … 2. 국가의 정체성과 독립 … 3. 사회적 비평 … 4. 인문학적 주제 … 5. 역사적 맥락 … 6. 라트비아 문학의 현대화와 혁신 … 7. 수용과 영향 …

더 미묘한 이해를 얻기 위해서, 학술적 분석, 비판적인 에세이, 또는 라이니스 자신이 『황금말』에 대해 논의한 어떤 이용 가능한 글도 읽는 것이 도움이 될 수 있습니다. 이러한 자료들은 다양한 관점을 제공하고 라이니스의 문학적 기여의 더 넓은 맥락에서 연극을 더 풍부하게 해석하는 데 이바지할 수 있습니다.

참고   고대 라트비아 기호와 상징

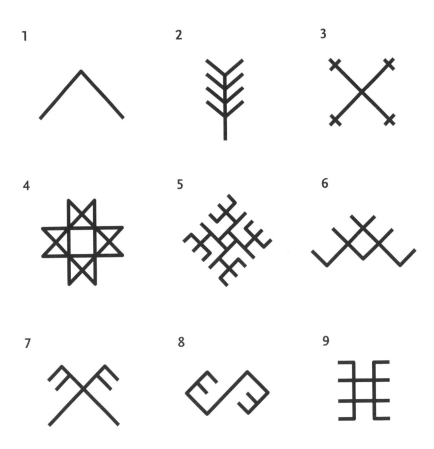

*직물로 짜거나 집 현관 위의 벽에 새기거나 빵 덩어리에 찍었던 고대 라트비아의 기호들은, 갖가지 악과 불행으로부터 보호하고 가정에서의 에너지를 조화시키며 소지자에게는 번영을 가져다준다는 믿음의 소산이자 정신적 유산이다.

1. Dievs 신   신성하고 창조적인 에너지를 끌어당긴다는 남성을 상징한다.

2. Laima 라이마   운명의 여신. 때로는 Laima의 빗이라고도 불리며, 행운과 행복을 상징한다. 나아가 사람들 사이의 조화로운 관계를 뜻한다.

3. Māras krusts 마라 십자가   물질적 가치. 가정을 보호하고, 영양을 공급하기 위한 생명체의 상징. Māra는 물질의 세계를 돌보며, 이 기호는 굽기 전의 빵 덩어리에 자주 찍힌다.

4. Auseklītis 아우세클리티스   샛별, 어둠에 대한 빛의 승리를 상징한다. 빛을 비추고 악으로부터 보호하며, 변화의 시대에 대한 희망과 지원을 뜻한다. 전쟁에 나가기 전에 전사들이 샛별의 모포로 말을 덮는다.

5. Pērkona krusts 천둥 십자가   빛, 불과 생명의 상징한다. 행복과 용기를 끌어들이며, 불같은 힘으로 좋은 관계를 보장한다.

6. Austras koks 아우스트라 나무   가족과 조상을 보호하고, 발전을 촉진하며 미덕을 지킨다. 나무의 뿌리는 지하 세계를 상징하고, 중간은 현재의 삶, 그리고 꼭대기는 하늘을 상징한다. 즉 과거, 현재, 미래의 통합을 기린다.

7. Jumis 유미스   곡식 무늬가 교차된 두 귀와 같은 모양으로 다산과 복지를 상징한다. 일반적으로 번영, 다산, 조화 등을 위해서 지붕 박공의 꼭대기에 놓인다. 번영을 위해서 지갑에 넣기도 한다.

8. Zalktis 잘크티스   큰뱀, 지혜를 상징한다. 현자와 지혜로운 남성과 여성을 뜻하며, 종종 여성의 의상이나 목욕실에서 볼 수 있다.

9. Ūsiņš 우신쉬   말의 수호자, 남성 에너지의 소지자를 상징하며, 여행의 보호 보장을 뜻한다. 생명의 기호라고도 불리며, 요람과 현관에 그려져 있다.

마치면서

이제 마무리가 필요하다. 그렇게 하기 위해서는 다시 간추릴 필요가 있다. 즉 앞서 다루었던 라이니스의 희곡 『황금말』에서 핵심어는 선과 악, 그리고 이상주의理想主義,Idealism 와 이타주의利他主義,Altruism 로 요약 가능하다. 부제副題 〈5막으로 이루어진 동지冬至 동화〉에서처럼 가장 밤이 긴 동지를 배경하는 민속 동화를 다루고 있다. 북쪽 나라, 눈과 얼음으로 뒤덮인 세상에서 생겨난 옛이야기를 의미하며, 북유럽의 신화에 근거한 연상과 연관은 자연스럽다. 북유럽의 신화는 얼음의 세계와 불의 세계가 만나 아무것도 존재하지 않았던 세상에 생명체가 탄생하는 것으로 시작한다.

북유럽의 신화는 950년 전설의 시詩 『에다Edda』가 완성됨으로써 세상에 알려진다. 바이킹의 나라 덴마크와 노르웨이의 왕 하랄드Harald(910~987)가 960년 기독교를 승인하고, 잉글랜드를 침략하고 정복하던 무렵, 그리고 이후 그린란드를 발견한 시기와 겹친다. 카롤루스 대제Carolus der Grosse(747~814) 이후, 오토 대제Otto der Grosse(912~973) 때 '신성로마제국(962~1806)'의 출발 역시 이 시기와 겹친다. 다르게 간추리면, 지중해 중심의 유럽의 역동적인 세력과 문화가 점차 북방으로 옮겨가는 흐름이라고 볼 수 있다.

이처럼 '북방신화Norse Mythology'는 그리스 로마 신화와는 시대와 배경이 완전히 다르다. 이분법적인 대립으로 단순하다. 한쪽은 악을 상징하는 거인이고, 다른 한쪽은 선을 상징하는 신이다. 선과 악의 전쟁에서 선이 승리하지만, 그렇다고 해서 악이 완전히 사라지지 않는다. 세상 끝에서 살아남아 다시 무리를 만들고, 끝없이 선과 대립한다는 인간사이기에 신화의 형식을 빌리고, 성직자와 학자 중심의 인문적 사고를 바탕으로 다룬다.

더욱이 신화는 그 자체가 근본적으로 인간 정신의 원형을 간직하고 있는 이야기이다. 스위스 정신의학자이자 심리학자인 융Carl Gustav Jung(1875~1961) 역시 이러한 의견을 주장한 적이 있다. 그는 인간의 심층 심리를 이해하기 위해 집단 무의식의 하나인 '신화'에서 그 원형을 찾으려 했다. 이를 바탕으로 한다면, 신화는 이처럼 인간 정신에 내재한 고유의 이미지를 상징화한 이야기이기도 하다. 따라서 21세기에 이르기까지 아무리 인류가 역사를 통해 발전했더라도 인간에게 남아 전해지는 무의식의 연결 고리로 기능해 왔던 것이 신화라고 할 수 있다.

『황금말』 역시 이러한 북유럽의 신화를 근거로 한다. 핀란드와 에스토니아의 신화는 물론 라트비아의 신화에서도 공통적으로 드러나는 세계관은 선과 악의 대립으로 이루어져 있다. 선을 상징하는 것은 인간들에게 이로운 자연환경을 의미한다. 빛나는 태양, 따뜻한 여름, 황금빛으로 물드는 대지가 바로 그것이다. 반면 악을 상징하는 것으로는 대지를 뒤덮는 얼음, 차가운 북풍, 기나긴 겨울이 대표적이다. 한마디로 척박한 북부 유럽 땅에서 사람들은 주위 환경에 굴하지 않고, 선을 추구하며 살아가고자 한다.

북부 유럽, 즉 스칸디나비아반도에 살던 사람들은 북게르만 민족이었다. 북유럽 신화 역시 게르만 민족과 함께 유럽 전역에 퍼져 나갔다. 이런 북유럽 신화 『에다』와 『사가Saga』는 음유시인과 성직자들이 입에서 입으로 전해지던 노래를 한데 모아, 각기 운문과 산문 형식을 취한 것이다. 시대적으로 9~13세기 무렵이다. 오늘날 바이킹의 이미지가 정립되는 데 큰 영향을 미친 시기이다. 물론 아이슬란드는 대표적으로 신화가 만들어진 바탕이지만, 스칸디나비아의 여러 나라들과 마찬가지로 핀란드와 에스토니아, 라트비아에서도 비슷한 근거와 영향을 알 수 있다.

이러한 북유럽의 신화가 만들어지고, 널리 퍼질 무렵 발트 지역의 역사는 비로소 드러났다. 그리고 13세기 이후부터 바이킹에 이은 한자무역상인들의 동방 진출로, 이러한 신화와 함께 기독교까지 전파되며 발트 지역은 전혀 새로운 양상으로 특징되었다. 신화에서의 선과 악은 현실 세계로 치환되어, 다양한 양상으로 민중들에게 파고들었다.

여기서 소개한 『황금말』 역시 선과 악의 대립을 민중 속에서 다룬다. 그들은 선과 악의 대립에서 선이 항상 이길 수만은 없는 현실을 체험하지만, 태양과 불을 위해 끝까지 착하게, 명예를 지키면서 살아가고자 하는 주인공들의 의지는 결코 꺾이지 않는다.

한 나라의 문학을, 한 명의 작가와 하나의 작품 그리고 시대적 상황만으로 진단할 수는 없다. 그럼에도 불구하고 그러한 작가와 작품을 통해 문학의 새로운 면을 발견하고 보편성을 확보하는 일은 문학하는 사람의 임무가 아닐까? 지극히 간단한 명제를 위해 애써 힘들게 먼 길을 돌아오는지도 모를 일이다. 왜 그럴까? 아직도 우리가 모르는 무엇이 소중함이 있는 게다.

그간 연구한 것을 책으로 발간하기 위해 원고를 마무리한 건 2023년 봄이 시작하는 시점이었지만, 이후 출판사에 원고를 넘기고, 완성하는 데는 또 다른 시간이 필요했다. 게다가 최근 인공지능으로 인한 혁신이나 챗GPT에서의 영향력은 엄청나다. 문학과 문화 전반뿐만 아니라, 대학 등 교육현장에서도 다양한 변화를 불러일으키고 있다. 더구나 GPTs, GPT4터보, Gemini, User GPT 등 예상하기조차 힘든 혁신과 변화가 계속해서 우리를 기다리며, 미래를 이끌어 갈 것처럼 보인다. 이에 챗GPT에 관한 반응도 짧게 실었다. 이러한 이유로 구월이나 시월쯤으로 예상했던 출판은 늦어질 수밖에 없었다. 가장 큰 이유는 그간 글쓰기 유형과 현실적 독서의 흐름을 모르는 필자의 부족함일 것이다. 실제로 정년 이전 마지막으로 책을 펴낸 때로부터 육년이 지났으니, 감각이 무디어진 탓도 있다. 희곡 작품의 매끄러운 윤문뿐만 아니라 글을 전반적으로 적절하게 수정하고 교정하는 일 등은 출판사의 도움을 많이 받았다. 무엇보다 인문학에 관심을 갖고 졸고의 출판을 결정하신 호밀밭 출판사 장현정 대표, 그리고 부족한 필자를 위한 세심한 배려와 똑똑한 조언을 아끼지 않은 박정은 편집장에게 마무리 감사의 인사를 전한다.

busanriga65@gmail.com

참고 문헌

<원작과 번역작>

- J. Raina, Zelta Zirgs, Rīgas Politehnikā Institūta Student Pulciņš, Rīga 1910.

- Rainis, Zelta Zirgs, Ed. By Daina Randare, Zvaigzne ABC, Rīga 2015.

- J. Rainis, Das goldene Ross, A. Gulbis Verlag, Rīga 1922.

- Jānis Rainis, Das goldene Ross, übersetzt von Leonija Wuss-mundeciema, Isensee Verlag Oldenburg 2015.

- The golden Steed, edited by Alfreds Strautmanis, translated by Astrida Barbina-Stahnke, Waveland Press, Illinois 1979.

- The golden Horse, translated and annotated by Vilis Inde, inde/jacobs publishing, Texas 2012.

- Райнис (Плешканс) Ян. Золотой конь. Перевод В. Я. Брюсова (1916 г.)

- Золотой конь, перевод с латышского В. Брюсова, рисунки Г. Вилкса, Латгосиздат, Рига 1948.

<시집>

- Jānis Rainis, Vetras Seja, Liesma, Rīga 1973.

<도서>

- 김대식/챗GPT, 챗GPT에게 묻는 인류의 미래, 동아시아, 2023.

- 김철수, 챗GPT와 글쓰기, 위키북스, 2023.

- 이상금, 독일발트문학과 에스토니아 문학, 산지니, 2011.

- 이상금 외, 발트3국의 문화와 문학 1, 산지니, 2011.

- 이시한, GPT 제너레이션, 북모먼트, 2023.

- 이윤기, 그리스 로마 신화, 웅진닷컴, 2000.

- H.A. Guerber(김혜연 옮김), 북유럽 신화, 재밌고도 멋진 이야기, 책읽는 귀족, 2015.

- Timothy Snyder(함규진 옮김), 피에 젖은 땅, 스탈린과 히틀러 사이의 유럽, 글항아리, 2021.

- Aleksis Rubulis: Baltic Literature, A Survey of Finnish, Estonian, Latvian, and Lithuanian Literatures, The University of Notre Dame Press, Indiana 1970.

- Ausma Cimdiņa: Introduction to modern Latvian literature, University of Latvia Baltic Studies Programme, Rīga 2001.

- Burchard von Klot: Jost Clodt und das Privilegium Sigismundi Augusti. Harro Hirschheydt, Hannover 1977, (Beiträge zur baltischen Geschichte, Bd. 6).

- Friedrich Scholz: Die Literaturen des Baltikums. Ihre Entstehung und Entwicklung. Westdeutscher Verlag, Opladen 1990.

- Gundega Seehaus (Hg.): Rīga ūdenī. Latviešu dzejas izlase / Riga im Wasser. Auswahl lettischer Lyrik. Tapals, Rīga 2004.

- James D. White: The 1905 Revolution in Russia's Baltic provinces. In: Jonathan Smele, Anthony Heywood (Hg.): The Russian Revolution of 1905: Centenary Perspectives. Routledge, London 2005.

- Latvia 100 Snapshot Stories, ed. by The Latvian Institute, Rīga 2017. (* Not for sale)

- Octavio Paz: Traducción: literatura y literalidad, Barcelona 1971.

- Timothy Snyder: Bloodlands, Europe between Hitler and Stalin, New York 2010.

- Winfried Baumgart: Deutsche Ostpolitik 1918. Von Brest-Litowsk bis zum Ende des Ersten ··· Weltkrieges. Oldenbourg, München 1966.

- Journal of Baltic Studies(Quarterly), Vol. V, No. 2 in Summer 1974, ed. by Arvids Ziedonis, Jr., Muhlen College, Pennsylvania.

- Second Conference on Baltic Studies, Summary of Proceedings. Publication of the Association for the Advancement of Baltic Studies II 1971, ed. by F. Rimvydas Šilbajoris, Arvids Ziedonis, Jr. and Edgar Anderson.

<웹사이트>

- Depository of documentary heritage: Archives of Latvian Folklore Institute of

Literature, Folklore and Art, University of Latvia.

http://www.lfk.lv, www.lfmi.lv (address: Akademijas laukums 1, Rīga, LV-1050, Latvia)

- Depository of documentary heritage in Latvia: Museum of Popular Front of Latvia.

http://www.ltfmuz.lv, www.balticway.net (address: Vecpilsetas iela 13/15, Rīga, LV-1050, Latvia)

- The keeper of documentary heritage: Literature and Music Museum

http://www.rmm.lv (address: Pils laukums 2, Rīga, LV-1050, Latvia)

- http://www.daugavasmuzejs.lv

- http://www.dainuskapis.lv

- http://www.rainis.org

- http://www.data.lnb.lv

- http://www.literature.lv/lv/dbase

- http://www.latvia.eu

시작하면서

1 인터넷 영자 신문,《모스크바 타임스The Moscow Times》6월 10일 자 보도에서도 이를 확인할 수 있다. 〈350th anniversary of the birth of the first Russian emperor〉was held on 9th June in St, Petersburg and Moscow.

2 이 원본은 리가 폴리테크닉 대학의 학생회가 〈디에나Deena〉 인쇄소(주소; Rīga, Elisabetes eela Nr. 16)에서 제작한 것임. 일명 '젬갈리야Zemgalija'로 알려진 학생회는 1897년에는 불법 단체였지만, 1908년에 재조직하여, 1910년에 이 작품을 인쇄했다. 이어 출판사는 리가에 소재한 A. Gulbis로 역시 같은 해에 두 번째 편집을 거쳐 정식으로 첫 발간했다.

3 영어로 번역하면, Rainis(Pleschkans) Jan. Golden Horse. Translation by V. I. Bryusov, 1916.

4 영어로 번역하면, The golden Steed, translated by V. Bryusov and illustrated by G. Vilks, Latvian State Publishing, Riga, 1948.

1부

1 (재인용) Vilis Inde, The Golden Horse, Marfa/Texas, 2012, P. 143.

2 Octavio Paz, Traducción: literatura y literalidad, Barcelona 1971, p. 9.

3 4세기부터 사용된 '고트 알파벳Gothic script'과 다르다. 고트 서체는 다르게 흑자체(고딕체), 프락투어, 고트 문자로도 불리기도 한다. 반면, '프락투어' 서체는 중세 15세기 이래 사용된 것으로 일명 거북문자, 귀갑문자, 수염문자 등으로도 불리는 활판 인쇄체이다. 독일에서는 제2차 세계대전 무렵까지 이 서체를 인쇄물에 사용했다.

4 참고,『발트3국의 문화와 문학 1』(이상금 외 4인 공저, 산지니, 2011)의 157~163쪽에 실린 라트비아어의 기원과 언어적 특징을 참고하기 바란다.

5 다른 한편으로 에스토니아어, 핀란드어, 헝가리어 등은 완전히 다른 언어적 계통, 즉 우랄어족의 '핀-우그리어파'에 속한다. 알타이어파로 분류되는 몽골어나 만주-한국어파에 속하는 한국어와 문법적 구조가 비슷하다.

6 보다 구체적으로 살펴보면, 1873년 7월 8일부터 11일까지(율리우스력으로는 6월 26일부터 29일까지) 나흘간 라트비아에서 처음으로 대국민 노래 축제가 열렸다. 당시 45명의 합창단이 참여했으며, 음악제의 수석 지휘자는 베틴스Jānis Bētiņš와 질레Indriķis Zīle였다. 라트비아 노래 축제는 러시아 제국(1917년까지)과 1차 신생독립국 기간(1918~1940)과 그 이후 소비에트의 재차 점령기간(1945~1991)에서도 빠지지 않고 개최되었다. 그러나 단 두 차례만 세계대전 중으로 중단된 적이 있었을 뿐이다. 덧붙여 2008년(24회)까지의 가요제는 대체로 합창 중심의 방식을 따랐으나, 댄스 그룹이 참가한 것은 1948년부터였다.

7 pride in our people, country, traditions. Joy that—through the complicated twists and turns of our history—song, dance and music have been the things that have united and bonded our people. The Song and Dance Festival is an unforgettable amateur art phenomenon with one and a half centuries of traditions!

8 축제 기간에는 43개 라트비아 행정 구역에서 라트비아인들은 물론 노래와 춤 축제 전통을 유지하고 발전시키려는 다른 국가에서 온 40,000명의 참가자가 리가에 올 것이라고 예상한다. 10일 동안 합창단, 댄스, 윈드 밴드, 코클레, 민속 음악, 성악 앙상블, 민속 및 기타 콘서트 등 60개 이상의 행사에 참여하게 된다. 동시에 라트비아 민속 의상 전시회; 민속 공예 미술 전시회, 그리고 아마추어 연극 등이 시내 곳곳에서 펼쳐진다. 대략 50만 명의 방문자가 이벤트를 직접 볼 수 있을 것으로 본다. 이는 현재 라트비아의 인구는 196만 명에 비추어 본다면, 엄청난 관심과 열기를 확인할 수 있다.

9 1918년 신생독립국 선포를 기준 한 독립 100주년인 2018년 '숲속공원Mežaparks'에서 열리는 행사를 위해 야외공연장은 완전히 새롭게 증축 및 개축했다. 11,000명의 가수와 35,000명의 방문객을 맞이하기 위한 작업을 마친 것으로, 숲속 야외극장에서 한여름 밤 7월 초에 열리는 갈라 콘서트는 엄청난 환호의 생생한 라이브를 그들 스스로 마음껏 즐긴다는 표현이 가능하다.

10 마치 일제강점기의 홍난파(1898~1941)를 떠올리게 하는 작곡가이다. 일제강점기의 아픔을 빗대어 '울 밑에 핀 봉선화'를 보고 쓴 곡이 바로 바이올린 바-단조 (F-moll), 8분의 6박자로 된 애상곡 〈봉선화〉(1920)이다. 처음에는 홍사단에 가입, 이후 옥고를 치르고, 일제에 전향한 변절자로 낙인되기도 한 비운의 작곡가였다. 나라는 달랐지만, 홍난파보다 시기적으로 앞선 카를리스Kārlis 역시 외세의 억압에 억눌린 민중의 한과 슬픔을 극복하려 했던 라트비아 민족의 작곡가였다.

11 자세한 정보는 '문서유산보관소'Depository of documentary heritage: Archives of Latvian Folklore, Institute of Literature, Folklore and Art, University of Latvia; web page: www.lfk.lv, www.lfmi.lv에서 얻을 수 있다. 2차 세계대전 동안 '민요 케비닛'은 500개가 넘는 마이크로필름으로 문서화 작업을 해 두었으며, 이는 현재 '라트비아국립도서관National Library of Latvia'에 소장되어 있다. 웹사이트 www.dainuskapis.lv에서는 전자문서로 발행되었다. 대신 원본은 '라트비아민속기록보관소Archives of Latvian Folklore'에 소장되어 있다.

12 이상금, 독일발트문학과 에스토니아 문학, 산지니, 2011, p. 49~55.

2부

1 러시아어 키릴문자로는 Санкт-Петербург.

2 러시아어 키릴문자로는 Александр II Николаевич.

3 러시아어 키릴문자로는 Фёдор Михайлович Достоевский.

4 러시아어 키릴문자로는 Лев Николаевич Толстой.

5 오늘날 에스토니아와 라트비아를 아우르는 나라.

6 원본은 "Catechismus Catholicorum. Iscige pammacischen, no thems Papreksche Galwe gabblems Christites macibes".

7 민중들이 창작한 민요 속에는 시문학을 전문적으로 창작한 작가들과 유사한 수사법과 기법을 엿볼 수 있다. 라트비아의『라츠플레시스Lāčplēsis』처럼 노래로 전해지는 내용을 채록해서 정리한 대서사시는 이웃 나라에서도 발견된다. 비교컨대, 에스토니아의『칼레비포에그Kalevipoeg』, 핀란드의『칼레발라Kalevala』등 역시 같은 대서사시이다. 물론 상호연관성과 영향의 관계도 분명하다.

8 당시 파네베지스 인구의 50% 이상이 유대인이었다. 라이니스가 이 작은 도시로 잠시 이사한 계기로 그는 일생 동안 다양한 종교 및 민족 집단을 수용할 수 있게끔 포용적 자세로 바뀌었고, 이후 그의 정치의 특징 가운데 하나였다.

9 오늘날 라트비아인들은 여전히 '빛의 성'을 문학이나 노래에서 자유의 상징으로 간주하고 있다. 리가의 다우가바강가에 세워진 '라트비아국립도서관Latvijas Nacionālā bibliotēka' 역시 이러한 의미를 담고 있다.

10 라트비아는 독립기념일인 11월 18일 전후해서 매년 빛의 축제를 연다. '빛나라, 리가Staro Rīga'로 불리며, 이미 리가 시민들에게는 가장 인기 있는 행사가 되었다. 많은 시민들과 예술가들 물론 여러 나라에서 온 방문객들도 이를 즐기기 위해 리가를 방문한다. 리가의 독립 100주년을 맞이한 지난 2018년 '빛의 축제'에서 주제는 "솟아오른 빛의 성Up rose the castle of light"였다. 이는 라트비아의 문화와 역사에서 상징적인 은유로써 어둠을 극복하려는 영구적인 빛의 승리로 해석될 수 있다.

11 '라트비아 사회민주노동자당Latvijas Sociāldemokrātiskā Strādnieku Partija; LSDSP (영어로 표시하면, Latvian Social Democratic Workers' Party; LSDWP).

4부

1 결국 1808년 나폴레옹에 의해 완전히 해체되지만, 나폴레옹 이후 오스트리아 제국은 1834년 기사단을 부활시켰고, 1929년에는 완전히 정신적인 명예 가톨릭 단체로 변신했다. 현재도 기사단원은 명예직으로 남아 있으며, 오스트리아 빈Wien에 본부를 두고 있다.

2 그는 교황권의 전성기를 이룩했으며, 중세의 가장 강력한 교황으로 손 꼽힌다. 상징적인 표현으로 '교황은 태양, 황제는 달'이라는 말을 낳기도 했다. 더구나 제4차 십자군을 조직해서 원래는 이집트를 통해 예루살렘을 공격하려고 했으나, 예기치

않은 상황으로 1204년 콘스탄티노플을 공략하는 결과로 이어졌다. 이로 인해 가톨릭 교회와 동방 정교회 간의 적대감이 커지게 되었다.

3 표트르의 업적은 당시로서는 대단한 것이다. 대표적으로 기존 키릴문자를 간소화하는 '문자혁명'을 비롯해 인쇄혁명과 문화혁명 등을 들 수 있다. 이를 위해 서부 유럽의 앞선 문물을 전면적으로 수용하고, 귀족 중심에서 관료제로 행정조직과 운영의 개편, 계획도시, 해군창설, 외국어교육 등을 이루기도 했다. 이러한 일들이 18세기 초에 그에 의해 이루어짐으로써 러시아는 비로소 유럽의 무대에 화려하게 등장할 수 있었다.

4 영어로는 Latvian Social Democratic Workers' Party(LSDWP).

5 러시아어 키릴문자로는 Николай II.

6 영어로는 Latvian Farmers' Union(LFU).

7 영어로는 Latvian Socialist Soviet Republic(LSSR).

8 당시 전 세계의 관심을 받았던 '노래하는 혁명Singing Revolution'은 당사국인 에스토니아어로는 'laulev revolutsioon', 리투아니아어는 'dainuojanti revoliucija' 그리고 라트비아어로는 'dziesmotā revolūcija'이다. 자세한 내용은 라트비아의 경우, '문서유산보관소'에서 생생한 자료를 통해 확인할 수 있다. 참조로 웹페이지는 www.ltfmuz.lv, www.balticway.net.

9 (재인용) Vilis Inde, The Golden Horse, inde/jacobs publishing, Texas, 2012, p. 176. ⋯ if here in exile, Rainis can create so much it is because I am always here to encourage him as an advisor and helper. This work divides me, diminishes my creative potential. That is the way it is ⋯ But still, I do not regret this my sacrifice, because such a spirit as Rainis has, comes into a nation only once in a century.

10 문서유산이 잘 보존되어 문학, 연극과 음악으로도 읽고 보고 들을 수 있다. 이를 보관하고 있는 박물관은 Literature and Music Museum(web page: www.rmm.lv, address: Pils laukums 2, Riga).

11 카를 마르크스Karl Marx와 프리드리히 엥겔스Friedrich Engels, 『정치와 철학에 관한 기초 서술에서』에 실린 글을 재인용한 것이다. 이 책은 마르크스와 엥겔스의 주요 저작들을 영어로 번역해서 수록한 책이다. 즉 영어판으로는 『Basic Writings of Politics and Philosophy』이며, 여기에는 『The Communist Manifesto』, 『Das Kapital』의 일부, 「The German Ideology」, 「Theses on Feuerbach」 등 마르크스와 엥겔스의 다양한 글들이 수록되어 있다. 인용한 글은 다음과 같다.

"Men make their own history, but they do not make it just as they please, they do not make it under circumstances chosen by themselves, but under circumstances directly encountered, give, and transmitted from the past."

12 영어로 번역하면, An idealist is one who breaks the laws of human nature. An idealist is essentially a revolutionary. An idealist is a member of the highest level of society, where all personal gain is dismissed for the greater good.

5부

1 2023.11.29. You(Here me)

Then, how can you interpret and accept Janis Rainis's play 『Golden Horse』?

ChatGPT

First response

I don't have specific interpretations or evaluations of Janis Rainis's play 『Golden Horse』 readily available. However, I can offer a general approach to interpreting and understanding a literary work. Interpretations of a play can vary depending on individual perspectives and scholarly analyses. Here's a guide on how one might approach the interpretation of 『Golden Horse』:

> 1. Understanding Historical and Cultural Context: … 2. Exploring Symbolism and Allegory: … 3. Examining Themes: … 4. Analyzing Characters and Relationships: … 5. Considering Literary Techniques: … 6. Comparisons with Other Works: … 7. Consulting Scholarly Analyses: Explore scholarly analyses, critical essays, or commentaries on 『Golden Horse』 Scholars often provide in-depth interpretations and evaluations that can deepen your understanding of the play.

Remember that interpretations of literary works can be subjective, and different readers may derive varied meanings from the same text. It can be enriching to engage in discussions with others, read multiple perspectives, and form your own conclusions based on a careful analysis of the play.

Second response

I don't have a specific interpretation or evaluation of Jānis Rainis's play 『Golden Horse』 as it would require a detailed analysis of the play's text. However, I can provide a general approach to interpreting a literary work, which might help guide your understanding.

> 1. Examine the Plot: … 2. Identify Themes: … 3. Symbolism and Allegory: … 4. Historical and Cultural Context: … 5. Language and Style: … 6. Consider Author's Intent: … 7. Critical Analyses: … 8. Compare with Other Works: …

Remember that interpretations of literary works can vary, and different readers may perceive different meanings. It's also valuable to engage in discussions with others who have read the play or to seek insights from experts in Latvian literature.

If you have specific passages or themes from 『Golden Horse』 that you would like to discuss or analyze further, feel free to provide them, and I can offer more targeted insights.

Third response

Interpreting and accepting Jānis Rainis's play 『Golden Horse』 involves examining its themes, symbolism, and the context in which it was written. While I don't have direct access to Rainis's specific intentions for this play, I can offer a general approach to interpretation based on common elements found in his works and the broader context of Latvian literature.

1. Symbolic Elements: ⋯ 2. National Identity and Independence: ⋯ 3. Social Critique: ⋯ 4. Humanistic Themes: ⋯ 5. Historical Context: ⋯ 6. Literary Style and Innovation: ⋯ 7. Reception and Impact: ⋯

To gain a more nuanced understanding, it may be helpful to read scholarly analyses, critical essays, or any available writings by Rainis himself discussing 『Golden Horse』 These sources can offer diverse perspectives and contribute to a richer interpretation of the play within the broader context of Rainis's literary contributions.

세상 모든 것에 감탄하는
지혜로운 사람들의 공간
도서출판 호밀밭

황금말

ⓒ 2023, 이상금

초판 1쇄   2023년 12월 31일

지은이   이상금
펴낸이   장현정
책임편집   박정은
디자인   박인미

펴낸곳   호밀밭
등록   2008년 11월 12일(제338-2008-6호)
주소   부산 수영구 연수로 357번길 17-8
전화   051-751-8001
팩스   0505-510-4675
홈페이지   homilbooks.com
전자우편   homilbooks@naver.com

ISBN 979-11-6826-171-6   03890